150

D1602479

Conformément aux statuts de la Société des Textes Français Modernes, ce volume a été soumis à l'approbation du Comité de lecture, qui a chargé M. Roger Guichemerre d'en surveiller la correction en collaboration avec Mme Éveline Dutertre

ISSN 0768-0821
ISBN 2-86503-254-X

© SOCIÉTÉ DES TEXTES FRANÇAIS MODERNES, 1998

IBRAHIM
OU L'ILLUSTRE BASSA

IBRAHIM OV L'ILLVSTRE BASSA

ARIS Chez Toussainct Quinet, et Nicolas de Sercy au Palais.

Meliar fecit.

Georges de Scudéry

Ibrahim
ou l'Illustre Bassa

texte établi, présenté
et annoté par Éveline Dutertre
Paris, Société des Textes Français Modernes 1998

INTRODUCTION

I. BIOGRAPHIE SOMMAIRE DE GEORGES DE SCUDERY (1601-1667)[1]

Jeunesse (1601-1629)

1601 (11 avril). Naissance au Havre-de-Grâce de Georges de Scudéry. Son père, Georges I de Scudéry, d'une famille noble d'Apt en Provence, avait embrassé la carrière des armes et suivi au Havre l'amiral de Villars devenu « Grand Amiral de France ». C'est là que, devenu capitaine des ports du Havre-de-Grâce, il se maria avec une noble demoiselle de cette province, Madeleine de Goustimesnil et que naquit Georges de Scudéry, notre poète. Il était le deuxième de cinq enfants dont seuls survécurent lui-même et sa sœur Madeleine, née en 1607. Malgré la noblesse de ses ancêtres paternels et maternels, la famille était pauvre, son père qui se livrait à la piraterie ayant épuisé sa fortune aux remboursements des dégâts qu'il avait faits à un navire hollandais.

1613. Mort de son père, suivie de peu par celle de sa mère. Orphelin et pauvre, il fut recueilli, ainsi que Madeleine, par un oncle et reçut une éducation soignée : il étudia l'italien, l'espagnol et acquit toutes les connaissances nécessaires à un jeune homme de sa qualité.

---

1. Nous n'indiquons ici que les faits essentiels. Pour de plus amples détails, consulter E. Dutertre, *Scudéry dramaturge,* Genève, Droz, 1988.

Le Métier des armes (1615 ou 1616-1629)

1615[2] ou 1616 : très tôt, à quatorze ou quinze ans, il embrassa la carrière des armes.

1629 (11 mars). Capitaine du régiment des Gardes, il se signala par sa vaillance au Pas de Suse.

Son intérêt pour la poésie et le théâtre ne s'en s'affirme pas moins : il écrit ses premiers vers, poèmes d'amour ou poèmes d'éloge, et remporte un prix pour l'une des deux *Odes sur l'Immaculée Conception de la Vierge* qu'il composa pour les Palinods[3] de Caen.

Lorsqu'il guerroie au Piémont, il acquiert l'expérience des faits de guerre, en même temps qu'il approfondit sa connaissance de l'italien.

1629 (printemps). Il « sort du régiment des Gardes »[4] et abandonne l'armée.

La carrière dramatique (1629-1642)

1629. Scudéry, bientôt suivi de Madeleine, s'établit à Paris dans le Marais, rue Vieille du Temple.

Alors commence la période la plus féconde de sa vie d'écrivain. Tout à la fois, il écrit son œuvre dramatique, composant seize pièces en une douzaine d'années, fait œuvre de critique et même de théoricien, fréquente le salon de Madame de Rambouillet et participe à la vie mondaine et aux activités littéraires des salons parisiens, en particulier à *La Guirlande de Julie*.

1629-1630. *Ligdamon et Lidias*, tragi-comédie, sa première pièce[5].

---

2. C'est la date supposée par A. Batereau, *Georges de Scudéry als Dramatiker*, Leipzig-Plagwitz, Emil Stephan, 1902, in-8°, 208p., ici p.5.

3. Le Palinod était un poème en l'honneur de l'Immaculée Conception que l'on présentait à Caen, à Rouen ou à Dieppe. Le jour de cette solennité s'appelait les Palinods.

4. Préface d'*Arminius*.

5. Les dates indiquées ici sont les dates présumées de la composition des pièces.

1632. Publication des *Œuvres de Théophile de Viau* précédées d'une préface élogieuse.

1631.   *Le Trompeur puni ou L'Histoire septemtrionale*, tragi-comédie ; Scudéry gagne l'amitié protectrice de Richelieu.

1632.   *Le Vassal généreux*, tragi-comédie.
         La Comédie des comédiens, comédie.

1634-1635.   *Orante*, tragi-comédie.

1635.   *Le Fils supposé*, tragi-comédie.
         Le Prince déguisé, tragi-comédie.
         La Mort de César, Didon, tragédies.

1636.   *L'Amant libéral*, tragi-comédie.
         A l'occasion de la Querelle du *Cid*, il prend le parti des règles et rédige les *Observations sur le Cid*, suivies de la *Lettre de M. de Scudéry à l'illustre Académie*, de *La Preuve des passages allégués...*, de la *Réponse... à M. de Balzac*.

1638.   *L'Amour tyrannique*, tragi-comédie.

1639.   *L'Apologie du théâtre*.

1639-1640   *Eudoxe*, tragi-comédie.

1640.   Traduction *des Harangues de Manzini*.

1641.   *Andromire*, tragi-comédie.

1641-1642.   ***Ibrahim ou L'Illustre Bassa***, tragi-comédie.

1642.   *Axiane*, tragi-comédie.
         Arminius, tragi-comédie.
         Les Femmes illustres ou Les Harangues héroïques.

À quarante et un an, alors qu'il est en pleine force de l'âge et à peine au milieu de sa carrière littéraire, puisqu'il continuera d'écrire poèmes, épopée, roman, œuvres politiques jusqu'à sa mort, en 1667, Scudéry renonce prématurément et définitivement au théâtre.

Le Gouvernement de Notre-Dame-de -la Garde (1644-1647) : « Premier exil ».

1642. Scudéry obtient le Gouvernement de Notre-Dame-de-la-Garde, à Marseille.

1644. Accompagné de sa sœur, il regagne son gouvernement. Pendant son séjour à Marseille, il compose et
publie :

1646. *Le Cabinet de M. de Scudéry.*

1647. *Les Discours politiques des rois.*

1644-1647 : il compose la plupart des poèmes qu'il publie-
ra à son retour à Paris, en 1649, sous le nom de *Poésies
diverses et* collabore au *Grand Cyrus.*

1647 (août). Déçu par la vie provinciale, mal payé et sans
activité militaire, il regagne brusquement Paris.

Nouveau séjour à Paris (1647-1654)

1647. De retour à Paris, Scudéry s'installe avec sa sœur
dans le Marais et se consacre à nouveau à la vie littéraire.

1649. Il publie ses *Poésies diverses* dont la plupart avaient
été composées durant son séjour à Marseille.

1650. Il est élu à l'Académie française.

1651. Il compose *Salomon instruisant le Roi*, poème adres-
sé au jeune Louis XIV.

1654. Il écrit et publie *Alaric ou Rome vaincue*, « son »
épopée. Cependant son activité littéraire est ralentie. Il
« boude » le salon que Madeleine a ouvert rue de
Beauce.

1654. Après la Fronde, compromis par son attachement au
Prince de Condé, il est contraint de s'exiler en
Normandie (août 1654).

Deuxième exil en Normandie (1654-1660)

Retiré à Graville, puis à Pirou, en Normandie, Scudéry, loin
du centre de la vie intellectuelle, connaît une période
d'isolement.

1655. (1er juillet) Il se marie avec Marie-Madeleine de
Martinvast, issue d'une noble famille du Cotentin.

1658. Ils eurent un fils, Louis, qui deviendra abbé. Pendant
cette période il compose *Almahide ou L'Esclave reine,*
vaste roman mauresque de 6533 pages, auquel sans
doute collabora Madame de Scudéry.

1660. A l'amnistie générale, revenu à Paris, il s'installe à nouveau dans le Marais, rue de Berry, non pas avec Madeleine qui a profité de son exil pour se libérer de sa tutelle, mais avec sa femme et son fils. Avec sa pension et les profits qu'il tire de sa plume, sa situation matérielle s'est améliorée. Mais sa vie mondaine et son activité littéraire sont réduites, ses œuvres sont rares :

1660. *Ode sur le retour de Monsieur le Prince.*

1661. *Poésies nouvelles.*

1661-1663. Publication de *Almahide ou L'Esclave reine* qui avait été composée en Normandie.

Traduction du *Calloandre fidelle* de J.-A. Marini, inachevée et publiée après sa mort, en 1668.

1667. Scudéry mourut brusquement d'une attaque, le 14 mai, et fut enterré dans l'église de Saint-Nicolas-des-Champs.

II. LA CARRIERE DRAMATIQUE DE SCUDERY
(1629-1642)

Tableau des œuvres dramatiques de Scudéry classées selon l'ordre chronologique[6] :

Titre	Genre	Composition	Représentation	Achevé. d'imprimer
Ligdamon et Lidias	Tragi-comédie	1629-1630	1630	18.09.1631
Le Trompeur puni	Tragi-comédie	1631	1631-1632	04.01.1633
Le Vassal généreux	Tragi-comédie	1632	1632-1633	01.09.1635
La Comédie des comédiens	Comédie	1632	1634	10.04.1635
Orante	Tragi-comédie	1634-1635	1635	01.09.1635
Le Fils supposé	Comédie	Début 1635	1635	20.04.1636
Le Prince déguisé	Tragi-comédie	1635	1635	01.09.1635
La Mort de César	Tragédie	1635	1635	15.07.1636
Didon	Tragédie	Fin 1635	Fin 1635 ou début 1636	23.05.1637
L'Amant libéral	Tragi-comédie	Début 1636	1636	30.04.1638
L'Amour tyrannique	Tragi-comédie	1638	1638	02.07.1639
Eudoxe	Tragi-comédie	1639-1640	1639-1640	02.01.1641
Andromire	Tragi-comédie	1641	1641	28.05.1641
Ibrahim ou L'Illustre Bassa	Tragi-comédie	1641-1642	1641-1642	01.03.1643
Axiane	Tragi-comédie	1642	Fin 1643	27.02.1644
Arminius	Tragi-comédie	1642	Fin 1643	15.09.1643

La carrière dramatique de Scudéry qui marque le début de son activité d'écrivain, puisqu'il n'a guère écrit jusque-là que quelques poèmes de circonstance, fut courte en regard de sa carrière littéraire qui devait durer encore un quart de siècle. Elle est tout entière comprise entre 1629, date probable de *Ligdamon et Lidias,* et 1642, date d'*Arminius,* dont la préface est en quelque sorte le testament du dramaturge. Mais, si elle fut brève, elle fut féconde. Dans l'espace d'une douzaine d'années, avec une fertilité que Boileau a rendue légendaire[7], Scudéry composa

---

6. Cet ordre chronologique est fourni par Scudéry lui-même dans sa préface d'*Arminius.*
7. En réalité, à la suite de Boileau, on a quelque peu exagéré la

seize pièces. Ce sont essentiellement des tragi-comédies, mais il s'essaya aussi aux genres tragique et comique[8]. D'autre part, la carrière dramatique de Scudéry se situe dans une période particulièrement importante de l'histoire de notre théâtre, période charnière au carrefour de deux époques, l'époque baroque et celle de l'avènement du classicisme. Aussi - et c'est là un de ses principaux intérêts - son œuvre dramatique reflète-t-elle cette mutation essentielle du théâtre de ce temps.

Quand, dans les années 1629-1630, Scudéry commence à écrire pour le théâtre, les tendances baroques s'épanouissent encore : les tragédies ont pratiquement disparu pour faire place aux tragi-comédies irrégulières qui foisonnent de spectacles violents ou indécents et d'incidents extraordinaires, « les amours, les jalousies, les duels, les déguisements, les prisons et les naufrages »[9]. A cette époque Scudéry écrit donc surtout des tragi-comédies riches de péripéties invraisemblables et romanesques et qui n'observent pas plus les unités que les bienséances ou la vraisemblance. Peu lui importe que les règles ne soient pas respectées, que les caractères soient mal dessinés. Ce qu'il cherche alors avant tout, c'est, d'une part, le mouvement qu'il obtient par l'accumulation des incidents et des rebondissements, par les allées et venues des personnages dans des lieux souvent éloignés, et, d'autre part, les spec-

---

fécondité de sa « fertile plume » qui est surtout remarquable en 1635 où il publia *La Comédie des comédiens*, composa *Orante*, *Le Fils supposé, Le Prince déguisé, La Mort de César* et commença *Didon*.

8. Scudéry composa deux tragédies, *La Mort de César* (1635) et *Didon* (1635-1636), et deux comédies. La première, *La Comédie des comédiens,* composée en 1632, mais publiée en 1635, comporte une pastorale, *L'Amour caché par l'amour ;* la seconde, *Le Fils supposé* (1635) ne diffère d'une tragi-comédie que par une importance un peu plus grande des éléments comiques.

9. J.-Fr. Sarasin, *Discours de la tragédie ou Remarques sur L'Amour tyrannique de Monsieur de Scudéry* dans *Oeuvres de J.-F. Sarasin*, éd. R.P. Festugières, 2 vol., Paris, Champion, 1926, in-12°, t. I, p.8.

tacles pathétiques ou pompeux que vient rehausser son éloquence souvent ostentatoire. Mais l'esthétique baroque, « du mélange, du changement, de la luxuriance »[10] fait progressivement place à une esthétique nouvelle qui prône la régularité et conduira au classicisme. La tragi-comédie irrégulière décline et l'on assiste à un retour de la tragédie qui manifeste la volonté de se conformer aux règles et de faire consister l'action dans une crise morale. Le théâtre de Scudéry suit cette évolution. Sans doute n'est-il pas un novateur comme Mairet et ne figure-t-il pas parmi les premiers qui, par une pièce ou un texte théorique, ont contribué à la renaissance de la régularité. Il fait même un moment figure d'attardé, car, malgré le changement des valeurs dont il est témoin, il oppose quelque temps une certaine résistance aux règles qu'il considère alors comme des « bornes trop étroites »[11]. Jusqu'en 1635, il continue d'écrire des tragi-comédies irrégulières et romanesques.

Mais il est trop influençable et trop désireux de plaire pour résister longtemps aux tendances qui se font jour. L'année 1635 marque un tournant dans sa carrière. Non seulement il publie cette année-là quatre pièces, mais il change de manière. Après avoir écrit sa dernière tragi-comédie d'inspiration baroque, *Le Prince déguisé*, il compose *La Mort de César* et *Didon*, deux tragédies dont la première au moins « est dans les règles »[12]. Par la suite, surtout après la Querelle du *Cid* et les *Observations sur le Cid*, Scudéry, désireux de respecter les principes au nom desquels il a critiqué Corneille, se range définitivement au parti de la régularité. Certes, il n'écrira plus de tragédie, car la tragi-comédie est plus conforme à son goût et à son talent, comme il l'affirme encore en 1641 dans la préface d'*Andromire*. Mais les sept tragi-comédies qu'il écrit désormais sont conformes aux règles, du moins formellement. Elles ont pour la plupart un sujet historique ou pseu-

---

10. J. Rousset, *La Littérature de l'âge baroque en France*, Paris, José Corti, in-8°, 1954 ; 6° réimp.1968, p.77.

11. « A qui lit », préface de *Ligdamon et Lidias*, f ° 3 verso.

12. Préface de *La Mort de César*.

do-historique et Scudéry s'efforce d'y faire reposer l'action sur les sentiments des personnages.

III. PLACE D'*IBRAHIM OU L'ILLUSTRE BASSA* DANS LA CARRIERE DE SCUDERY. RECEPTION DE LA PIECE

Bien que, par son sujet, par son action continûment grave et son dénouement teinté de mélancolie, *Ibrahim ou L'Illustre Bassa* soit plutôt une tragédie, Scudéry l'a intitulé tragi-comédie, sans doute parce qu'il avait décidé, après *Didon,* de revenir définitivement au genre tragi-comique et parce que, malgré une certaine tristesse, le dénouement peut être considéré comme heureux, puisque les méchants sont punis et les bons récompensés[13]. Cette pièce, la plus longue qu'écrivit Scudéry[14], fut composée en 1641-1642, à la fin de sa carrière dramatique, un an à peine avant sa dernière tragi-comédie, *Arminius* (1642). Elle fait donc partie des pièces de Scudéry qu'il est coutume de grouper sous le nom de « pièces de la seconde manière », parce qu'elles se distinguent de ses premières tragi-comédies, irrégulières et presque toutes inspirées de l'*Astrée*, par la coloration souvent historique des sujets et surtout, bien que Scudéry n'ait pas totalement rompu avec ses tendances baroques, par une relative régularité.

Ibrahim toutefois diffère sur un point essentiel de ces pièces de la seconde manière. Celles-ci se veulent régulières, mais n'offrent souvent qu'une régularité formelle. Certes, Scudéry a tenté de donner à leur action un soubassement psychologique. Il s'est efforcé d'évoquer les senti-

---

13. Peut-être voulait-il aussi se démarquer de Mairet qui, deux ans auparavant, avait fait jouer sa tragédie *Le Grand et Dernier Solyman* dont le sujet et le ton étaient d'ailleurs beaucoup plus tragiques.

14. *Ibrahim* comporte en effet 2488 vers, alors que les autres pièces en renferment en moyenne 1700.

ments de ses personnages et a multiplié les cas de conscience, les luttes intérieures ; il a placé ses héros dans une situation telle qu'ils sont confrontés à des dilemmes, déchirés par des conflits de devoirs. Mais, soit qu'il n'y ait pas de liaison entre les sentiments et l'action et que ces combats moraux ne motivent pas les décisions qui entraînent le dénouement, soit que les héros soient trop idéalisés, trop uniformément héroïques, les personnages manquent souvent de la vérité humaine indispensable à une véritable unité. Dans *Ibrahim,* au contraire, parce que l'action est soutenue par les sentiments des personnages et aboutit à un dénouement conforme aux caractères, Scudéry réussit à atteindre une unité intérieure réelle et profonde. Par là, tout en conservant des éléments baroques, cette tragi-comédie est, de toutes les pièces que Scudéry ait écrites, tragédies ou tragi-comédies, celle qui se rapproche le plus d'une tragédie classique. C'est un moment unique dans sa carrière où il ne se contente pas de respecter les règles, mais obéit véritablement à l'esprit de l'esthétique nouvelle, à son principe essentiel qui veut qu'une pièce soit avant tout l'expression d'une crise morale. Sans doute, on le verra, n'a-t-il pas imaginé lui-même le conflit moral sur lequel il fait reposer sa tragi-comédie. Sans doute cette tragi-comédie n'est-elle pas la meilleure pièce de Scudéry, on le verra aussi. Mais il ne retrouvera jamais plus cet équilibre entre les éléments baroques et la peinture des sentiments qu'il réalise dans *Ibrahim.*

C'est la raison de l'intérêt particulier que nous portons encore aujourd'hui à cette tragi-comédie, car, outre qu'elle offre un intéressant exemple d'adaptation d'un roman au théâtre, elle est une étape dans l'instauration de la tragédie qui sera ultérieurement dite classique et une contribution de Scudéry à l'établissement de l'esthétique nouvelle.

C'est sans doute aussi la raison de l'accueil favorable que connut la pièce du vivant de l'auteur, puisqu'elle avait de quoi satisfaire à la fois ceux qui étaient gagnés aux aspirations qui se faisaient alors jour et ceux qui étaient encore attirés par le romanesque et le baroque.

* *
*

De fait, si nous en croyons Scudéry, le succès de cette tragi-comédie fut vif. Dans l'épître dédicatoire il se félicite de « l'accueil favorable qu' [Ibrahim et Isabelle] ont reçu l'un et l'autre de la Cour de France » et dans la préface d'*Arminius* il affirme, parlant de *L'Illustre Bassa* :

> Aussi a-t-il été [heureux] de telle sorte que, si l'acteur qui en faisait le personnage premier[15] ne fût point mort, il aurait peut-être effacé tout ce que j'avais fait jusqu'alors.

Simple vanité d'un auteur enclin à porter aux nues chacune de ses œuvres ? Non, car son témoignage est confirmé par l'estime dans laquelle les dramaturges contemporains tenaient la pièce. Scarron la met sur le même plan que les plus célèbres de l'époque et loue également

> La *Sophonisbe* ou le *Cinna*
> *Ibrahim* ou la *Marianne*
> *Alcionée* ou la *Roxane*.

Dans *Les Songes des hommes éveillés* de Brosse il est question d'un jeune homme qui a profité de la représentation d'*Ibrahim* pour déclarer son amour à celle qu'il aime :

> Ibrahim louait-il les attraits d'Isabelle,
> Je lui disais tout bas : vous en avez plus qu'elle,
> Et lorsqu'à Soliman ils donnaient de l'ennui,
> Je suis (disais-je encor) plus amoureux que lui. (V, 3).

Baro, dans sa *Clarimonde,* publiée en 1643, se souvient non seulement du Cléarque du *Prince déguisé*, lorsqu'il crée le personnage d'Alcandre, mais aussi d'*Ibrahim*, lorsqu'il compose son intrigue qui présente des similitudes certaines avec cette pièce : un monarque promet à un sujet victorieux de lui donner en mariage la jeune fille que celui-ci aime. Mais, quand il est lui-même devenu amoureux d'elle, comme Soliman, il refuse de tenir sa promesse. Comme Ibrahim, le sujet qui se prépare à s'enfuir avec la jeune fille, est arrêté avant son départ, mais est finalement uni à elle

---

15. On pourrait penser au grand acteur Mondory qui avait interprété le rôle de César dans *La Mort de César*. Mais, frappé de paralysie, il quitta la scène en 1636 et ne mourut qu'en 1651.

par le monarque. Par ailleurs, H.-C. Lancaster signale une référence à *Ibrahim* dans le *Baron de la Crasse*.[16]

Mais ce qui prouve plus encore le rayonnement d'*Ibrahim*, c'est le nombre des représentations, éditions, imitations et suites auxquelles il donna lieu. La pièce qui, d'après *Le Mémoire de Mahelot*[17], était encore au répertoire de l'Hôtel de Bourgogne en 1646-1647 connut, de 1643 à 1663, cinq éditions[18] et plusieurs suites lui furent données. Desfontaines écrivit *Perside ou La Suite d'Ibrahim Bassa* (1644), qui n'a d'ailleurs guère de rapport avec *Ibrahim*, car, sauf Soliman, les personnages y sont différents. En revanche, l'Abbé Abeille, sous le nom de La Thuillerie, composa une tragédie intitulée *Solyman* (1680), qui suit de près la pièce de Scudéry, tant dans la conduite de l'action que dans le dessin des caractères. L'histoire de Soliman inspira également des pièces étrangères, une tragédie allemande de Casper von Lohendass, *Ibrahim Bassa*, dont l'auteur affirme dans sa préface qu'il s'est inspiré du « très célèbre M. de Scudéry », et une tragédie anglaise *Ibrahim the illustrious Bassa* [19]. Mais il est difficile de discerner si cette dernière pièce a été inspirée par la tragicomédie du frère ou par le roman de sa sœur qui avait été traduit en anglais, en allemand et en italien. Il est aussi difficile de savoir si, quand il écrivit *Bajazet*, Racine connaissait *Ibrahim*. Il n'existe pas en effet d'analogie ponctuelle aussi frappante que celle qui permet d'affirmer avec une quasi certitude qu'il connaissait *Le Dernier des Solyman* de

---

16. H.-C. Lancaster, *A History of French dramatic Literature in the Seventeenth Century,* Baltimore, Johns Hopkins Press, 1929-1942, in-8°, Pt II, vol.2, p.408.

17. *Le Mémoire de Mahelot, Laurent et d'autres décorateurs de l'Hôtel de Bourgogne,* éd. H.-C. Lancaster, Paris, Honoré Champion, 1920, p.51.

18. Voir *infra*, p. 90.

19. Lohendass (Casper. von), *Ibrahim Bassa*, Leipzig, Johann Wittigau, 1653. — Elkanah Settle, *Ibrahim the illustrious,* Londres, 1677.

Mairet, dont deux vers ressemblent étonnamment, tant dans la forme que dans l'inspiration, à deux vers de *Bajazet*.[20] On peut toutefois penser que Racine avait au moins lu la pièce, car les grandes lignes du dénouement de *Bajazet* ne sont pas sans rappeler quelque peu la structure du dénouement d'*Ibrahim* : rapidité, découpage en plusieurs courtes scènes où l'on annonce la mort de trois des personnages[21]. Simple coïncidence ou réminiscence ? Il est difficile de le savoir.

IV. SOURCES

Ibrahim ou L'Illustre Bassa est, dans toutes ses parties, inspiré d'*Ibrahim ou L'Illustre Bassa*, le premier roman de Madeleine de Scudéry, sœur du dramaturge. Ce roman (1641), était paru depuis peu, lorsque Scudéry composa la pièce qui porte le même nom. Il le suit de très près, se contentant souvent d'adapter à la scène la matière romanesque. Toutefois, on y sent d'autres influences, l'influence plus diffuse sans doute, mais non négligeable, du théâtre contemporain, tout particulièrement du théâtre de Corneille.

Le théâtre contemporain

Une coloration cornélienne constante

Dans *Ibrahim*, Scudéry n'a pas échappé, plus que dans ses autres tragi-comédies de la même époque, à l'influence de Corneille. Au contraire, tantôt un trait de caractère, tantôt un récit, mais surtout sa psychologie des personnages et par suite la coloration générale de la pièce rappellent constamment son rival.

Au premier abord, on serait tenté de comparer *Ibrahim* à *Cinna*, car la victoire qu'Auguste remporte sur lui-même et

---

20. Voir *infra*, note 51.
21. Voir *infra*, pp. 65-66.

le pardon qu'après un dur combat il accorde à Cinna qui l'a
trahi n'est pas sans présenter une certaine analogie avec
l'attitude de Soliman, pardonnant à Ibrahim qu'il a considéré un moment comme un traître. Mais si, comme l'a
montré M. René Pintard[22], *Cinna* ne fut publié qu'en 1642,
cette pièce ne pouvait être connue de Scudéry quand il
composa *Ibrahim*.

En revanche, il connaissait fort bien *le Cid* et il n'est pas
étonnant qu'il y ait des analogies entre les deux pièces, en
particulier entre le récit du combat de Rodrigue contre les
Maures et le récit du combat d'Ibrahim contre les Perses.
Les circonstances non plus que le déroulement et le détail
des deux combats ne sont les mêmes. Mais il y a une indéniable similitude dans la tonalité et le mouvement des deux
récits. Dans les deux cas, c'est un jeune chef victorieux qui
rend compte à son souverain, roi ou sultan, de la bataille
qu'il a livrée pour lui. Dans les deux cas, les faits de guerre sont présentés de façon à mettre en valeur sa vaillance,
son habileté stratégique et son don d'ubiquité. Dans les
deux cas enfin, c'est la même fierté alliée à une modestie
qui, d'ailleurs, n'est pas totalement dépourvue d'orgueil, le
même élan enthousiaste du narrateur, le même mouvement
allègre du récit[23].

Scudéry cherchait-il de propos délibéré à imiter le récit
de Rodrigue ? On ne peut l'affirmer avec certitude. Mais on
serait tenté de penser qu'il l'avait présent à l'esprit. En fait,
la réalité est plus complexe. Le premier dramaturge à faire
un récit de bataille dans une pièce, ce n'est pas Corneille,
c'est Scudéry, dans *Ligdamon et Lidias* (1629-1630)
d'abord, puis dans *Le Fils supposé* (1635) et *Le Prince
déguisé* (1635), et il est vraisemblable que, quand il a écrit
le récit de Rodrigue, l'avocat de Rouen s'est souvenu des
récits du poète guerrier et les a peut-être imités. Mais s'il

22. R. Pintard, « Autour de *Cinna* et de *Polyeucte* », *R.H.L.F.*,
juillet-septembre 1964, pp.377-395.
23. Voir *infra,* notes 177-186, le rapprochement plus détaillé
des deux récits.

les imite, il les transfigure en leur donnant un admirable souffle épique, un élan juvénile et, par la suite, quand Scudéry utilisera ce même ressort, il s'imitera lui-même, mais transformé et magnifié par son rival et il semblera imiter non son propre modèle, mais celui que Corneille en a tiré.

En revanche, c'est à l'image de l'Infante du *Cid* qu'il a conçu la Sultane Astérie : la similitude est évidente entre la situation et le caractère des deux princesses qui renoncent généreusement à celui qu'elles aiment et qui ne les aime pas pour se mettre au service de leur rivale. Mais Astérie n'est pas le seul personnage de la pièce à faire preuve de « générosité cornélienne ». Si Soliman est trop faible et ne parvient à surmonter sa passion que trop péniblement pour être considéré comme un « généreux », en revanche, comme Astérie, Isabelle et Achomat n'ont rien à envier aux héros de Corneille. Placés devant un dilemme, ils font, après une lutte intérieure plus ou moins longue, triompher la générosité. Isabelle préfère mourir plutôt que de perdre son honneur qui se confond avec son amour :

> J'aime le Grand Vizir encor plus que moi-même,
> Mais j'aime plus que lui ce qui fait que je l'aime :
> Je veux dire l'honneur, qu'il a toujours aimé.
> Qu'il meure donc plutôt que ce qui l'a charmé ;
> Meure le Grand Vizir, meure encor Isabelle,
> Pourvu que cette mort puisse être digne d'elle. (II, 6)

affirme-t-elle avec fougue et c'est au nom de la gloire et de l'honneur qu'elle exhorte Soliman à renoncer à elle. C'est aussi le sentiment de l'honneur qui conduit Achomat à sauver son rival :

> Reconnaissance, honneur, enfin vous l'emportez. (...)
> L'honneur le veut ainsi, ... (V, 9)

Cornéliens par leur sentiment de l'honneur et du devoir, les personnages d'*Ibrahim*, à l'exception de Soliman entraîné par une passion funeste, le sont aussi par leur conception de l'amour fondé sur l'estime, soumis à la raison. « Je ne l'aimerais plus, s'il n'aimait plus la gloire », proclame Isabelle dans un bel alexandrin digne de

Corneille, et Astérie affirme en des vers qui associent aux
métaphores et aux expressions galantes à la mode les
termes du champ lexical de la générosité :

> La raison fit nos feux, la raison les éteint. (II, 1)

> Amour, sors de mon coeur, et porte ailleurs tes flammes.
> La raison me défend d'écouter tes propos,
> Si je veux conserver ma gloire et mon repos.
> Ne viens plus m'engager dans une rêverie
> Indigne du courage et du rang d'Astérie. (...)
> Ma vertu saura vaincre un injuste pouvoir,
> Et toujours me tenir aux termes du devoir. (III, 1)

Toutes les valeurs morales, les principes d'action qui
dirigent le héros cornélien se retrouvent dans ces personnages de Scudéry. Toutes les connotations qu'implique
chez Corneille le mot « générosité », le désir de ne pas
trahir son rang, le sentiment de sa « gloire », l'obéissance à la raison, la volonté d'accomplir son devoir au
mépris du bonheur, se retrouvent dans ces propos de la
« généreuse Astérie », dans des vers qui sont très cornéliens, non seulement par l'idéal moral qu'ils expriment,
mais par leur facture et ceci tout au long de la pièce : il
n'est guère de scène où il n'y ait pas un élément qui ne
rappelle Corneille. Il faut reconnaître que cette tonalité
héroïque n'est d'ailleurs pas une caractéristique exclusi-
ve d'*Ibrahim*. A partir de la Querelle du *Cid*, Scudéry,
supplanté par Corneille, ne songe plus qu'à l'imiter pour
rivaliser avec lui et qu'à faire, si l'on peut dire, du
Corneille. Toutes les pièces de la seconde manière présentent plus ou moins cette même coloration cornélienne.
Mais c'est dans *Ibrahim* et dans la pièce suivante également inspirée du roman de Madeleine, *Axiane*, que cette
coloration est la plus marquée. Il est difficile d'ailleurs
de déterminer exactement dans quelle mesure il y a imitation délibérée de Corneille ou réminiscence involontai-
re d'une conception de l'homme que, par un phénomène
d'innutrition, Scudéry a faite sienne et qui, à partir de *La
Mort de César*, devient une constante de ses œuvres.

La veine orientale

Lorsqu'il écrit *Ibrahim*, c'est la première fois que Scudéry traite un sujet oriental. Mais, bien que ce ne soit pas encore la mode des turqueries, comme ce le sera à l'époque du *Bourgeois gentilhomme* (1670) ou de *Bajazet* (1672), l'histoire des sultans avait déjà inspiré plusieurs pièces : en 1561 *La Soltane* de Bounin, en 1636 *Solimano*, tragédie de Bonarelli, suivi du *Soliman* de Dalibray (1637), du *Grand et Dernier Solyman ou la Mort de Mustapha* de Mairet (1639) et, en 1643, la *Roxelane* de Desmares. *La Soltane* de Bounin, déjà ancienne quand Scudéry compose *Ibrahim*, et *Roxelane,* publiée en même temps qu'*Ibrahim*[24], n'eurent certainement pas d'influence sur la composition de cette pièce. Mais les trois autres pièces, outre qu'elles durent l'inciter à écrire à son tour une turquerie, ont pu influencer Scudéry.

Ces trois pièces présentent naturellement entre elles d'évidentes similitudes, puisque *Soliman* est l'adaptation française de la pièce italienne et que *Le Grand et Dernier Solyman* en est également inspiré. *Solimano* est plus touffu, plus chargé de personnages. Il est plus riche aussi d'événements invraisemblables, substitution, reconnaissance et prédiction, et se distingue par les actions violentes et sanglantes montrées ou évoquées au dénouement, mais le sujet, les grandes lignes de l'action et les personnages sont identiques : jaloux du pouvoir de Mustapha, la Sultane Reine et le Bassa Rustan poussent le père de celui-ci, le Sultan Soliman, à le faire périr. La Sultane Reine se suicide après la mort de Mustapha, quand elle découvre qu'il est son propre fils, sauf dans *Soliman* de Dalibray où son repentir final permet de sauver Mustapha et sa fiancée. Cette intrigue principale se double d'une intrigue secondaire qui, elle aussi, est similaire dans les trois pièces : l'amour de Mustapha pour la

---

24. L'achevé d'imprimer d'*Ibrahim* est du premier mars 1643 ; celui de *Roxelane* du 16 mars 1643.

fille du roi des Perses, Despine, (Persine dans la pièce de
Dalibray) qui par amour l'a suivi à Alep sous l'habit
d'homme. Identiques enfin les différents incidents qui
alimentent l'action : la substitution d'enfants à la naissance de Mustapha, la consultation par la Sultane du livre
des prédictions, la reconnaissance de Mustapha comme
son propre fils, l'interception des papiers envoyés par
Despine à Mustapha.

Y a-t-il un rapport entre *Solimano, Soliman, Le Grand
et Dernier Solyman* ou du moins entre leur noyau com-
mun et *Ibrahim* ? Au premier abord, il ne le semble pas,
bien que l'on y retrouve un certain nombre des personnages de ces pièces. Le sujet en effet n'est pas semblable.
Ce n'est pas son propre fils que, poussé par l'ambitieuse
Sultane Reine, Soliman condamne à mourir, mais son
Grand Vizir Ibrahim ainsi que sa fiancée Isabelle, dont
lui-même est amoureux. Le dénouement diffère :
Solimano, et *Le Dernier Solyman* s'achèvent sur la mort
de Mustapha et de sa fiancée ; *Ibrahim* se termine sur le
salut d'Ibrahim et d'Isabelle, dénouement heureux donc,
comme dans le *Soliman* de Dalibray, mais pourtant bien
différent de celui-ci, car le salut des jeunes gens résulte
non pas, comme dans *Soliman*, du repentir de la Sultane,
mais de celui du Sultan. Mais ce qui distingue surtout
Ibrahim de ces trois pièces, c'est que le ressort essentiel
de la pièce de Scudéry, la lutte intérieure de Soliman,
déchiré entre son amitié pour Ibrahim et sa passion coupable pour la fiancée de ce dernier, n'existe pas dans les
trois autres pièces où, d'ailleurs, la fiancée de Mustapha,
déguisée en homme, est inconnue du Sultan jusqu'à l'acte III. Tout au plus y trouve-t-on l'ébauche d'un conflit
psychologique au cours duquel Soliman résiste, puis cède
peu à peu à la Sultane et à Rustan qui cherchent à le
convaincre de la trahison de Mustapha. Mais cette
ébauche de conflit[25] est peu de chose en regard du com-

---

25. Cette ébauche de conflit se retrouve dans *Ibrahim,* mais se
fond dans le conflit central.

bat moral de Soliman contre son amour coupable, combat violent, constant, qui sous-tend toute la pièce de Scudéry et en fait une pièce psychologique, dont par ailleurs ont disparu les événements invraisemblables que sont les substitutions et les reconnaissances.

Toutefois les personnages communs aux trois pièces et à la tragi-comédie de Scudéry y ont même caractère et même rôle : la Sultane Roxelane est peut-être plus cruelle dans *Ibrahim,* plus accessible à la pitié dans *Soliman,* mais manifeste partout une ambition démesurée ; Rustan Grand Vizir et gendre de Soliman dans *Solimano,* dans *Soliman* et dans *Le Dernier Solyman,* confident de Roxelane dans *Ibrahim*, y manifeste toutefois la même perfidie et y est aussi le mauvais conseiller de Soliman. Achomat qui est l'homologue d'Acmat sous un nom légèrement différent est, comme lui, homme d'honneur et bon conseiller. Il en résulte d'indéniables analogies dans les scènes de ces quatre pièces où ces personnages apparaissent : ce sont les scènes où la Sultane et Rustan complotent contre Mustapha ou Ibrahim et s'efforcent de le rendre suspect au Sultan ; les scènes où s'affrontent le bon et le mauvais conseiller de Soliman, Acmat-Achomat et Rustan : Acmat-Achomat cherche à montrer l'innocence de Mustapha ou d'Ibrahim, tandis que Rustan tente au contraire de prouver sa trahison. C'est enfin, au dénouement, le combat de générosité des amoureux : Ibrahim, comme Mustapha, accepte héroïquement la mort pour qu'on épargne celle qu'il aime ; comme Despine, comme Persine, Isabelle veut mourir de la même mort que son amant.

De plus, il existe des coïncidences de détail, rares mais curieuses, entre *Ibrahim* et les pièces de Dalibray et de Mairet :

Le *Soliman* de Dalibray   *Ibrahim*

Mustapha :   *Isabelle :*
Ce serait là vraiment un détestable tour   Et l'on ne verra point, en ce funeste jour,
Que de faire réussir la haine par l'amour. (III, 4)   Les effets de la haine achevés par l'amour (II, 6)

Rustan :   *Rustan :*
Un mouvement si faible ébranle une telle âme !   O Ciel ! Cette grande âme avoir un tel scrupule
                                    (II, 3).   (V, 2).

          Le Grand et Dernier Solyman

Mustapha :   *Ibrahim :*
Et si quelqu'un de vous entreprend d'appro-   Je ne me rendrai point qu'en perdant la lumière
cher…
                                                 Rustan :
Rustan :   Une seconde faute augmente la première
C'est vouloir entasser offense sur offense.
                                                 Ibrahim :
Mustapha :   Mais fais qu'elle soit libre et redouble mes peines,
Accablez moi de fers...   Et que je porte seul et ses fers et ses chaînes. (...)
Pourvu que par ma charge elle soit soulagée.   Accable-moi de fers (IV, 11).
                                    (V, 4).

Despine :   *Isabelle :* Justinian.
Mais cédons, cher amant, à la nécessité.   *Ibrahim :*   Madame.
Non, non, à mon avis, il est plus à propos   *Isabelle :*   Ayez plus de constance. (IV, 12)[26]
D'apprivoiser la mort en payant de constance.
                                    (V, 4).

Ces diverses similitudes permettent-elles de dire que Scudéry a imité les dramaturges qui, un peu avant lui, avaient mis à la scène l'histoire de Soliman ?

Une seule chose est sûre : Scudéry connaissait parfaitement *le Grand et Dernier Solyman* de Mairet. La preuve nous en est donnée par une lettre adressée à Mairet par Sarasin où ce dernier affirme avoir souvent « vu » et « loué » son *Solyman* avec M. de Scudéry [27]. Nous n'avons

---

26. Cet appel à la constance de leur amant par Despine ou Isabelle ne se trouve que dans *Le Grand et Dernier Solyman* et dans *Ibrahim ou L'Illustre Bassa.*

27. Il s'agit du fragment d'une lettre de Sarasin à Mairet, à l'occasion d'une représentation du *Grand et Dernier Solyman,* au commencement de 1638 : « J'ai vu le *Solyman* autant de fois que l'on l'a représenté et autant de fois j'ai loué avec les sages et battu

pas de semblable témoignage à propos de *Solimano* et de *Soliman*. Mais il est fort probable qu'il avait lu la pièce de Bonarelli, puisque sa solide culture italienne la lui rendait accessible et lui avait permis par deux fois déjà de puiser un sujet dramatique dans un modèle italien[28]. Qu'il connût l'adaptation française qu'en avait faite Dalibray est plus conjectural. Toutefois il est vraisemblable qu'il avait eu la curiosité de lire une pièce contemporaine dont le sujet était voisin de celui qu'il avait choisi. Mais, que Scudéry connût toutes ou partie de ces trois pièces, ne prouve pas qu'il ait cherché expressément à les imiter. Ce serait sans doute une vue simplificatrice satisfaisante pour l'esprit que de penser que Scudéry a puisé tout ce qui a trait au drame intérieur de Soliman dans le roman de sa sœur et qu'il a emprunté aux pièces de ses rivaux les scènes où apparaissent Roxelane, Rustan et Acmat, scènes dont le canevas n'est le plus souvent qu'indiqué dans le texte romanesque qu'il a par ailleurs imité de très près. Mais cela reste une hypothèse. Car, d'une part, les similitudes de détail ou de forme sont trop rares et les similitudes entre certaines scènes ne sont pas assez précises ni suffisamment significatives pour qu'on puisse conclure avec certitude à une imitation. D'autre part, il est difficile de savoir, quand on retrouve dans *Ibrahim* des éléments communs aux trois pièces, si Scudéry est remonté à la source commune, *Solimano,* ou s'il les a empruntés à Mairet ou peut-être à Dalibray, ou même s'il ne s'est pas contenté de développer des suggestions du roman. Il semble donc qu'il y ait des coïncidences, et aussi des réminiscences plus ou moins volontaires de textes qu'il connaissait certainement bien, réminiscences qui étaient appelées par la similitude du cadre oriental, des

---

des mains avec le peuple. (...) Nous sommes d'accord, Monsieur de Scudéry et moi, que la tragédie que vous en avez faite est digne du théâtre de l'ancienne Rome et de la majesté du Haut-Empire » (J.-Fr. Sarasin, dans *Oeuvres de J.-Fr. Sarasin,* éd. cit., t. II, *Oeuvres en prose* p.475).

28. *Le Prince déguisé* est inspiré par l'*Adone* de Marino et *La Mort de César* par la pièce de Pescetti, *Il Cesare.*

situations et des personnages, mais non une imitation systématique et délibérée. En revanche, il apparaît clairement qu'il a délibérément imité le premier roman de sa sœur, *Ibrahim ou L'Illustre Bassa,* sa source, sinon unique, du moins essentielle et lui a emprunté les principaux éléments constitutifs de sa pièce, en particulier le conflit moral qui est au centre de celle-ci.

Source romanesque : l'*Ibrahim* de Madeleine de Scudéry (1641)

Les emprunts

Si Scudéry ne signalait pas sa source, lorsqu'il puisait ses sujets dans *L'Astrée,* il n'a pas cherché ici à la dissimuler. Non seulement il donne à sa tragi-comédie le titre que portait le roman, et ceci alors que le personnage principal est Soliman et non Ibrahim[29], mais lui-même se plaît à signaler la filiation des deux textes, quand, dans la préface d'*Arminius*, il affirme qu' « Il (Ibrahim) avait été trop heureux en roman, pour ne pas l'être en comédie ».

Ce roman, il est vrai, était signé par Georges, présenté par lui dans la dédicace et dans la préface de la pièce comme son œuvre et sans doute, quand il lui faisait un emprunt, avait-il l'impression de reprendre un bien qui lui appartenait. Mais, au dire de Tallemant, « (Madeleine) a fait [...] tout *L'Illustre Bassa* »[30] et Scudéry se serait contenté d'en écrire la préface, les épîtres dédicatoires, les récits de bataille et d'y faire quelques modifications. « Quand [il] corrigeait les épreuves des romans de sa sœur, dit encore Tallemant, [...], s'il reconnaissait quelqu'un, d'un trait de plume aussitôt il le défigurait, et de blond, il le

---

29. On peut se demander pour quelle raison, contrairement à l'habitude des dramaturges, Scudéry n'a pas donné pour titre à sa pièce le nom du personnage principal, Soliman ? Peut-être était-ce pour se démarquer de ses trois rivaux qui avaient intitulé leur pièce *Soliman, Le Dernier Solyman* ou pour montrer qu'il ne cherchait pas à dissimuler sa source romanesque.

30. Tallemant des Réaux, *Historiettes*, éd. A. Adam, La Pleiade, t. II, p.688.

faisait noir ».³¹. Mais, même si, comme nous le pensons, Scudéry a pris une part plus importante à l'élaboration du roman de Madeleine que celle que ses contemporains veulent bien lui reconnaître, il n'en reste pas moins qu'il y puise presque tous les éléments de sa pièce.

Il lui doit d'abord son sujet, les amours contrariées de Justinian et d'Isabelle, et, sans doute, l'idée même de traiter un sujet oriental. Car il est probable que ce qui l'a déterminé à porter à la scène un épisode de l'histoire turque, c'est, plus encore que l'exemple de ses rivaux ou même le désir de varier la toile de fond de ses tragi-comédies, le fait qu'à la fin de sa carrière dramatique où peut-être il se sentait à court d'inspiration, il avait dans le roman de sa sœur un sujet tout trouvé dont il avait pu apprécier les potentialités dramatiques. Ce long roman de quatre volumes est constitué, comme l'était *L'Astrée*, par un récit central entrecoupé d'épisodes secondaires plus circonscrits qui se greffent sur lui. L'un de ces épisodes secondaires, « l'Histoire d'Osman et d'Alibech », fournira à Scudéry le sujet d'*Axiane*, la tragi-comédie qu'il compose en 1642, aussitôt après *Ibrahim*. Pour écrire *Ibrahim*, il s'inspire du récit principal du roman, « L'Histoire de Justinian et d'Isabelle », qu'il dégage des aventures subsidiaires et dont il réunit les éléments disséminés au long des quatre volumes, surtout dans les deux derniers.

Scudéry doit également à cette histoire les grandes lignes de son intrigue qui suit fidèlement le récit romanesque.
- La tentative vaine du Sultan pour séduire Isabelle, fiancée de son Grand Vizir, pendant que celui-ci combat pour lui en Perse, sa première déclaration et la résistance d'Isabelle, racontées au livre 3 de la quatrième partie du roman, font l'objet de l'acte I.
- L'acte II met en scène les événements racontés au livre 5 de la quatrième partie : la deuxième déclaration de

---

31. *Ibid.*, t. II, p.690.

Soliman, assortie de menaces, qui se heurte à la fermeté inébranlable d'Isabelle et le désarroi où le retour imprévu d'Ibrahim plonge le Sultan.

- L'acte III est inspiré encore par ce même livre 5 : c'est l'entretien d'Ibrahim et d'Isabelle qui hésite à lui apprendre l'amour que Soliman a pour elle et qu'il lui a interdit de révéler, mais qu'elle lui fait comprendre par sa tristesse et ses larmes et la décision que prend alors Ibrahim de sonder le coeur de son maître.

- A l'acte IV, comme à la fin de ce livre 5, Ibrahim, une fois convaincu de l'amour du Sultan, décide de s'enfuir avec Isabelle pour lui échapper. Avertie par Rustan, Roxelane les dénonce à Soliman qui, partagé entre la colère et la peine, les fait arrêter pour les faire mourir.

- L'acte V reproduit le dénouement du récit romanesque : le douloureux combat intérieur de Soliman au terme duquel il renonce à se venger, pardonne à son Vizir et lui accorde Isabelle et la liberté.

Scudéry emprunte donc au roman ce qui forme la charpente de sa pièce. Il y puise aussi le substrat psychologique sur lequel elle repose. Dans « L'Histoire de Justinian et d'Isabelle » en effet, - Scudéry l'a souligné dans la préface qu'il écrit pour le roman - autant qu'aux aventures des personnages l'auteur s'est intéressé aux « mouvements de [leur] âme »[32], à leurs conflits moraux et les a analysés longuement avec une grande finesse. C'est avec ce matériel psychologique fourni par le roman que Scudéry alimente ses actes et meuble ses scènes. Il le fait d'autant plus facilement que Madeleine exprimait souvent ces conflits sous une forme déjà quasi dramatique, dans des dialogues ou des monologues intérieurs qu'il n'avait plus qu'à mettre en scène, et qu'elle lui indiquait, d'autre part, les moments décisifs de l'action intérieure. Certains conflits y étaient longuement développés. Scudéry les condense par souci de la concentration dramatique, au détriment parfois de la vrai-

---

32. Préface du roman *Ibrahim,* f° 16 verso.

semblance et de la finesse de l'analyse. D'autres, au contraire, n'y étaient qu'indiqués schématiquement ou suggérés, et il en développe le canevas ou la suggestion. D'autres, enfin, sont une imitation presque littérale du texte romanesque. Mais presque toujours ce qui a trait à la peinture des sentiments est plus ou moins inspiré du roman. Presque toujours cependant, même lorsqu'il semble n'apporter que d'infimes modifications, Scudéry imprime sa marque personnelle sur les éléments empruntés. Il serait fort intéressant, pour apprécier justement l'ampleur des emprunts ainsi que les modifications, bref le travail de l'adaptateur, de rapprocher chaque scène de sa source romanesque. Les limites de cet ouvrage ne le permettent pas. Nous nous contenterons donc de signaler les rapprochements indispensables au cours de l'édition et, à titre d'exemples, de comparer ici, aux passages romanesques dont elles sont inspirées, trois scènes essentielles : le monologue initial, le premier aveu de Soliman et son revirement final.

* *
*

Le monologue initial de la tragi-comédie suit de très près le texte du roman. Les sentiments de Soliman, leur enchaînement et parfois leur expression sont les mêmes : le brusque revirement du Sultan, alors qu'il semble résolu à renoncer à son amour coupable, puis son retour à la lucidité et, enfin, sa crainte de ne pouvoir conquérir Isabelle sont absolument identiques dans les deux textes :

Le roman[33]	*La tragi-comédie*[34]
Quoi, disait-il en son coeur, injuste et cruel que je suis, ne devrais-je, après avoir remporté tant de victoires, me vaincre une fois moi-même (...) ? Ne saurais-je aimer, si je	Injuste Soliman, que ton crime est extrême ! Ne saurais-tu, cruel, te surmonter toi-même ? Est-ce un labeur si grand qu'il ne t'est point permis,

---

33. *Ibrahim ou L'Illustre Bassa,* roman de Madeleine de Scudéry, à Paris, chez Antoine de Sommaville, 1641, 4 vol., in-4°. C'est à cette première édition du roman que renvoient toutes les références. Ici Partie III, livre 4, pp.510 et suiv.

34. *Ibrahim ou L'Illustre Bassa,* tragi-comédie, première éd.,

ne suis criminel ? ...
Faut-il que je sois mon plus cruel ennemi ?...
Ma destinée est-elle si funeste que je ne
puisse être heureux qu'en violant tout ce
qu'il y a de plus saint au monde ? Toute la
terre me donne des esclaves. Les plus belles
femmes de toute la Grèce sont dans mon
sérail en mon pouvoir, et cependant je veux
ravir au seul homme que j'aime la seule personne qu'il peut aimer, qui lui peut conserver la vie, lui qui, le plus généreux de tous
les hommes, l'a hasardée cent fois, mais qui,
plutôt que de manquer à sa parole, s'est
résolu à la mort en abandonnant Isabelle.

Ah ! non, mourons plutôt mille fois que de
consentir à cette injuste passion.

Après avoir vaincu de si forts ennemis ?
Quoi, faut-il que tu sois, (ô funeste mémoi-
re !)
L'ennemi de ton bien et celui de ta gloire ?
Et que par un malheur hors de comparaison,
Tu ne puisses aimer, sans perdre la raison ?
(...)
Quoi, ne saurais-je aimer, et sans honte, et
sans blâme ?
Et quel astre ennemi de la gloire des rois
Me force à violer toutes sortes de droits ?
Cent climats différents me donnent des
esclaves, (...)
La Grèce n'a rien vu de beau ni de char-
mant
Qui ne soit au Sérail par mon commande-
ment :
Et cependant, malgré cette gloire suprême,
J'ose vouloir ravir au seul homme que j'aime,
Par une lâcheté qu'on ne peut trop blâmer,
L'unique et seul objet que son cœur peut
aimer.
Ah ! non, mourons plutôt, dans un tour-
ment si rude, que de nous diffamer par une
ingratitude !

- Mais son image se présente à mes yeux. Je
sais bien que je dois beaucoup à Ibrahim.
Mais je sais bien que je dois beaucoup à
moi-même.

Mais Dieu ! dans mon esprit, l'image
d'Isabelle
M'apparaît, malgré moi, si charmante et si
belle ;
Je sais ce que je dois aux soins d'un grand
ministre ;
Mais je n'ignore pas ce qu'on doit à
l'Amour.

Et puis, qui sait si Ibrahim ne me cédera pas
Isabelle, lui qui a pu se résoudre à la quitter
pour me sauver la vie (...), un homme que
j'ai retiré des fers, du tombeau...

Peut-être qu'Ibrahim, voyant ce que j'endu-
re,
Aura quelque pitié d'une peine si dure,
Qu'il cédera lui-même à ce cœur amoureux,
Et que pour me sauver il sera généreux.
Lui que je retirai du sépulcre et des fers...
....

Mais, hélas ! poursuivit-il, quand Ibrahim
consentirait à mon amour, je n'aurais pas
convaincu Isabelle.

Mais, hélas ! quand le Ciel et quand le Grand
Vizir
Consentiraient ensemble à mon juste désir,
Je n'aurais pas vaincu la fierté d'Isabelle.

chez Nicolas de Sercy, in-4°, 1643. Privilège du 30.1.1643 ;
achevé d'imprimer du 1.3.1643. C'est à cette édition que renvoient les références ; ici I, 2, v.125-204.

Dans la scène suivante, la longue scène, où Soliman avoue pour la première fois son amour à Isabelle, la conduite de l'action, les mouvements psychologiques sont aussi exactement les mêmes que dans le roman. Les arguments identiques sont prêtés aux interlocuteurs dans un ordre identique. Quant aux réminiscences textuelles, elles sont si nombreuses qu'il est impossible de les relever.

Dans la pièce, comme dans le roman, Soliman, tout d'abord embarrassé, ne sachant comment avouer à Isabelle un amour qu'il sait devoir être mal accueilli, commence par lui dire :

Le roman[35]	*La tragi-comédie* [36]
Je sais bien,, lui dit-il, que je m'en vais me détruire moi-même, qu'en vous apprenant mes sentiments, je m'en vais me faire haïr. Mais je voudrais, auparavant que de vous confesser mon crime, que vous m'eussiez dit si une erreur qui n'est point volontaire mérite un aussi grand châtiment qu'une malice préméditée.	Je sais bien que je vais me détruire moi-même, (...) Et qu'enfin ce discours me va faire haïr. Mais avant que parler de ce qu'on ne peut taire, Dites-moi si l'erreur qui n'est point volontaire, Est indigne de grâce et de votre bonté, Comme lorsque le crime est en la volonté.
Seigneur, lui répondit Isabelle, toutes les personnes qui ont l'âme grande, comme ta Hautesse, ne peuvent jamais faire de fautes que volontairement.	La faiblesse n'est point parmi les âmes grandes.... Quand on les voit faillir, c'est volontairement.

Soliman lui rétorque qu'il savait bien qu'exempte de faiblesse, elle lui serait « un juge rigoureux » et il évoque, pour s'excuser, les luttes de sa raison. Isabelle lui conseille de se garder de lui découvrir son mal de peur de l'accroître :

35. *Ibrahim ou L'Illustre Bassa,* roman, éd. cit., Partie IV, livre 3, pp.295-309.
36. *Ibrahim*, tragi-com, I, 3, v. 207 et suiv.

Je savais bien, dit Soliman en l'interrompant, que vous me seriez un juge rigoureux.......................

Hélas ! je savais bien, en mon sort malheureux,
Que vous ne me seriez qu'un juge rigoureux !
(...)

Que ta Hautesse prenne garde, lui dit alors Isabelle, qu'elle n'irrite son mal en le découvrant et que ce qu'elle croit pouvoir être un remède à sa douleur ne soit un moyen pour l'accroître............................

Garde, garde, Seigneur, de la faire périr,
Et d'accroître ton mal, au lieu de le guérir.

Mais Soliman de lui répondre :

Que voulez-vous que fasse un prince qui (...) est absolument résolu de mourir ou de toucher d'amour ou de pitié la personne qu'il adore ?

Car que peut faire un prince en cette extrémité
Qui ne peut plus aimer, ni souffrir sans le dire,
Et bref, qui se veut perdre en ce funeste jour
Ou toucher de pitié l'objet de son amour ?

Il reconnaît alors qu'il est coupable, mais il affirme aussi :

Mais je sais plus que tout cela que l'amour ne se montre jamais ni plus grand ni plus parfait que lorsqu'il détruit l'amitié, qu'il force la raison.

Mais confessez aussi que tout coeur généreux
Ne se montre jamais plus grand, plus amoureux,
Que lorsque pour l'objet qui règne en sa mémoire,
On lui voit négliger et l'honneur et la gloire,
Qu'il détruit l'amitié, qu'il force la raison ;
(...)

Plaignez du moins le mal que vous avez causé.

Plaignez au moins le mal que vous avez causé.

Isabelle feint alors habilement de croire que cette déclaration n'est qu'une invention pour l'éprouver et l'assure que, si cela n'était, elle ne ferait qu'avancer sa mort. L'imitation se fait ici presque littérale :

Le discours que ta Hautesse vient de me faire est sans doute un dessein d'éprouver ma constance et ma résolution (...) L'amour le plus violente (...) ne servirait qu'à hâter ma mort.

Et tout ce vain discours n'est qu'une invention
Pour éprouver notre âme et notre affection. (...)
Que cette injuste amour avancerait ma mort.

Plût au Ciel, répliqua Soliman, pour votre repos et pour le mien, que la chose fût ainsi, mais, aimable Isabelle, …

Plût au cruel destin qui s'oppose à mon bien,
Que pour votre repos, ainsi que pour le mien,
Vous fussiez véritable et cette flamme feinte !

Enfin, en dernier recours, Isabelle affirme avec fougue qu'il ne doit pas espérer son amour, même si, contre toute attente, Ibrahim renonçait à sa propre passion :

Et quand, par un prodige que je ne crains pas qu'il puisse arriver, Ibrahim consentirait à ta passion (...), que Ta Hautesse sache que je ne suis pas capable de faillir par l'exemple. Je cesserai d'aimer Ibrahim, s'il cesse d'être généreux, mais je ne t'aimerai pas davantage.

Et quand par un prodige aussi grand qu'impossible,
Ibrahim à tes maux pourrait être sensible,
(...)
Je ne pécherais point par l'exemple d'autrui.
Je ne l'aimerais plus, s'il n'aimait plus la gloire.

Ces deux rapprochements pourraient suffire à montrer que Scudéry doit beaucoup au roman de sa sœur : sujet, intrigue, sentiments des personnages et souvent leur expression, bien qu'elle soit naturellement plus dense, plus ramassée dans la tragi-comédie. Il semble donc qu'il reste peu de chose à mettre à l'actif du dramaturge. Pourtant il serait erroné et injuste de penser qu'il s'est contenté de puiser dans le texte romanesque. Il emprunte, certes, mais, soit qu'il obéisse aux lois propres du genre dramatique, soit qu'il suive son goût personnel, il adapte habilement à la scène les matériaux romanesques avec un art qui révèle une parfaite maîtrise des emprunts.

L'adaptation

Tout d'abord, - ce qui est déjà une forme d'adaptation, si élémentaire soit-elle - Scudéry fait un choix dans l'ample matière romanesque : non seulement il extrait le récit central, l'« Histoire de Justinian et d'Isabelle », du réseau des épisodes secondaires qui l'interrompent, mais il élague considérablement ce récit lui-même, de sorte que la partie mise en scène n'est qu'une faible partie de cette histoire. Il commence par supprimer les aventures de jeunesse d'Ibrahim. Au début du roman, après des considérations historiques sur le gouvernement de Gênes destinées à expliquer la vieille haine qui oppose la famille de Justinian à celle d'Isabelle, Madeleine consacrait le récit au passé de son héros, depuis la naissance de son amour pour Isabelle jusqu'à son arrivée à Constantinople. Scudéry entre tout de suite dans le vif de l'action : il fait débuter la pièce lorsque le Sultan, après avoir fait enlever Isabelle pour dissiper la tristesse de son Vizir, l'a installée dans le sérail et que, tandis qu'Ibrahim combat pour lui en Perse, il en est devenu amoureux. Ce qui dans le passé d'Ibrahim est indispensable pour la compréhension de l'action est brièvement indiqué au début de l'acte II, trop brièvement peut-être, car les omissions ne vont pas sans entraîner parfois quelques obscurités. Mais cette brièveté de l'exposition et sa prolongation jusqu'au deuxième acte, quand on connaît déjà les personnages et qu'on s'intéresse à eux, ont l'avantage de la rendre plus dramatique et d'éviter l'ennui que n'aurait pas manqué de provoquer un long exposé initial.

Même concision au dénouement de la tragi-comédie. Dans le roman, après avoir pardonné à son Vizir, le Sultan fait courir le bruit de sa mort afin d'éviter les réactions que l'annonce de son départ aurait provoquées dans le peuple et le fait emmener secrètement, en compagnie d'Isabelle et de ses amis, à Péra, chez des religieux grecs, en attendant que soit prêt le vaisseau qui doit le conduire à Gênes. Scudéry supprime cette nouvelle péripétie et termine la pièce dès que la crise morale est dénouée, lorsqu'Ibrahim et Isabelle, pardonnés et libérés par le Sultan, ont pris congé de lui. Ainsi, l'unité de lieu est respectée, le dénouement dans sa sobriété est plus saisissant.

Scudéry supprime encore un certain nombre d'épisodes romanesques, qui donnaient lieu à des récits mouvementés et à des descriptions colorées, mais étaient peu utiles à la peinture des sentiments, tels que l'accueil triomphal d'Ibrahim à son retour de Perse, sa fuite sur un bateau chrétien, sa poursuite sur mer et sa capture par Rustan, ou le repas funèbre qui lui est offert. Quant aux épisodes qu'il retient, il les élague également. Pour s'en convaincre et pouvoir rendre justice à l'adaptateur, il convient non plus de s'en tenir aux seuls emprunts, comme il a été fait jusqu'ici, mais de comparer un passage dramatique à sa source romanesque présentée, autant qu'il est possible[37], dans son intégralité. Nous avons choisi à cette fin le récit du revirement final de Soliman transposé par Scudéry dans la scène 4 de l'acte V, parce que ce passage, preuve, s'il en était besoin, que l'imitation du roman se poursuit jusqu'au dénouement, montre très clairement le traitement dramatique que Scudéry impose au texte romanesque.

Roman[38]	Tragi-comédie[39].
Rustan, [...] voulut persuader à Soliman d'aller étrangler Ibrahim de ses propres mains [...] ; Ce cruel sentiment de Rustan donna de l'horreur à ce Prince et, comme elle est un chemin à la compassion, [...] insensiblement son imagination lui présenta d'autres objets. Il vit Isabelle en larmes [...], il ne put s'empêcher d'en être ému. [...] Soliman crut, que s'il se promenait quelque temps, peut-être pourrait-il s'assoupir par lassitude. Il se releva donc, se promenant tantôt avec violence, tantôt avec moins de précipitation.[...] Il se tournait d'un côté, puis de l'autre. Comme il se fut promené très longtemps et que par lassitude il se fut remis sur son lit, il trouva encore moins de disposition pour dormir qu'auparavant. [...] Après que l'inquiétude l'eut fait changer cent fois de place [...] la vue de Rustan lui remit en la mémoire tous les malheurs de sa maison, toutes les vio-	

---

37. Il est impossible en effet de citer intégralement le passage romanesque, tant il est long, Madeleine notant toutes les nuances des sentiments, qui n'ont pas leur place dans un poème dramatique.

38. *Ibrahim,* roman, Partie IV, livre 5, pp.616-623.

39. *Ibrahim*, tra.-com., V, 11, v. 2011-2036.

32   IBRAHIM OU L'ILLUSTRE BASSA

lences qu'il avait faites par ses conseils et par ceux de Roxelane [...] et plusieurs choses semblables qui lui remplirent l'esprit de tant de funestes idées que l'amour qu'il avait pour Isabelle commença de n'être plus assez forte pour les dissiper. Il sentit en son coeur quelque répugnance pour ce qu'il faisait et, sa raison se développant tout d'un coup : Que fais-je, dit-il en lui-même, insensé que je suis ! de ne connaître pas que l'impossibilité que je trouve à perdre un homme désarmé, que je tiens en mes mains, qui est chargé de fers et qui est sans défense au milieu de ses bourreaux. est sans doute une marque que le ciel le protège. Car, si cela n'était, je ne lui aurais pas promis, il y a si longtemps, de ne le faire point mourir. Je ne m'en serais pas souvenu si précisément. (...). Je serais endormi, Ibrahim serait mort. Mais je vois bien, comme je l'ai dit, que le Ciel le garde et qu'il ne veut pas que je me venge. Mais hélas ! reprenait-il en lui-même, de quel crime, de quelle injure, de quel outrage veux-je me venger ? Non, non, poursuivait-il, Ibrahim n'est point coupable, et je suis seul criminel. Au contraire, je lui dois toutes choses, et il ne me doit rien. Il est vrai qu'il a voulu sortir de mon Empire sans mon congé, mais c'était pour sauver sa maîtresse et cet homme généreux qui pouvait renverser tout mon Etat pour se mettre en sûreté et pour se venger de l'infidélité que je lui faisais, s'est contenté de s'enfuir comme un simple esclave. Ecoutons la raison qui nous parle, écoutons la voix du Prophète qui nous arrête le bras et n'écoutons plus cette injuste amour qui nous possède. En cet endroit Soliman ne put retenir ses larmes et l'amour qu'il avait pour Isabelle fit qu'il eut encore quelque difficulté à se résoudre de s'en priver. Mais Rustan, ayant voulu encore une fois le porter à la violence, fit qu'il pencha entièrement du côté de la vertu. (...) Rustan (...) ne pouvait com-

Mais, que fais-je, insensé, de ne connaître pas,
Que le Ciel me combat et qu'il me rend sensible ?
Lui seul rend aujourd'hui ma vengeance impossible.
Le Grand Vizir est pris, il est abandonné ;
De funestes bourreaux, il est environné.
Et cependant il vit ; parjure, sacrilège,
Connais, connais par là que le Ciel le protège
S'il ne le protégeait, il serait déjà mort ;
Je n'aurais point promis ce qui change son sort ;
Pour le perdre aujourd'hui, j'en perdrais la mémoire ;
Je n'aurais point de peur de détruire ma gloire ;
Je n'aurais point au cœur ces remords superflus ;
Enfin, je dormirais, et lui ne serait plus.
Mais en l'état funeste où la douleur me range,
Je vois bien que le Ciel ne veut pas qu'on me venge.
Et de quel crime, ô Dieu, prétends-je me venger ? (...)
Je suis seul criminel, il fuit ce qui l'oppresse
Il songe seulement à sauver sa maîtresse ;
Et, pouvant renverser mon trône et me punir,
Ce coeur trop généreux ne fait que se bannir
Ecoutons la raison et la voix du Prophète ;
C'est elle qui retient mon bras et la tempête
C'est lui qui me conseille en ce funeste jour
Ecoutons les tous deux, n'écoutons plus l'amour.
C'en est fait, c'en est fait, il faut rendre les armes.

prendre qu'en si peu de temps il fut arrivé un si grand changement. Mais il ne savait pas que ceux qui ont des inclinations vertueuses et qui ne sont méchants que par une violente passion ou par les conseils d'autrui, n'ont besoin que d'un moment pour se porter au bien. (...) Soliman donna un illustre exemple de cette vérité en cette occasion.

Ce Prince eut néanmoins encore de grandes inquiétudes : il parut incertain dans ses résolutions, et durant les agitations de son âme....

Rustan demeura dans une peine étrange.....

Cependant Ibrahim ne pouvait comprendre par quelle raison on lui faisait si longtemps attendre la mort...

Isabelle, de son côté, n'était pas sans peine...

Cette dernière comparaison confirme sans doute encore l'importance des emprunts faits au roman. La tragi-comédie, comme le texte romanesque, évoque le retour de Soliman à la raison. Pour l'exprimer, Madeleine avait utilisé un monologue intérieur, Scudéry utilise un monologue. Le raisonnement qu'y fait Soliman est semblable. Les mêmes arguments y sont présentés dans le même ordre :
1 - Le Ciel protège Ibrahim et ne veut pas que je me venge ;
2 - D'ailleurs Ibrahim n'a commis aucun crime ;
3 - Ecoutons donc la raison et la voix du Prophète. Les termes eux-mêmes, enfin, sont souvent identiques.

Mais le texte dramatique diffère du texte romanesque sur plusieurs points. Il est beaucoup plus court, c'est évident. Il ne comporte aucune indication sur l'attitude et les gestes de Soliman, longuement décrits dans le roman, en particulier quand celui-ci recherche le sommeil. C'est normal, puisque le dramaturge met le personnage sous les yeux du spectateur. Romancière et dramaturge montrent tous deux le réveil de la raison en Soliman. Mais, si Scudéry montre le sentiment à son paroxysme et se contente de montrer par les paroles de Soliman qu'il a retrouvé sa lucidité, Madeleine suit le progrès du sentiment de Soliman depuis sa naissance jusqu'à ses prolongements. Elle note d'abord les « mouvements de l'âme » du Sultan qui précèdent et préparent ce retour à la lucidité : elle montre comment la cruauté de Rustan lui « donna de l'horreur » et comment cette horreur, « comme elle est un chemin à la compassion », le fait s'attendrir sur le sort d'Isabelle et d'Ibrahim ; puis elle rappelle comment la vue de Rustan, réveillant le souvenir de ses malheurs passés, remplit son coeur de « funestes pensées » qui supplantent son amour. Enfin elle explique la soudaineté du revirement par une vérité morale de portée générale : « ceux qui ont des inclinations vertueuses n'ont besoin que d'un moment pour se porter au bien ». Ensuite elle évoque « les mouvements de l'âme » qui suivent cette prise de conscience : l'attendrissement du Sultan et les difficultés qu'il éprouve encore à surmonter sa passion. De plus, méthodiquement, Madeleine analyse les répercussions des événements dans l'âme de chacun des autres personnages, alors que Scudéry concentre l'éclairage sur Soliman : c'est la scène 4 de l'acte V.

Si donc Scudéry a beaucoup emprunté au roman de Madeleine, il a fait un choix parmi les matériaux romanesques et les a considérablement élagués. Il lui arrive aussi parfois d'apporter quelques modifications ou même des éléments originaux.

Modifications et ajouts

Dans la deuxième partie de sa carrière, à l'époque que l'on pourrait appeler la période cornélienne de Scudéry, parce qu'il y subit fortement l'influence de son rival, il a accentué la générosité des personnages romanesques et, ce faisant, il a rendu leurs luttes intérieures plus dramatiques. Soliman, même au plus fort de sa passion pour Isabelle, n'oublie pas ce qu'il doit au Vizir et balance plus longtemps que le héros du roman avant de se résoudre à le faire périr. De même, Ibrahim hésite plus longtemps que son homologue romanesque à abandonner son protecteur et ne décide de s'enfuir qu'après avoir sondé son coeur dans une scène qui est tout entière de l'invention de Scudéry.

Mais les modifications et ajouts les plus importants concernent les personnages d'Astérie et d'Achomat (Acmat dans le roman). Dans l'« Histoire de Justinian et d'Isabelle », ils étaient des personnages très secondaires et rapidement dessinés. Soucieux d'étoffer son intrigue, Scudéry, pour sa part, leur donne sinon une épaisseur humaine, du moins plus de personnalité et par suite un rôle plus important dans l'action. Dans le roman, la Sultane Astérie, confidente et protectrice d'Isabelle, avait été offerte autrefois en mariage à Ibrahim par son père. « La gloire d'Ibrahim avait touché [son] inclination et [elle se serait] résolue avec joie à être sa femme, mais « ce qu'elle [avait] senti pour le Bassa ne se pouvait pas nommer amour, mais un simple désir d'épouser un homme illustre et vertueux »[40]. Scudéry imagine qu'elle a ardemment aimé Ibrahim et cette invention a d'heureuses conséquences : d'une part, son amour la pousse à intervenir à plusieurs reprises dans l'action pour sauver le Vizir ; mais, d'autre part, elle doit préalablement livrer un dur combat pour surmonter les derniers sursauts de cet amour, fournissant ainsi au dramaturge l'occasion d'une lutte intérieure et d'un monologue. Quant au « généreux Acmat », il n'apparaissait dans l'« Histoire de Justinian et d'Isabelle » que fort peu[41] dans les toutes dernières lignes du récit pour conforter Soliman dans sa décision de pardonner et s'occuper du départ d'Ibrahim[42]. Dans la tragi-comédie, Achomat a un rôle beaucoup plus important, on le verra[43]. En particulier - c'est une pure invention de Scudéry - il aime Astérie sans

---

40. *Ibrahim*, roman, éd. cit., Partie III, livre 4, p.578.

41. Il intervient beaucoup plus dans d'autres récits du roman tels que l'« Histoire de Mustapha et de Giangir » où il s'oppose au mauvais conseiller Rustan.

42. « Après cela, [le Sultan] envoya quérir le vertueux Acmat et la Sultane Astérie. (...) Après qu'ils l'eurent puissamment confirmé dans le dessein de redonner sa liberté à Justinian et à Isabelle (...), Acmat, s'étant chargé de la conduite de Justinian et de sa maîtresse, les mena avec toute leur troupe... » (*Ibrahim*, roman, Partie IV, livre 5, p.636, p. 638 et p.639-640.

43. Voir *infra*, ch. VI, : « Une tragédie classsique » pp. 49-50.

être payé de retour, et cet amour, lorsqu'Astérie lui demande de sauver Ibrahim, son rival, provoque un douloureux
dilemme qui donne lieu à un nouveau monologue.
Beaucoup des scènes où apparaissent Achomat et Astérie
sont donc des créations de Scudéry d'un effet doublement
heureux : grâce à ces deux intrigues amoureuses imaginées
par le dramaturge, l'action est étoffée, plus riche de combats
intérieurs. Elle est aussi plus resserrée, puisque les liens tis-
sés entre les différents personnages sont plus étroits.

Ces modifications ou ces ajouts sont sans doute peu de
chose en comparaison de tout ce que Scudéry doit à son
modèle, peu de chose aussi en comparaison des modifications ou ajouts que présentaient certaines de ses pièces
antérieures qui sont faites aussi d'imitations, mais qui,
associant plusieurs sources ou transformant davantage les
éléments empruntés, font une part plus large à l'initiative
personnelle. *Ibrahim* est d'ailleurs un cas extrême. Jamais,
si ce n'est dans *Axiane*, le dramaturge ne suit son modèle
d'aussi près. Mais les modifications apportées sont presque
toujours heureuses et révèlent un sens dramatique très sûr.
Ibrahim n'est nullement une œuvre originale, mais elle est
une bonne adaptation.

V. ASPECTS BAROQUES : SPECTACLE, MOUVE-
MENT, SURPRISE.

Couleur orientale et spectacle

Les éléments spectaculaires, bien que moins importants
que dans les premières pièces de Scudéry, sont dans
Ibrahim encore assez nombreux et s'y confondent souvent
avec la couleur locale.

Ibrahim, - le titre le suggère - est une tragi-comédie du
sérail. La pièce, comme le récit romanesque, se déroule en
Turquie, sous le règne de Soliman II. Dans le roman, l'histoire était mêlée à la fiction. Scudéry élimine les éléments
historiques, mais, convaincu à cette époque que la vraisemblance a besoin d'un support de vérité, il garde une

coloration historique. « Pour donner plus de vraisemblance aux choses, j'ai voulu que les fondements fussent historiques, mes principaux personnages marqués de l'histoire véritable.[...] J'ai observé les moeurs, les coutumes, les lois, les religions et les inclinations des peuples » écrivait-il dans la préface du roman.[44]. Il parlait alors du roman, mais il aurait pu parler dans les mêmes termes de sa tragi-comédie. En effet il conserve à quelques-uns de ses héros le nom de personnages connus de l'histoire turque, et à Roxelane les traits de caractère que lui attribue l'histoire. Surtout il dissémine çà et là dans la tragi-comédie « des mots turquesques »[45], des termes techniques et des détails[46] qui évoquent la Turquie, ses usages et sa religion. Il est souvent question du Sultan, de la Sultane Reine, de la Sultane, du Vizir, du « Bassa de la mer », de la « Porte », du « Sérail » et de ses esclaves, « du château des sept tours [et de] ceux de la mer Noire »[47] où sont gardés les prisonniers du Sultan. Les sujets de Soliman l'appellent « Ta Hautesse », « Ta Majesté », parce que c'est « la coutume de ces peuples qui parlent ainsi à leur souverain »[48]. Pour vaincre les scrupules religieux de Soliman, on fait appel au Muphti. Celui-ci, s'il se comporte en parfait casuiste du XVIIe siècle, n'en invoque pas moins « le Prophète » pour résoudre le cas de conscience de son maître. Soliman qui a « [juré] par Allah, le Dieu de l'Univers », craint « les anges

44. Préface du roman *Ibrahim*, f° 11 verso.

45. *Ibid*. f° 20, « Si vous voyez quelques mots turquesques, comme Allah et quelques autres, je l'ai fait de dessein (...) et je les ai mis comme des marques historiques qui doivent passer plutôt pour des embellissements que pour des défauts. » dit Scudéry à propos du roman. Cette affirmation s'applique également à la tragi-comédie.

46. Nous n'avons pas à chercher la source de ces détails de couleur locale : nous savons que Scudéry les emprunte à sa soeur qui, elle-même, les avait sans doute puisés dans *L'Inventaire des Turcs* de Baudier.

47. Pour tous les « mots turquesques, » « Vizir », « Bassa », « Porte »......., voir le glossaire, pp. 267-268.

48. Préface du roman *Ibrahim*, éd. cit., f °19 verso.

noirs et redoute leurs fers ». Ces vocables, ces détails sont
autant de « marques historiques » qui évoquent bien sûr la
Turquie. Mais, bien que, dès la première scène d'*Ibrahim,*
il soit fait mention des interdits du sérail et des tortueuses
machinations de la Sultane Reine[49], Scudéry, sauf dans
quelques scènes, ne réussit que médiocrement à suggérer
l'atmosphère lourde, confinée, oppressante d'un sérail et la
cruauté des mœurs orientales. A ce point de vue, Mairet lui
est supérieur. *La Mort de Mustapha* est un tableau beaucoup plus puissant de ce monde fermé, fait de secret, de
mensonge, de cruauté qu'est la cour du despote oriental et
l'ambiance étouffante « [de] ce palais funeste où l'effroi
[...] environne »[50] Mustapha. Rien dans *Ibrahim,* pas même
la scène où Rustan attend le sommeil de Soliman pour faire
périr le Vizir, n'égale en horreur cette scène du dernier acte
de *La Mort de Mustapha* qui a inspiré à Racine deux vers
de *Bajazet*[51] et que Mairet appelle dans une didascalie
« scène équivoque de Soliman ». Scène tragiquement équivoque en effet, et emblématique de la sauvagerie des
mœurs turques, que ce passage où, dans un raffinement de
cruauté, le Sultan, jouant sur le sens des mots, fait mine de
vouloir unir Mustapha et Despine, alors qu'il les envoie à
la mort, puis apparaît deux fois à la fenêtre pour hâter leur

---

49. *Ibrahim*, tr.-com., I, 1, v.1-6 et v.60
   Roxelane. - Rustan, ne craignez rien, ne soyez point en peine ;
                 C'est un droit qu'on accorde à la Sultane Reine ;
                 Et malgré la coutume et sa sévérité,
                 Le Sérail de dehors a cette liberté :
                 Ici, quand il me plaît, peuvent entrer les
                 hommes. (...)
   Rustan   Je vous donne le choix du fer ou du poison.
50. Mairet, *Le Grand et Dernier Solyman ou La Mort de Mustapha,* Paris, Courbé, in-4°, 1639. Ici IV, 1, p.90.
51. *Le Grand et Dernier Solyman,* éd. cit., V, 1 :
                 Loin de rompre le noeud qu'ils serrèrent ensemble,
                 Je veux qu'un plus étroit aujourd'hui les assemble.
   Bajazet, V, 6, v.1623-1624 :
                 Loin de vous séparer, je prétends aujourd'hui
                 Par des nœuds éternels vous unir avec lui.

exécution. Rien de tel dans *Ibrahim*. C'est que, d'une part,
la générosité dont Scudéry dote quelques-uns de ses per-
sonnnages, en particulier Soliman, ne favorise guère le
déchaînement de la cruauté. D'autre part, quoique Scudéry
essaye de recréer l'état d'esprit des Turcs et, inversant plaisamment les rôles, montre les chrétiens vus par les yeux
des Turcs comme « lâches » et « sans foi »[52], c'est-à-dire
tels qu'eux-mêmes sont vus par les chrétiens, la couleur
locale, dans *Ibrahim*, est plus matérielle que morale. Elle
n'est pas « couleur d'âme », comme le disait dans une belle
expression Raymond Picard parlant de la couleur locale de
Bajazet. Elle se situe à la surface du drame, soit dans les
« marques historiques », soit dans des spectacles qui allient
la pompe à la couleur orientale : les costumes dont le frontispice permet d'imaginer la magnificence[53], l'escorte de la
Sultane Reine toujours accompagnée d'au moins « deux
esclaves » auxquels s'ajoutent le plus souvent la « troupe
des Grands de la Porte », la « troupe des janissaires portant
les drapeaux des Perses, les armes, la couronne et le sceptre
de Thacmas », « [une] troupe de joueurs d'atabales et de
hautbois ». Cette royale escorte, par le nombre important
des personnages, la présence de hauts dignitaires, les objets
symboliques comme les drapeaux des Perses, crée tout à la
fois la couleur locale et un spectacle solennel. Parfois la
pompe fait place au pathétique, comme c'est le cas quand
apparaissent sur la scène[54], portant leurs funestes cordeaux,
les « Muets noirs », signes annonciateurs de la mort
d'Ibrahim. Mais c'est ici encore, en même temps qu'un
tableau émouvant, l'évocation d'une coutume turque,
puisque, explique Madeleine dans le roman, « c'est de cette
sorte (...) qu'on exécute[en Turquie] les enfants de la famil-

---

52. *Ibrahim,* trag-com. : « Ceux de cette nation n'ont jamais eu
de foi », dit Roxelane d'Ibrahim (IV, 8, v.1802) et elle ajoute « il
est lâche et chrétien » (IV, 10, v.1846), car dans l'esprit d'un Turc
les deux caractères sont inévitablement liés.

53. Voir *supra,* frontispice, p. IV.

54. *Ibrahim,* tr.-com., V, 4.

55. *Ibrahim,* roman, éd. cit., Partie III, livre.2, p.374.

le royale »[55]. Si l'on ajoute le tableau intimiste que forme,
à l'acte V, le Sultan couché dans la pénombre de sa
chambre, s'agitant et cherchant en vain le sommeil, l'on
constate qu'*Ibrahim* manifeste encore le goût que Scudéry
a toujours eu pour le spectacle. Il manifeste également son
goût pour le mouvement auquel il ne renoncera jamais totalement, tant il semble indissociable de son talent propre[56].

Le mouvement

Certes, le respect des unités auquel s'astreint désormais
Scudéry et le sérail qui sert de cadre à l'action ne favorisent
guère les déplacements des personnages ; pourtant, tout en
observant rigoureusement l'unité de lieu, Scudéry a su
conserver habilement le mouvement scénique. Si, conformément à la règle, les personnages d'*Ibrahim* ne se dépla-
cent plus d'un lieu dans un autre et ne sortent pas du
sérail[57], à l'intérieur du sérail, en revanche, ils sont toujours
en mouvement ou se préparent au mouvement et les notations indiquant leurs déplacements sont extrêmement nombreuses. A l'acte I, le Sultan « entre dans la salle »[58], il
« sort dans le jardin[59] », et s'approche d'Isabelle[60]. A l'acte II, Isabelle se retire[61], puis revient sur la scène[62]. Le

---

56. Voir E. Dutertre « La Dramaturgie de Scudéry, une dramaturgie du mouvement » dans *Mélanges pour Jacques Scherer,
Dramaturgies, Langages dramaturgiques,* Paris, Nizet 1986,
p.163-171.

57. Ibrahim est arrêté avant d'avoir pu sortir du sérail, comme
Scudéry a soin de le préciser. Voir *Ibrahim,* IV, 9, v.1640-1641 :
    Depuis le peu de temps que le traître est parti,
    A peine du Sérail il peut être sorti.

58. « Le Sultan vient, Madame, il entre dans la salle.(...)
    .... Il avance toujours.(*Ibrahim,* I, 1)

59. « Allons donc au jardin chercher cette Princesse » *(*I, 2).

60. « Le Sultan vient,
    Madame, il faut cesser de plaindre »(I, 3)

61. *Astérie à Isabelle :* Retirez-vous, Madame, et soyez moins
en peine ».(II, 1)

62. *Soliman*
    Bien donc, qu'elle s'avance. » (II, 4)

Grand Vizir arrive et Isabelle doit se retirer à nouveau[63]. A l'acte III, le Vizir se rend auprès d'Isabelle qui fait mine de s'enfuir[64]. A l'acte IV, le Grand Vizir et elle se préparent à partir[65]. Puis l'on assiste à l'ébauche d'un combat, Ibrahim « les armes à la main » voulant se battre contre Rustan et les janissaires venus l'arrêter[66]. A l'acte V, enfin, le mouvement s'accélère. Tandis que les Muets arrivent sur la scène avec leur cordeau, Soliman, accompagné de Rustan, entre dans son appartement[67]. Paradoxalement la scène qui se déroule dans la chambre est particulièrement mouvementée. Un capigi « abaisse les rideaux, recule les lumières »[68] et Rustan, deux fois, ébauche un mouvement de sortie et, deux fois, rappelé par Soliman, doit faire marche arrière[69], puis s'enfuir sur

---

63. *Un Capigi*
    Le Grand Vizir arrive, il t'a voulu surprendre. (...)
    Soliman
    ....Rustan, qu'on la remène. (II, 7)
64. *Ibrahim à Isabelle*
    Vous fuyez un esclave, adorable inhumaine (III, 7)
65. *Idem.*
    Partons, partons, Madame.... (*Id.*, IV, 5).
Dans cette scène les verbes de mouvement sont particulièrement nombreux.
66. *Ibrahim*
    Je ne me rendrai point qu'en perdant la lumière.
    Roxelane
    Et tes soldats l'ont pris, les armes à la main
                                                    (*Id.*, IV, 11 et V, 2)
67. *Soliman*
    Qu'on mène les Muets...
    ....
    Et viens pour avancer ce funeste moment,
    Attendre mon sommeil à mon appartement.   (*Id.*, V, 4)
68. C'est là, incluse dans le texte, l'une des rares indications de mise en scène. Elle est rapide, mais suffit pour suggérer le cadre.
69. *Rustan*
    Morath, ne ferme plus de toute cette nuit, (...)
    Abaisse ces rideaux, recule ces lumières.
    Il dort, silence, il dort ; retournons sur nos pas.
    Soliman Arrête, arrête ;
    Rustan Le Sultan s'assoupit, précipitons nos pas (V, 11)

l'ordre de son maître[70]. Quant à Soliman, il est couché, mais non pas immobile. Ses mouvements ne sont pas décrits, alors qu'ils le sont longuement dans le roman[71]. Mais il est aisé d'imaginer le Sultan « se tournant et se retournant » dans son lit, comme le dit Madeleine, soit parce qu'il ne parvient pas à s'endormir, soit parce qu'il est agité par le remords. C'est même ce mouvement qui, quoique il soit de peu d'amplitude, devient ici le principal ressort de l'action, puisque Ibrahim ne peut être exécuté que lorsque Soliman dormira et que sa vie ou sa mort dépend des mouvements de Soliman éveillé ou de son immobilité dans le sommeil. Puis Rustan s'enfuit et la porte qui s'était refermée[72] sur lui s'ouvre[73] de nouveau pour laisser entrer dans la chambre Ibrahim et Isabelle[74], Astérie et Achomat. Enfin, bien que nous ne les voyions pas, nous devinons, d'après le bref récit qu'un capigi vient faire de la mort de Rustan[75], les mouvements de foule qui accompagnent cette mort.

Ainsi, en dépit de l'unité de lieu et bien que l'action se déroule essentiellement dans le cœur de Soliman, il y a toujours, pour accompagner les mouvements de l'âme, du mouvement sur la scène.

---

70. *Rustan*
      .... et je fuis sa fureur ;
      Oui, je sors du Sérail, c'est lui qui me l'ordonne. (V., 12)
71. Voir *Ibrahim*, roman, Partie IV, livre 5, pp.616 et suiv. et *supra*, pp.36-37.
72. *Soliman*
      Fais venir Ibrahim, fais venir Isabelle.(...)
      Referme cette porte. (V, 11)
73. *Le Capigi*
      Qu'on ouvre cette porte.(V, 15)
74. *Isabelle*
      Allons, Justinian, que tardons-nous ? allons ; (...)
      Mais que veut Achomat et la Sultane aussi ? (V., 14)
75. *Un Capigi*
      Comme Rustan sortait, tout le peuple en furie
      A poignardé le traître avecques le Muphti.(V, sc. dern.).

La suspension

Par ailleurs, on retrouve dans *Ibrahim* un caractère du théâtre baroque auquel Scudéry restera également attaché jusqu'à la fin de sa carrière dramatique, ce sont les « incidents imprévus » qui, de l'avis de Scudéry, sont de l'essence même de la tragi-comédie, puisqu'elle doit « [tenir] toujours l'esprit suspendu », comme il le disait encore en 1641 dans la préface d'*Andromire*. Dans *Ibrahim*, Scudéry a admirablement réussi en effet à « tenir l'esprit suspendu. » Au cours de la pièce, dans plusieurs scènes, qui seront signalées dans l'édition, il a présenté les faits de façon à susciter et à prolonger un certain *suspense*. Mais dans trois scènes surtout il a réussi à provoquer une surprise mêlée de crainte. Il l'a obtenue d'abord par l'arrivée inattendue d'Ibrahim auquel Soliman avait intimé l'ordre de rester en Perse, et ceci au moment où il vient de le trahir en déclarant son amour à Isabelle. Puis, peu après, nouvel effet de surprise, dû au brusque refus de Soliman de mettre à mort son Vizir et à la révélation soudaine et inattendue de l'ancienne promesse qu'il lui avait faite de ne pas le faire périr de mort violente. Cette révélation s'explique psychologiquement, on le verra, mais elle n'en provoque pas moins un véritable coup de théâtre qui fait rebondir l'action et détruit tous les espoirs de Roxelane et de Rustan déjà triomphants. Enfin, durant la scène nocturne où, couché et surveillé par Rustan, Soliman s'efforce de dormir (V, 11), Scudéry crée la « suspension », comme on le disait alors. Si Soliman s'endort, Rustan pourra faire exécuter Ibrahim, et chaque fois que le Sultan semble s'assoupir, plein d'espoir, il se prépare à faire mourir le Vizir et plonge le spectateur dans une inquiétude d'autant plus vive que Scudéry a su l'intéresser au sort des deux amoureux :

Rustan	Il dort, silence, il dort, retournons sur nos pas.
Soliman	Arrête, arrête.
Rustan	O Ciel !
Soliman	Non, non, je ne dors pas.

....
Rustan	Le Sultan s'assoupit, précipitons nos pas.[76]

---

76. *Ibrahim*, V, 2, v.1968-1969 et 2008.

Heureusement pour Ibrahim, Soliman manifeste à nouveau qu'il est bien éveillé et ne fera plus désormais mine de s'assoupir. Mais Scudéry n'en a pas moins réussi à tenir le spectateur en haleine durant toute cette longue scène. Jacques Truchet résumait le mouvement « haletant » du dénouement de *Rodogune* par ces mots : « Boiront-ils ? »[77]. Cette scène qui a aussi quelque chose de haletant pourrait se résumer par « Dormira-t-il ? », puisque le sommeil de Soliman vaut pour Ibrahim condamnation à mort.

Les éléments spectaculaires, le mouvement scénique et les effets de surprise, qui correspondent au génie propre de Scudéry et qui caractérisent le théâtre baroque, sont donc des aspects non négligeables d'*Ibrahim* ; ils manifestent qu'il n'y a pas totale solution de continuité entre ses tragi-comédies de cette époque et celles de la première manière. Ils n'en sont toutefois pas les aspects les plus importants. L'originalité d'*Ibrahim* est ailleurs, dans son caractère déjà vraiment « classique » qui résulte non tant de la conformité aux règles que de l'intériorisation de l'action.

VI. UNE TRAGEDIE « CLASSIQUE »

La conformité aux règles

La régularité, bien qu'elle ne soit pas toujours obtenue sans difficulté, est dans *Ibrahim* moins formelle que dans la plupart des autres pièces de Scudéry.

C'est particulièrement frappant en ce qui concerne la règle des trois unités et plus spécialement l'unité de lieu qui est admirablement respectée. Si nous nous référons à la distinction de Jacques Morel entre « les tragi-comédies de la route » qui présentent des déplacements nombreux et importants et « les tragi-comédies de palais »[78], qui se

---

77. J. Truchet, *La Tragédie classique en France*, P.U., coll. S.U.P., Paris, 1976, p.57.

78. J. Morel distingue en effet les « tragi-comédies de la route » où les déplacements sont nombreux et dont le « mouve-

déroulent dans l'enceinte d'une ville ou d'un palais et qui
par conséquent observent mieux l'unité de lieu, *Ibrahim* est
le type même d'une « tragi-comédie de palais ». Sans
aucune entorse à la vraisemblance, puisque, comme le
pense Soliman, « depuis le peu de temps qu'[Ibrahim] est
parti, à peine du Sérail il peut être sorti » (IV, 5), l'action se
déroule tout entière au sérail de Constantinople, lieu non
seulement unique, mais réduit et par définition fermé de
toutes parts, puisqu'on ne peut en sortir ni y entrer sans
l'ordre du Sultan[79]. C'est le « huis clos étouffant »[80], le lieu
« clos » que Barthes considère comme le lieu tragique par
excellence et dont, trois siècles avant lui, Racine avait déjà
dit qu'il n'y a pas « une cour au monde où la jalousie et
l'amour doivent être si bien connus que dans un lieu où tant
de rivales sont enfermées ensemble »[81]. Bien sûr, le mot
« sérail » est à prendre ici au sens large. Comme le suggère l'indication donnée par Scudéry au début de la pièce, « la
scène est au sérail de dehors à Constantinople », le sérail
est l'ensemble du palais du Sultan avec ses cours, son jardin où il vient chercher Isabelle[82] et ses bâtiments.
Madeleine, dans le roman, énumère ces bâtiments et men-
tionne « le vieux sérail » qui « n'est habité que de la mère,
des tantes, des filles et des sœurs de l'Empereur », et
« l'autre sérail » dont « les sultanes n'ont aucun commer-
ce » avec celles du « vieux sérail[83] » et qu'aujourd'hui nous

---

ment est plus important que l'aboutissement », et les « tragi-
comédies de palais » où une intrigue de palais est enfermée dans
l'enceinte d'une ville ou d'un palais (*Jean Rotrou, dramaturge de
l'ambiguïté,* A. Colin, Coll. U, 1968, in -8°, pp.159-161).
    79. C'est pourquoi Soliman est blessé non seulement dans son
affection par l'ingratitude supposée d'Ibrahim, mais aussi dans
son orgueil de souverain parce que ce dernier « part sans [son]
aveu » (V, 1, v.1979).
    80. L'expression est d'Alain Couprie dans *Lire la tragédie,*
Paris, Dunod, 1994, p. 88.
    81. Racine, [seconde] préface de *Bajazet, Théâtre de Racine,*
éd. R. Picard, La Pléiade, Gallimard, 1950, in-12°, p.549.
    82. Voir note 59.
    83. *Ibrahim,* roman, Partie III, livre 4, p.556.

appelons le « harem », mot, dit Jean Dubu, inconnu au XVIIe siècle. Le dramaturge n'a pas à entrer dans ces détails. L'expression « au sérail de dehors » signifie que l'action se déroule devant la façade de l'un de ces bâtiments. Mais, comme il est précisé, d'autre part, que le Sultan « vient, (...) entre dans la salle » et se retire pour dormir dans « [son] appartement », [84] l'on est amené à supposer que, selon un procédé déjà utilisé dans *La Mort de César* et qui le sera par Tristan dans son *Osman*[85], la façade comprenait deux portes qui s'ouvraient selon le besoin tantôt sur la salle, tantôt sur la chambre à coucher du Sultan. A. Batereau émet un avis un peu différent. Il pense que « l'on avait toujours vue sur l'intérieur de la maison qui se composait de deux pièces, la chambre à coucher de Soliman, et d'une grande pièce où se jouait l'essentiel de l'action »[86]. Cette hypothèse, outre qu'elle respecte mal la vraisemblance, n'est pas acceptable, car elle ne tient pas compte des indications scéniques que comporte le texte : « Viens ... attendre mon sommeil à mon appartement » (V, 4), « Referme cette porte » (V, 11), « Qu'on ouvre cette porte » (V, 15). Mais qu'il y ait ou non une porte qui s'ouvre ou qui se ferme, la différence n'est pas d'une importance capitale. Ce qui importe, c'est que l'action soit renfermée dans un lieu restreint, clos, dont Ibrahim n'est pas encore sorti quand il est arrêté, et que Scudéry y réalise une concentration spatiale à laquelle il n'était encore jamais parvenu, pas même dans *La Mort de César* ou dans *L'Amour tyrannique*.

*

---

84. *Ibrahim*, tragi-com., I, 1, v. 121 et V, 4, v. 2181-2182.
85. Le décor d'*Osman* comporte en réalité une porte et une fenêtre : « Le théâtre, dit Tristan, est la façade du palais ou sérail où il y a une porte au mlieu qui s'ouvre et se ferme, à côté une fenêtre... »
86. A. Batereau, *Georges de Scudéry als Dramatiker,* Leipzig-Plagwitz, Emil Stephan, in-8°, 1902, p.178.

L'action se renferme avec moins de difficulté encore dans les limites de vingt-quatre heures. Le premier jour, Soliman déclare son amour à Isabelle et, le soir même, Ibrahim, revenu de Perse plus tôt qu'il n'était prévu, décide de s'enfuir avec elle et lui dit :

> Et volant sur les flots, dès la prochaine nuit,
> Nous nous délivrerons sans désordre et sans bruit.
>
> (III, 7, v.1588-1589).

La nuit qui suit de près cette décision, comme le constate Isabelle[87], ils sont arrêtés avant leur départ, tandis que Soliman, après avoir essayé en vain de dormir, se décide à les sauver, ce qu'il leur annonce dès le lendemain matin, où Isabelle et Ibrahim prennent congé de lui. Tout se déroule donc entre deux matins et ceci sans aucun artifice. Il fallait, pour que l'unité de temps fût respectée, que la déclaration de Soliman et le retour d'Ibrahim eussent lieu le même jour. Mais, pour qu'il fût vraisemblable que Soliman déclarât son amour à Isabelle, il fallait également qu'il fût sûr qu'Ibrahim ne reviendrait pas à l'improviste et ne risquerait pas de le surprendre. Pour retarder son retour il lui a donc envoyé un courrier qui n'est jamais arrivé, mais il l'ignore jusqu'à ce que Ibrahim lui apprenne plus tard qu'« en passant le Tigre, il y perdit la vie »[88]. On pourrait, d'autre part, trouver étrange qu'Ibrahim n'ait pas, aussitôt après la bataille, envoyé un messager avertir Soliman de sa victoire et de son arrivée. Un demi-vers, glissé dans l'acte II, en donne la justification :

> Le Grand Vizir arrive, il t'a voulu surprendre.
>
> (II, 7, v. 975)

---

87. *Ibrahim,* tr. com., IV, 5, v.1750 : « Hâtons-nous, Ibrahim, déjà la nuit s'avance. »
88. *Ibid,* IV, 1, v.1650. On peut comparer l'habileté dont fait preuve ici Scudéry à celle de Racine qui, dans *Bajazet,* prépare l'arrivée d'Orcan en annonçant, dès le début de la pièce, la mort du premier messager envoyé par Amurat (I, 1).

dit un capigi au Sultan. Il est donc remarquable de voir
avec quel soin Scudéry, jusque dans le détail, a assuré la
vraisemblance du déroulement de l'action en vingt-quatre
heures et prévenu toute objection des doctes.

*

Il n'a pas apporté moins de soin à unifier l'action.

Celle-ci n'a, certes, pas été à l'abri des critiques. A l'intrigue centrale que constituent les amours d'Isabelle et
d'Ibrahim contrariées par l'amour de Soliman et l'ambition
de Roxelane s'ajoute en effet une intrigue secondaire bâtie
autour du personnage d'Astérie. Le rôle et le caractère de
cette princesse, qui, par générosité, a surmonté l'amour
qu'elle éprouvait pour Ibrahim et qui est elle-même aimée
d'Achomat, ressemblent tellement à ceux de l'Infante du
Cid que l'on serait tenté de reprendre contre elle les critiques que Scudéry formulait à l'encontre de l'Infante : il
lui reprochait de nuire à l'unité de l'action. Mais ce
reproche était justifié pour l'Infante qui n'a pas d'influence sur l'action principale et disparaît après son apparition à
l'acte I et à l'acte II[89] pour ne réapparaître qu'à la dernière
scène comme figurante[90]. Il ne l'est pas pour Astérie, non
plus d'ailleurs que pour Achomat. Scudéry a donné à ces
deux personnages un rôle plus important que celui de Dona
Urraque, plus important aussi que celui qu'ils avaient dans
le roman de Madeleine, de telle sorte qu'ils participent activement à l'action et leur intervention vient équilibrer celle
des adversaires d'Ibrahim.

Astérie, contrairement à Dona Urraque, intervient souvent au cours de la pièce. D'abord, elle tente de faire
échouer les desseins de son père en essayant, en vain,
d'éveiller la jalousie de Roxelane contre Isabelle (II, 2).
Puis elle prie Isabelle d'intercéder auprès du Vizir pour
qu'il ne cherche pas à se venger de son père (III, 2). Par
deux fois elle essaie de contrer les mauvais conseils que

---

89. *Le Cid*, I, 2 et II, 3, 4 et 5.

90. A l'acte V, scène 7, l'Infante prononce en réalité deux vers
(vv.1173-1174).

Roxelane donne à Soliman (IV, 8 et10), puis elle tente de la
fléchir (V, 6). Un peu plus tard, elle ordonne à Achomat de
protéger le Vizir (V, 8) et vient, avec lui, offrir sa vie pour
sauver Ibrahim et Isabelle (V, 15). Enfin, elle implore
Soliman de leur laisser la vie en joignant ses prières à celles
d'Achomat (V, 16) et c'est dans sa bouche que Scudéry a
mis les derniers vers de la pièce (V, sc. dern.)[91].

Achomat, lui aussi, a son rôle dans le drame. Il s'est
battu vaillamment au côté d'Ibrahim et a contribué à sa victoire, comme le souligne longuement ce dernier (II, 9).
C'est de lui, d'autre part, que Roxelane cherche à se servir
pour se venger du Vizir en s'efforçant d'éveiller sa jalousie
et en l'incitant à calomnier Ibrahim auprès du Sultan (III,
4). C'est lui qu'Astérie presse de sauver Ibrahim (V, 8) et,
après un dur combat intérieur, il se joint à elle pour prier
Soliman d'épargner son rival (V, 15 et 16). Sa participation
à l'action de la pièce, bien que moins importante que celle
d'Astérie, n'est donc pas négligeable. Sans affirmer avec
Sieper que « sa prière pèse de façon déterminante dans la
balance »[92], on ne peut se rallier à l'opinion diamétralement
opposée de Batereau qui soutient que Soliman aurait « pris
sa décision tout seul sans influence aucune ».[93] Lancaster,
abondant dans son sens, affirme également que « Scudéry
échoue à [...] donner [à Astérie et Achomat] la moindre
influence sur Soliman »[94]. Si c'était le cas, « les scènes qui
les concernent [violeraient] l'unité d'action »[95]. Mais ces
opinions contraires doivent l'une et l'autre être nuancées.

---

91.   Puissent être vos jours comblés d'heur et de gloire,
                Puisse tout l'Univers apprendre votre histoire,
                Et savoir qu'à la fin le Ciel récompensa
                La divine Isabelle et l'ILLUSTRE BASSA
                             (sc. dern. v. 2485-2488).

92. Sieper (E.), *Die Geschichte von Soliman und Perseda in
der neueren Litteratur*, Zeitschr. F. vergleichende Litt : Gesch.
N.F. IX, 1895. Ici cité par A Batereau, *op. cit.*, p. 119.

93. A. Batereau, *op. cit.*, p. 119.

94. Lancaster, *op. cit.*, Part II, vol. 2, p. 407.

95. *Ibid.*

Sans doute il est excessif de dire qu'Achomat « pèse de
façon déterminante dans la balance ». C'est seul, face à
face avec lui-même, qu'après sa longue méditation nocturne Soliman décide de sauver son Vizir et, dans l'exaltation
que lui donne la victoire qu'il a remportée sur lui-même, il
s'écrie :

> C'en est fait, c'en est fait, il faut rendre les armes.
> ....
> Et sauvons Ibrahim qui l'a tant mérité.[96]

D'ailleurs, quand il prend sa décision, il n'a pas encore
rencontré Achomat. En revanche, il a vu auparavant plusieurs fois Astérie et l'on peut penser que, s'ils n'ont pas eu
un effet immédiat, ses sages conseils (IV, 8 et 10) se sont
gravés dans son esprit et après un délai de maturation ont,
avec d'autres facteurs[97], contribué à son revirement. En
tout cas, son appel à la clémence, qui contrebalance l'appel
à la vengeance de Roxelane, ne l'a pas laissé indifférent.
Alors qu'elle vient de lui dire « Sois clément aussi », il
s'écrie vivement ému :

> O Ciel ! fais que je meure, ou qu'il revienne ici !
> (IV, 10, v.1854)

Et, après son revirement du moins, Astérie et Achomat
ont une influence certaine sur Soliman. Sa décision une fois
prise, sa volonté encore chancelante a besoin d'être soutenue. Il n'est pas sûr de lui et redoute la vue d'Isabelle.

> Mais voyons *le* toujours et ne *la* voyons pas[98].
> (V, 11, v. 2350)

dit-il au moment de rencontrer les deux amants. Et c'est
alors que les prières jointes d'Astérie et d'Achomat viennent confirmer le Sultan encore hésitant dans sa résolution
et renforcer l'effet de sa longue méditation nocturne. Les

---

96. *Ibrahim*, tragi-com., V, 11, v.2333 et 2336.
97. Les reproches d'Isabelle, l'exemple de fermeté qu'elle lui
donne...etc.
98. C'est nous qui soulignons.

arguments contre Ibrahim sont fournis par Roxelane et Rustan avec insistance et régularité, ceux d'Astérie et d'Achomat en faveur d'Ibrahim leur font contrepoids et équilibrent le débat intérieur jusqu'à ce qu'ils fassent, comme le disait Sieper, « pencher la balance » en faveur du Vizir.

> « Le mariage de mon Justinian et de mon Isabelle étant l'objet que je me suis proposé, j'ai employé tous mes soins à faire que toutes les parties tendent à cette conclusion ; qu'il y ait une forte liaison entre elles ; que toutes choses avancent ou du moins tâchent d'avancer le mariage de mon héros qui est la fin de mon travail »

affirmait Scudéry dans la préface du roman[99]. Cela est également vrai de la tragi-comédie. Astérie et Achomat « avancent le mariage de son héros ». Ils ont donc part à la principale action ; leur présence lui est utile, sinon vraiment indispensable, et elle ne nuit pas à son unité.

L'unité d'action et les unités de lieu et de temps sont donc parfaitement respectées et elles le sont avec une parfaite aisance, sans que Scudéry ait recours à des artifices. On a vu en particulier avec quel soin il respectait l'unité de temps sans invraisemblance. Il s'est efforcé également de respecter les bienséances. Son souci « de ne s'éloigner jamais de la vraisemblance »[100] l'a conduit à respecter les bienséances internes en observant les moeurs, les coutumes et la religion de la Turquie[101]. Sans effort il a également respecté les bienséances externes. « Je n'ai rien mis en mon livre, dit-il dans cette même préface en parlant du roman, que les dames ne puissent lire sans baisser les yeux et sans rougir[102] ». Il peut le dire aussi de sa tragi-comédie. Sans doute met-il sur la scène un tableau familier : une partie de l'acte V se déroule dans la chambre de Soliman où celui-ci, couché, cherche en vain le sommeil. Mais ce tableau paraît

---

99. *Ibrahim,* roman, préface, folio n°11 recto.
100. *Ibid.*
101. Voir *supra,* Ch V, « Aspects baroques », p. 37.
102. Préface du roman, f ° 18 verso et f ° 19 recto.

bien peu hardi, si l'on pense à Mairet et à ses *Galanteries du duc d'Ossonne* ou à *La Céliane* de Rotrou. D'autre part, on ne doit pas oublier que Scudéry prétendait écrire une tragi-comédie, genre qui admettait un tel spectacle, d'autant plus que, contrairement au récit romanesque[103], la scène tragi-comique ne comporte aucun détail réaliste, moins même que n'en comportait la scène 2 de l'acte II de la tragédie *La Mort de César* où Scudéry n'hésitait pas à faire pénétrer dans l'intimité de César et à le montrer en deshabillé auprès de sa femme endormie[104]. Scudéry se garde par ailleurs de mettre sur la scène des spectacles violents ; il annonce très brièvement le meurtre de Rustan et du Muphti ou la mort de Roxelane dont il fait seulement prévoir la fureur (V, 13) et, si Ibrahim apparaît sur la scène « les armes à la main », nous ne le voyons pas combattre, puisqu'il se laisse enchaîner avant d'avoir pu se défendre. La mort n'est que suggérée pendant une courte scène (V, 14) par le spectacle des « Muets » chargés d'étrangler Ibrahim. C'est que, plus qu'aux effets spectaculaires, Scudéry s'intéresse ici aux sentiments de ses personnages. Aussi l'action n'est-elle pas simplement conforme aux règles ; par son caractère essentiellement psychologique, elle atteint à une unité intérieure profonde et à un équilibre déjà classique.

Une action tout intérieure

Il n'est pas inutile, avant d'étudier le caractère intérieur de l'action dans *Ibrahim,* de rappeler que cette tragi-comédie a été composée peu après la préface que Scudéry écrit pour le roman *Ibrahim* (1641), préface qui est une sorte de manifeste en faveur des règles. La nécessité des règles, l'imitation des anciens « nos premiers maîtres », les unités, les bienséances, la vraisemblance, « entre toutes les règles

---

103. Voir *supra,* ch. III « Sources » p.36-37.

104. *La Mort de César,* (II, 2) comporte cette didascalie : « la chambre de César s'ouvre, sa femme est sur un lit endormie, il achève de s'habiller. »

[...] sans doute la plus nécessaire» [105], tous les principes soutenus par les doctes, Scudéry les énumère pour montrer qu'ils ont été bien observés dans le roman. Or, à l'exception de l'unité de temps qui nécessite une adaptation[106], ces règles sont les règles mêmes du poème dramatique. Certes, Scudéry n'avait pas attendu 1641 pour les exprimer. Il les avait énoncées dès 1637, dans les *Observations sur le Cid* et s'était efforcé dès lors de les appliquer. Mais, depuis les *Observations,* la pensée de Scudéry avait évolué, principalement sur deux points. Tout d'abord il avait nuancé la notion de vraisemblance formulée dans les *Observations* : il n'affirmait plus qu'« il vaut mieux que [le véritable poète] traite un sujet vraisemblable qui ne soit pas vrai, qu'un vrai qui ne soit pas vraisemblable »[107], mais considérait au contraire que la vraisemblance a besoin du support de la vérité. C'est pourquoi il choisit pour principaux personnages Soliman et Roxelane, qui de fait sont « marqués de l'Histoire véritable comme personnages illustres »[108]. Surtout Scudéry énonce pour la première fois un principe qu'auraient approuvé les grands classiques : la nécessité de peindre les sentiments des personnages, d'évoquer non « les choses du dehors », mais « les mouvements de [leur] âme » :

> Il n'est rien de plus important, écrit-il, (...) que d'imprimer fortement l'image des héros. Or, pour les faire connaître parfaitement, il ne suffit pas de dire combien de fois ils ont fait naufrage et combien de fois ils ont rencontré des voleurs, mais il faut faire juger par leurs discours quelles sont leurs inclinations[109].

Il y a là plus qu'une simple règle ; c'est l'esprit même du classicisme qu'il formule et c'est donc tout pénétré de ce

---

105. Préface du roman *Ibrahim,* f ° 12 recto verso.

106. La durée du roman est limitée à une année, celle du poème dramatique à vingt-quatre heures.

107. *Observations sur le Cid*, dans A. Gasté, *La Querelle du Cid*, Slatkine Reprints, Genève, 1970, in-8°, p.75.

108. Préface du roman, f.° 13 recto.

109. *Ibid.,* f ° 16 recto.

qui sera le grand principe des classiques qu'il compose, peu après, *Ibrahim*. Il ne faudrait, certes, pas exagérer le lien de cause à effet entre cette préface et la tragi-comédie. Force est cependant de reconnaître que tout incitait Scudéry à faire de la tragi-comédie d'*Ibrahim* une pièce psychologique : la place de la pièce dans sa carrière, aussitôt après la préface du roman *Ibrahim* qui apparaît, dans une certaine mesure, comme un manifeste classique devant la lettre, et le roman lui-même, sa source, qui lui offrait. un modèle remarquable d'analyse psychologique.

* *
*

Contrairement à la plupart des pièces de Scudéry, *Ibrahim* a une action relativement simple, « chargée de peu de matière » : c'est l'histoire d'une passion non réciproque contrariée par un amour partagé qui finit par l'emporter et qui aboutit à une union. C'est, d'autre part, une action tout intérieure. Les seuls événements extérieurs sont l'arrivée inopinée d'Ibrahim qui précipite la crise prête à éclater et, au dernier moment, à l'acte V, la révélation imprévue de la promesse faite à Ibrahim par le Sultan de ne pas le tuer de mort violente. Le reste de l'action n'est soutenu que par les sentiments et les conflits intérieurs des personnages.

Le conflit sur lequel repose la pièce est celui du personnage principal qui, on l'a vu, est Soliman. Son coeur est partagé entre l'horreur de trahir Ibrahim, son Vizir à qui il doit vie et puissance, et sa passion pour la fiancée de celui-ci, Isabelle. Tout au long de la pièce, d'acte en acte, depuis la scène 2 de l'acte I jusqu'à l'acte V, Scudéry fait suivre pas à pas au spectateur cette lutte intérieure de Soliman : obsédé, incapable de sortir du cercle de ses hésitations, il ne cesse d'osciller entre le désir de ne pas perdre Ibrahim et le désir de garder Isabelle, sans pouvoir prendre une décision.

> Si je quitte ses yeux, c'est quitter ce que j'aime !
> Si je perds Ibrahim, c'est me perdre moi-même !
> Hélas ! en cet état, j'ai tout à redouter,
> Et mon cœur ne saurait ni perdre ni quitter.
>
> (II, 10, 1153-1156)

dit Soliman à l'acte II. A l'acte V il fait toujours face au même dilemme :

> Un secret mouvement me porte à la fureur ;
> Un secret mouvement me donne de l'horreur ; (...)
> Je sens de la colère et puis de la pitié.
> Et mon cœur incertain ne sait ce qu'il demande.
>
> (V, 3, v.2115-2118)

Toute la pièce est résumée en ces quelques vers. C'est ce mouvement pendulaire, ce cheminement oscillant qui en constitue l'action principale. Le caractère hésitant du Sultan semblerait être inconciliable avec un progrès de l'action psychologique. Pourtant, lentement, d'une scène à l'autre, sous la pression de Rustan ou de Roxelane, se dessine une certaine progression : Soliman passe de l'aveu à la menace (II, 3), son amour pour Isabelle, que sa résistance lui rend encore plus désirable, s'affirme de plus en plus nettement et prend peu à peu le pas sur l'amitié jusqu'à ce qu'il décide, au début de l'acte V, de faire périr son Vizir et s'écrie :

> C'en est fait, il le faut, sa perte est nécessaire. (V 1).

A la fin de l'acte V, il est vrai, dans une dernière oscillation, il revient à la décision contraire, par un revirement soudain, mais préparé, on le verra, et conforme à son caractère. Jamais jusque-là Scudéry n'avait fait ainsi reposer une pièce sur le conflit intérieur d'un personnage. Encore ce conflit de Soliman qui est au centre de la pièce n'est-il pas le seul. Il provoque chez les personnages qui gravitent autour du sultan d'autres conflits qui, quoique au second plan, sont bien marqués.

Ibrahim, malgré l'outrage que lui a fait son maître, l'aime encore et ne se résout à l'abandonner qu'après un dur combat intérieur :

> Punissons, vengeons-nous, allons à force ouverte
> Perdre l'injuste cœur qui cause notre perte.
> Mais l'oserai-je dire ? En ce courroux extrême,
> Je sens, je sens mon cœur agir contre moi-même.
> Il aime encore ce Prince inhumain comme il est.
>
> (III, 7, v.1545-1551)

Lutte terrible également que celle qu'Achomat doit livrer pour accepter de sauver son rival, lorsque Astérie qu'il aime le lui demande :

> Quoi ! J'irai me détruire et sauver mon vainqueur ! (...)
> Non, non, n'en faisons rien, nous n'avons rien promis. (..)
> O dure incertitude ! ô violent orage ! (...)
> Reconnaissance, honneur, enfin vous l'emportez.
> Perdons-nous, perdons-nous, ou sauvons sa personne.
>   (V, 9, v.2236 et suiv.).

Si l'on songe qu'à ces conflits s'ajoutent les hésitations d'Isabelle qui n'ose révéler à Ibrahim la passion de Soliman que ce dernier lui a interdit de rapporter (III, 6) et les efforts d'Astérie pour mettre fin aux derniers sursauts d'un amour presque surmonté (III, 1), l'on constate que l'action est soutenue essentiellement par les luttes intérieures des personnages habilement réparties dans chaque acte.

L'ordonnance de la pièce

Le caractère psychologique de l'action est en effet souligné par l'ordonnance de la pièce, l'équilibre déjà classique de la composition - Cicéron ou Quintilien parleraient de « *dispositio* » -. Une heureuse distribution des moments de grande intensité dramatique et leur enchaînement naturel en effet permettent à Scudéry de « [tenir] toujours l'esprit suspendu » « sans épisodes et sans incidents imprévus »[110], par les seuls sentiments des personnages. Très tôt, dès ses premières pièces, Scudéry, en bon technicien du théâtre, manifeste l'art de doser savamment et de répartir dans les cinq actes des temps forts destinés à tenir le spectateur en haleine. Tantôt c'est un mouvement scénique, tantôt un événement surprenant, tantôt un spectacle pompeux, tantôt un beau morceau d'éloquence. Dans *Ibrahim,* Scudéry distribue aussi tout au long de la pièce des temps forts, mais ils sont de tout autre nature. Ce sont, souvent exprimés dans un monologue, les moments décisifs de l'action intérieure :

---

110. Ces expressions sont empruntées à la préface d'*Andromire.*

phase aiguë d'un conflit ou instant de désarroi, dilemme d'un héros ou affrontement de deux antagonistes. D'autre part, au lieu d'être, comme le sont parfois dans les tragi-comédies baroques « les scènes à faire », plaquées plus ou moins de l'extérieur ici ou là par la volonté de l'auteur, ces temps forts s'enchaînent nécessairement les uns aux autres par une logique interne. A l'acte I, il y a trois grands moments : un monologue à la fois pathétique et dramatique où Soliman révèle le déchirement de son coeur partagé entre son amitié pour Ibrahim et son amour pour Isabelle (I, 2), la grande scène, où il lui fait l'aveu de cet amour (I, 3), suivie d'un monologue où celle-ci exprime le trouble que provoque en elle cet aveu (I, 4). A l'acte II, après un nouveau monologue de Soliman troublé, c'est la deuxième rencontre d'Isabelle et de Soliman, qui - progression - passe de l'aveu à la menace, suivie de deux autres monologues où Soliman exprime le désordre de son âme avant et après avoir rencontré Ibrahim revenu de Perse. L'acte III comporte un monologue où Isabelle exprime son désespoir et hésite à révéler à Ibrahim l'amour de Soliman, puis l'émouvant entretien d'Isabelle et d'Ibrahim qui comprend, sans qu'elle le lui dise, la trahison du Sultan. L'acte IV est encadré entre la scène où Ibrahim se convainc de l'amour de Soliman et la grande scène des adieux d'Ibrahim et d'Isabelle. A l'acte V, enfin, l'émotion grandit, le rythme des oscillations s'accélère et ce dernier acte est une succession de temps forts : à la scène 1, Soliman, en proie à une grande agitation intérieure, se décide à faire périr Ibrahim ; à la scène 2, il revient sur sa décision (V, 2) ; à la scène 4, il se laisse à nouveau persuader de le perdre ; enfin, c'est la longue méditation nocturne au terme de laquelle il prend la décision définitive de le sauver (V, 11). Bref, il n'y a pas d'acte qui ne comporte un élément du conflit moral, peu de scènes qui ne soient une facette de ce conflit. Plusieurs d'entre elles sont d'une grande intensité dramatique. Il ne s'agit pas seulement ici de l'art de ménager, par des événements imprévus, des effets de surprise dont les dramaturges de l'âge baroque n'ont pas été avares et auxquels Scudéry lui-même n'a pas totalement renoncé. C'est un art plus subtil de rester maître de la sensibilité du spectateur par des scènes dramatiques ou pathétiques habilement réparties qui, contrairement aux effets de surprise, sont plus ou moins attendues et sont faites non pas pour satisfaire la curiosité, mais susciter l'émotion. Le spectateur n'a pas seulement « l'esprit suspendu ». Devant le danger que court Ibrahim, devant le déchirement et les douloureuses hésitations de Soliman, il est étreint par l'émotion. C'est ici une esthétique déjà classique par l'équilibre de la composition, par le caractère intérieur de l'action qui conduit à un dénouement logique et conforme aux sentiments des personnages.

Un dénouement sobre, pathétique et logique

Ce dénouement est remarquable à plusieurs titres. Il l'est d'abord par une forme un peu différente de celle des dénouements que Scudéry a imaginés jusque-là. Ce n'est pas une longue scène plus ou moins pompeuse rassemblant arbitrairement tous les personnages de la pièce devant lesquels le méchant proclame bien haut sa faute, se repent et obtient son pardon dans la réconciliation et la joie générales. Le dénouement d'*Ibrahim* est dénué de pompe et frappe par sa relative sobriété, d'autant plus saisissante qu'elle contraste avec la luxuriance rhétorique et les amples développements oratoires qui ralentissent la pièce. Cette sobriété résulte d'abord de sa rapidité, car, si Soliman a été long à s'arrêter à une décision, la décision une fois prise, tout va alors très vite. Elle vient aussi de ce que ce dénouement est fragmenté en trois scènes. Dans la première scène (V, 16), la plus longue et la plus solennelle, car elle rassemble presque tous les personnages, mais reste toutefois inférieure en longueur à la moyenne des scènes de la pièce, Soliman, en présence d'Astérie et d'Achomat, rend sa liberté à Ibrahim et à Isabelle et, suivi de son escorte, disparaît aussitôt après leur avoir dit adieu. Les deux scènes finales (V, 17 et sc. dern.) qui ne comportent plus qu'une partie des personnages sont extrêmement brèves : la scène 17 réduite à deux répliques d'un demi-vers montre Ibrahim et Isabelle prenant congé d'Achomat et d'Astérie ; dans la dernière scène, onze vers suffisent pour nous informer, comme il convient dans un bon dénouement, du sort réservé à chaque personnage et rapporter la mort de Rustan, du Muphti et de la Sultane Reine. Il semble que le dramaturge, comme essoufflé après tant d'amples tirades, ait hâte de conclure. Mais cette brièveté, qu'elle soit voulue ou qu'elle soit due à la lassitude de l'auteur, est bienvenue. Elle traduit heureusement l'état d'esprit de Soliman désireux de cacher son émotion et de fuir au plus vite la vue d'Isabelle qu'il ne peut s'empêcher d'aimer encore. Soliman n'est jamais plus émouvant que lorsqu'il cesse d'exprimer son émotion. En tout cas, cette simple suggestion de ses sentiments, par une prompte sortie, nous touche beaucoup plus que ne l'aurait fait un de ces longs développements oratoires dont il est coutumier et Scudéry parvient ici à créer un instant d'émotion.

Le ton de gravité de ces dernières scènes est lui aussi inhabituel. Cette pièce ne se termine pas, comme les autres tragi-comédies, sur l'allégresse de tous. Sans doute les méchants sont-ils punis ; Isabelle et Ibrahim seront unis et l'on peut penser qu'il en sera de même d'Astérie et d'Achomat, déjà présentés comme un couple. Pourtant le dénouement n'est qu'à demi heureux et laisse une impression mêlée. Sa sobriété n'y est sans doute pas étrangère. Le passage à la fin d'une pièce à une scène laconique, remarque Jacques Scherer, confère « un caractère de mélancolie » : « C'est comme si l'on tombait dans une sorte de dépression après un moment d'euphorie »[111]. D'autre part, il y a trois morts au lieu d'une, puisque, à la mort du conseiller perfide à laquelle Scudéry nous a habitués, s'ajoutent celle de Roxelane et celle du Muphti et, bien qu'ils soient coupables, l'annonce de leur mort dans la toute dernière scène ne laisse pas d'avoir une valeur tra-

---

111. J. Scherer, *La Dramaturgie classique en France*, Paris, Nizet, 1950 ; rééd. 1966, p.143.

gique. Quant à la scène où Ibrahim et d'Isabelle prennent
congé d'Achomat et d'Astérie, elle est on ne peut plus suc-
cincte, mais l'émotion y est intense, car les protagonistes
savent que ces « adieux » sont à jamais les derniers. Surtout
cette fin de la pièce est teintée de tristesse, assombrie par la
profonde solitude dans laquelle elle laisse Soliman. Ce
Sultan qui, en dépit de son amour coupable, a gagné notre
sympathie, est en effet privé désormais d'Isabelle et de son
Vizir bien-aimé auxquels il a sacrifié son bonheur et dont il
se sépare avec une émotion mal contenue :

> Adieu, non, je mourrais, si je disais adieu. (V, 16, v. 2476)

Certes, on est bien loin du « spectacle d'horreur » évo-
qué au dénouement de *Solimano* où la Sultane Reine voit
dans « une mer de sang deux têtes et deux troncs » et, mori-
bonde (V, 3 et 4) « prend la chère tête de son fils dans ses
mains ». Rien de comparable non plus à la fin sanglante du
Grand et Dernier Solyman, qui se termine sur une tuerie
générale, tandis qu'Acmat voit « deux têtes coupées que
portent [les] soldats au bout de leur épée » (V, 9). Toutefois
il y a là l'amorce d'une émotion tragique. Scudéry ne l'a
pas développée, mais elle suffit cependant pour distinguer
le dénouement d'*Ibrahim* de celui de ses autres tragi-comédies et pour émouvoir un court moment le spectateur.
Mutatis mutandis, on pense au dénouement de *Bajazet.* Ces
deux dénouements, tous deux découpés en courtes scènes,
présentent plusieurs analogies : la présence des Muets,
prêts à accomplir leur besogne, et l'annonce en quelques
mots de la mort de celle qui est en partie à l'origine du
drame : la mort de Roxelane annoncée par un capigi
(*Ibrahim*, V, sc. dern.), celle de Roxane annoncée par un
esclave (*Bajazet*, V, 10). Aussi peut on se demander si
Racine ne connaissait pas *Ibrahim,* de même qu'il connaissait, on l'a vu, *Le Grand et Dernier Solyman.*

Mais ce qui surtout rend ce dénouement remarquable,
c'est, en dépit des apparences, une vraisemblance interne à
laquelle Scudéry ne nous avait pas habitués. Au premier
abord, pourtant, le brusque revirement de Soliman qui,

dans l'instant même où il vient de prononcer la condamnation de son Vizir, se ravise et décide de le sauver, donne
l'impression, dans sa soudaineté, d'un véritable coup de
théâtre dont Scudéry lui-même souligne le caractère inattendu par la bouche de Roxelane[112] :

Soliman :   Arrête, on ne le peut :
                Il faut, il faut qu'il vive, et le destin le veut :
                                (V, 2, v.2051-2052).

                ....

Roxelane :   O Dieu, quel changement !

                                (V, 2, v.2060).

Pourtant ce « changement » n'est pas contraire aux données psychologiques de la pièce. Il faut noter d'abord que
Scudéry a cherché à en atténuer la brutalité en ménageant
une courte évolution. Le revirement se fait en deux temps.
Dans un premier temps, Soliman, pour respecter son serment, refuse de faire périr Ibrahim de son vivant, mais se
laisse persuader par le Muphti de le laisser mourir pendant
son sommeil. Dans un deuxième temps, après avoir réflé-
chi pendant son insomnie, il refuse définitivement de le
laisser mourir.

D'autre part, le dramaturge a préparé ce « changement ».
Il le prépare dans le passage qui le précède immédiatement
où il a soin de prêter à Soliman des réactions assez nuancées pour qu'il ne paraisse pas incroyable. Le Sultan se
décide à suivre le conseil de Roxelane et de Rustan et
accepte de châtier son Vizir, mais il ne le fait qu'avec réticence ; il tente de tempérer leur fureur vengeresse : « il est
assez puni d'une longue prison » rétorque-t-il à Roxelane
qui demande sa mort. Le ton traduit la résignation et les

---

112. Dans le roman, c'est la romancière qui souligne le caractère inattendu du revirement, mais elle l'explique : « [Rustan] ne
pouvait comprendre qu'en si peu de temps il fut arrivé un si grand
changement. Mais il ne savait pas ceux qui ont des inclinations vertueuses et qui (...) n'ont besoin que d'un moment pour se
porter au bien. » Voir *supra*, Ch IV, « Les Sources », pp. 32-34.
Le dramaturge, lui, n'en donne pas l'explication.

termes qu'il emploie alors révèlent que ce n'est qu'à regret
qu'il se résout à ce châtiment dont il affirme à plusieurs
reprises la nécessité comme pour s'en convaincre lui-
même :

> Non, non, il faut qu'il meure, il s'oppose à mon bien.
>   (V, 1, v.2003).
> C'en est fait, il le faut, sa perte est nécessaire. (V, 1, 2013).
> Eh bien ! qu'on le punisse ! (V, 2, v. 2050)

Bref, sa condamnation semble moins l'expression de sa
volonté que le résultat des menées insidieuses de Roxelane
et de Rustan. Surtout, ce « changement » est préparé dans
la pièce tout entière. Il est en effet dans la logique même du
caractère de Soliman, tel qu'il se révèle d'acte en acte par
ses attitudes et ses paroles, tel aussi que le dépeignent les
autres personnages, droit, foncièrement bon et capable d'un
sursaut d'énergie, mais hésitant, influençable, faible.
Jamais en effet il ne s'abandonne à sa passion sans qu'aussitôt sa générosité la combatte. Mais jamais aussi il ne voit
Isabelle sans être à nouveau dominé par sa passion. Jamais
non plus il ne rencontre Roxelane ou Rustan sans se laisser
influencer par leurs conseils pervers. D'où une évolution
non pas linéaire, mais en festons, des oscillations conti-
nuelles entre son amour et son devoir, sensibles au cours de
l'ensemble de la pièce, d'une scène à l'autre, dans une
même scène, d'un vers à l'autre, parfois dans un même vers
ou à l'intérieur d'un hémistiche[113]. Le dénouement, où
l'amour fait place à la voix de la raison, n'est que la dernière de ces oscillations qui caractérisent le rythme de la
vie intérieure de Soliman et par suite celui de la pièce.

Mais, pour mettre fin à cet enchaînement d'oscillations,
il faut qu'un événement vienne rompre cet équilibre où il se
trouvait entre les forces adverses de sa passion confortées
par Roxelane et Rustan et celles de sa générosité naturelle
confortées par Astérie et Achomat, équilibre qui le rendait

---

113. *Ibrahim*
      Ibrahim, Ibrahim, Isabelle, Isabelle (II, 5, v. 825)
      Isabelle, Ibrahim, Ibrahim, Isabelle (II, 10, v. 1150)

précisément incapable de prendre une décision. Cet événement est le souvenir d'une ancienne promesse qu'il avait faite au Vizir de ne pas le laisser périr de mort violente tant que lui-même serait vivant. Cette promesse est surprenante, car, contrairement aux règles, elle n'a encore jamais été mentionnée jusque-là et semble un *deus ex machina* que Scudéry imagine pour sauver son héros. Pourtant, elle n'est pas invraisemblable dans une cour orientale fréquemment ensanglantée par des révolutions de palais, ni non plus un incident extérieur : elle est la manifestation de la bonté naturelle de Soliman et de son attachement pour Ibrahim. Quant à la brusque résurgence du souvenir de cette promesse au moment précis où Scudéry en a besoin pour dénouer sa pièce, elle semble due à un heureux hasard. Pourtant elle s'explique fort bien par l'excitation psychologique qui est alors celle de Soliman et surtout par son désir inconscient de sauver son Vizir, désir profond, inavoué, qui, en réalité, ne l'a jamais quitté et qui fait remonter brusquement du fond de sa mémoire, par un processus dont il n'a pas conscience, cet argument en faveur du Vizir dont il se saisit avec empressement pour résister à Roxelane.

Il n'est besoin que de vingt-quatre heures à Titus pour quitter Bérénice, que de la durée d'un voyage Paris-Rome au héros de *La Modification* pour modifier son projet de vie. Dès lors, il n'est plus besoin à Soliman que de la méditation d'une nuit d'insomnie pour retrouver la clairvoyance que lui avait fait perdre la passion. Tandis que, face à face avec lui-même, il attend le sommeil pour ne pas transgresser son serment, la lumière se fait jour dans son esprit ; sa lucidité exacerbée par l'attente nocturne et son agitation intérieure lui fait comprendre qu'il n'est qu'un instrument manoeuvré par Roxelane et par Rustan pour servir leur haine. Il comprend l'absurdité de leurs arguments et de leur projet d'utiliser son sommeil et l'impossibilité de dormir lui apparaît comme le verdict de sa conscience, un signe du Prophète :

> Hélas ! je ne dors pas, et n'en ai point d'envie ! [...]
> Mais que fais-je, insensé, de ne connaître pas

Que le ciel me combat et qu'il me rend sensible ?
Lui seul rend aujourd'hui ma vengeance impossible.
Le Grand Vizir est pris, il est abandonné ;
Et cependant il vit. Parjure, sacrilège,
Connais, connais par là que le Ciel le protège.
S'il ne le protégeait, il serait déjà mort ;
Je n'aurais point promis ce qui change son sort ;
Pour le perdre, aujourd'hui, j'en perdrais la mémoire.
             (V, 11, v. 2270 ; v .2308 et suiv.)

Il résiste maintenant à Rustan qui s'est trahi par son attitude, alors qu'il croyait son maître endormi et, dès lors qu'il échappe à son influence, il amorce une démarche dans le sens où le poussaient le meilleur de lui-même et les conseils de ses généreux amis. Le mouvement est désormais irrésistible.

Le revirement de Soliman est donc l'aboutissement logique du conflit moral qui le déchire. Il est tiré du fond même de la pièce sans qu'intervienne à proprement parler un incident extérieur. Il est significatif que le revirement du personnage principal qui, dans les autres pièces, est postérieur à la mort du mauvais conseiller et plus ou moins provoqué par elle, est, dans *Ibrahim*, antérieur à elle et la provoque. Il est significatif aussi qu'il fasse suite à une longue méditation nocturne qui lui a permis de descendre au fond de lui-même.

Mais, chose curieuse, comme si Scudéry n'avait pas senti la vraisemblance de ce dénouement et ne s'était pas rendu compte qu'il l'avait préparé tout au long de la tragicomédie par la peinture des sentiments de Soliman, il s'efforce de le préparer encore avec le même soin maladroit et par le même procédé qui lui servait à faire accepter ses dénouements invraisemblables : le personnage du mauvais conseiller qui porte la responsabilité des fautes de son maître[114]. En l'occurrence, il y a deux conseillers dont l'in-

---

114. Scudéry ne s'en cache pas. Dans la préface du roman il avoue avec candeur à propos du roman (mais l'assertion est tout aussi valable pour le poème dramatique) : « J'ai même eu soin de faire en sorte que les fautes que les Grands ont commises puissent être rejetées sur les mauvais conseils des flatteurs... » (f° 18 verso).

fluence néfaste est fréquemment soulignée, Roxelane et
surtout Rustan, dont le portrait est chargé à dessein pour
qu'il soit plus facile de disculper son maître :

> Dissipe en ton esprit l'enchantement d'un traître ;
> N'écoute plus sa voix...
>
> (V, 16, v.2446 -2448).

dit Ibrahim à Soliman, quand celui-ci va le libérer, et
Astérie affirme également :

> Son coeur est suborné, quand il agit ainsi ;
> C'est le crime d'autrui qui l'engage en ce crime.
>
> (III, 2, 1244-1245)

En revanche la « bonté première » de Soliman est
maintes fois rappelée tout au long de la pièce par Astérie et
Ibrahim.

> Car, malgré son amour, cette âme noble et haute
> Se punit elle-même en connaissant sa faute.
>
> (II, 1, 673-674)

dit Astérie et Isabelle elle-même, alors que le Sultan lui
déclare son amour coupable, reconnaît qu'il « peut céder
peut-être à cette passion »,

> Mais non pas jamais faire une lâche action.
> Son coeur est trop illustre et son âme est trop belle :
> Elle peut être faible, et non jamais cruelle. (II, 6, 863-866).

Ainsi, plusieurs fois, les personnages confirment le
caractère que Soliman avait lui-même manifesté par son
attitude. Bref, des procédés artificiels qui le paraissent
d'autant plus que, le dénouement étant exceptionnelle-
ment vraisemblable, ils sont superflus. Il faut toutefois
savoir gré au dramaturge du souci avec lequel il a cherché
à rendre le dénouement parfaitement logique.

Une action tout intérieure, telle apparaît donc l'action
d'*Ibrahim*. Il est indéniable que Scudéry a voulu faire une
pièce psychologique. Ce dessein explique le choix du
sujet : le potentiel dramatique du conflit intérieur que
comportait « L'Histoire de Justinian et d'Isabelle » ne lui
avait pas échappé, comme le montre la préface qu'il com-

posa pour le roman ; il explique aussi, associé à un foisonnement de longues tirades consacrées à révéler les
émotions, le relatif dépouillement de l'action peu chargée
d'incidents. Il explique enfin, du moins en partie, les
formes de l'écriture théâtrale que Scudéry a utilisées. Il
était en effet confronté à une double exigence : écrire une
pièce psychologique et, d'autre part, obéir aux lois de l'art
dramatique. La psychologie impose les monologues, particulièrement aptes à exprimer les sentiments, et l'art dramatique les dialogues. Scudéry doit donc composer avec
ces deux nécessités : il use abondamment des monologues, mais il les fait alterner avec des formes d'expression plus dramatiques, « des monologues dialogués » et
des dialogues stichomythiques.

VII. L'ECRITURE DRAMATIQUE DE SCUDERY DANS *IBRAHIM*

Les Monologues

Dans *Ibrahim,* les monologues sont très nombreux. Si
l'on s'en tient aux monologues proprement dits, c'est-à-
dire aux passages où un héros est seul sur la scène, l'on
n'en compte pas moins de seize. Soliman, pour sa part, en
prononce cinq, dont deux très longs. Mais les monologues
ne sont pas le monopole du Sultan. Astérie en prononce
trois ; Achomat, Isabelle et Ibrahim, chacun deux,
Roxelane, un. Il n'est pas jusqu'à Rustan qui n'en prononce un, il est vrai très court. Ces monologues sont de
longueurs variées, puisqu'ils vont de deux vers à quatre-
vingt-deux vers. Cinq ont quarante-cinq vers ou plus, cinq
ont plus de quinze vers, de sorte qu'avec 620 vers les
monologues représentent un quart de l'ensemble de la
pièce, ce qui est déjà beaucoup. Mais la proportion
devient considérable, si l'on tient compte des monologues
déguisés. « Déguisé » n'est pas exactement le terme qui
convient, car il suggère que Scudéry a cherché à dissimuler les monologues, ce qui n'est pas. Mais sans qu'il y ait

volonté délibérée de sa part, parce qu'il est guidé par son
sens dramatique, il place parfois un monologue dans une
scène où il y a plusieurs personnages. C'est ce que
Jacques Scherer appelle « monologue devant le confident[115] », c'est-à-dire les scènes où un héros parle comme
s'il était seul devant un ou plusieurs confidents qui sont
muets ou n'ont qu'un rôle très effacé. Dans les scènes 5 et
13 de l'acte V, par exemple, Roxelane parle devant deux
esclaves qui, dans le premier cas, ne prononcent pas un
mot et, dans le second, se contentent, à la façon d'un
choeur antique, de commenter dans deux très brèves
répliques l'attitude de leur maîtresse. C'est le cas aussi de
la scène 3 de l'acte V où Soliman exprime pour lui-même
son désarroi sans se soucier de la présence de Roxelane
qui pourtant l'écoute et le reprend :

> O Ciel ! inspire-moi ce que je résoudrai ! (...)
> Je sens de la colère, et puis de la pitié,
> Mon âme a de la haine, et puis de l'amitié ;
> L'une retient mon bras, et puis l'autre l'anime.
>
> (V, 3, 2112 et suivants.)

Ces monologues se reconnaissent grâce à la mention initiale des personnages présents sur la scène et parfois par les
courtes répliques qui leur font suite. Plus difficiles à discerner sont les monologues qui sont insérés dans une scène
dialoguée. Il peut arriver en effet que, dans une scène où
plusieurs personnages s'entretiennent, l'un d'eux prononce
une tirade qui ne s'adresse qu'à lui-même, sans qu'une
didascalie signale le fait. Seul le contenu de la tirade permet de reconnaître qu'il y a monologue. C'est le cas d'un
long fragment de la scène où Soliman s'efforce de trouver
le sommeil (V, 11). Sur scène, un capigi, Rustan et
Soliman. Le capigi ne dit mot. Rustan et Soliman dialo-
guent au début et à la fin de la scène. Dans l'intervalle
Soliman paraît oublier la présence de Rustan et fait un

---

115. J. Scherer, *La Dramaturgie classique en France*, éd. cit., p.254.

FRÉQUENCE DES MONOLOGUES
dans le théâtre de Scudéry

Nombre de monologues
(* dont monologues devant témoin) :

Nombre	Ligdamon et Lidias	Le Trompeur puni	Le Vassal généreux	Orante	Le Fils supposé	Le Prince déguisé	La Mort de César	Didon	L'Amant libéral	L'Amour tyrannique	Eudoxe	Andromire	Ibrahim	Axiane	Arminius
20															
19													*□		
18													*□		
17													*□		
16													*□		
15													□		
14													□		
13		□											□		
12		□											□		
11		□		□									□		
10		□		□									□		
9		□		□									□		
8		□		□									□		
7		□											□		
6	□	□	□	□				□					□		
5	□	□	□	□		□			□				□		
4	□	□	□	□		□				□	□		□		□
3	□	□	□	□	□	□		□		□	□		□		□
2	□	□	□	□	□	□	□	□	□	□	□	□	□	□	□
1	□	□	□	□	□	□	□	□	□	□	□	□	□	□	□

retour sur soi comme s'il était seul. Il n'entend pas la remarque que fait Rustan[116], pendant qu'il médite. Il aurait, sinon, vivement protesté comme il l'avait fait auparavant, quand le Bassa avait manifesté la même intention de sortir. Rustan, d'ailleurs, se parle à lui-même et sans doute, bien que ce ne soit signalé par aucune indication scénique, en aparté. C'est lors de la proposition qu'il lui fait un peu plus tard de tuer Ibrahim de ses propres mains que la méditation du Sultan prend brusquement fin et fait place à nouveau au dialogue. Monologues véritables, monologues devant confidents, monologues insérés dans une scène dialoguée, les monologues sont donc, sous leurs formes diverses, extrêmement nombreux dans *Ibrahim*. On pourrait dire sans exagérer beaucoup que la plus grande partie de la pièce est constituée de monologues.

---

116. Voir V. 2307 : « Le Sultan s'assoupit, précipitons nos pas ».

Ce foisonnement est tout à fait remarquable. Certes, les monologues ne sont pas une nouveauté dans l'œuvre dramatique de Scudéry. Ses premières tragi-comédies en comportent un assez grand nombre. On en compte six dans les pièces où ils sont les moins nombreux, *Ligdamon et Lidias, Le Vassal généreux, Orante* et treize dans *Le Trompeur puni.* Mais dans les années 1638-1642, à l'époque où Scudéry écrit les pièces de la seconde manière, les monologues dont les théoriciens, Chapelain en particulier, dénoncent le caractère conventionnel, sont passés de mode et Scudéry, suivant cette tendance générale, les utilise de moins en moins. Les tragi-comédies qui précèdent immédiatement *Ibrahim,* c'est-à-dire *L'Amour tyrannique, L'Amant libéral* et *Andromire,* n'en comportent respectivement que 1, 5 et 4 ; *Axiane* et *Arminius* qui le suivent n'en contiennent que 2 et 1. La fréquence des monologues d'*Ibrahim* est donc exceptionnelle, preuve supplémentaire, s'il en était besoin, de la volonté de Scudéry d'écrire une pièce psychologique, puisque la propriété essentielle du monologue est de permettre à un personnage d'exprimer ses sentiments. Scudéry le savait bien et il a usé amplement de cette propriété. Sauf le monologue de Rustan (V, 10) qui sert à la liaison de deux scènes, et celui où Roxelane, sûre de sa victoire, informe le spectateur de ses perfides desseins, ces monologues lui servent à exprimer « les mouvements de l'âme » de ses héros. Quelquefois le monologue est un simple épanchement lyrique. Soliman, au retour imprévu d'Ibrahim, exprime son désarroi :

> O Ciel ! de quel front verrai-je ce grand cœur,
> Qui sans doute revient, triomphant et vainqueur ?
> Je me sens tout en feu, je tremble, je frémis ;
> (II ; 8, v. 987, 988 et 991).

Ibrahim, apprenant la passion du Sultan pour Isabelle et menacé par Roxelane, chante sa douleur :

> Ah ! je n'en doute point, je connais ma douleur !
> (IV, 2, v.1655).
> O Ciel ! tout m'est contraire ! ô Ciel ! tout m'embarrasse !
> (IV, 4, v.1709).

Mais le plus souvent, ce sont des monologues tout à la fois lyriques et délibératifs où, en exprimant sa souffrance, le héros cherche comment il doit agir et, comme Rodrigue, envisage successivement les diverses solutions possibles. Dans *Ibrahim* presque tous les personnages ont à faire face à une alternative. C'est pourquoi les monologues délibératifs sont si fréquents. Achomat, sommé par Astérie qu'il aime de sauver son rival, après avoir déploré la cruauté du sort et envisagé successivement de ne pas le secourir, puis de le secourir, se range à cette dernière décision et s'exclame :

> O barbare, ô tigresse,
> En quel funeste état réduisez-vous mon cœur ?
> Quoi ! j'irai me détruire et sauver mon vainqueur !
> Quoi ! j'irai conserver et la gloire et la vie
> A l'objet de ses vœux comme de mon envie ! (...)
> Non, non, n'en faisons rien, nous n'avons rien promis (...)
> Mais tu perds ton espoir ; mais je perds un rival (...)
> Tu ne fais pas un bien ; mais j'évite un grand mal !
> O dure incertitude, ô violent orage ! (...)
> Reconnaissance, honneur, enfin vous l'emportez.
> Perdons-nous, perdons-nous, ou sauvons sa personne ;
> (V, 9, v.2234 et suiv.)

Isabelle, à qui Soliman a interdit de révéler à Ibrahim l'amour qu'il a pour elle, est, au retour de ce dernier, partagée entre la crainte de le lui dire et d'entraîner le courroux de Soliman, et la crainte de tromper celui qu'elle aime en ne lui disant pas. Elle s'exclame :

> Je désire le voir, et je le crains encore !
> Je me sens dans la glace, et je me sens brûler,
> Sans savoir si je dois ou me taire ou parler.
> O Dieu ! que dois-je faire ? ô Dieu ! que dois-je dire ? (...)
> Si je cache au Vizir l'amour de son rival,
> Je lui fais un outrage en lui celant un mal. (...)
> Mais si je lui découvre un injuste dessein,
> C'est lui mettre moi-même un poignard dans le sein.
> (III, 6, v. 1374 et suiv.)

Mais plus que ces personnages qui ne sont que temporairement confrontés à une situation de crise, Soliman, continûment « balancé » entre l'amitié et la passion est coutumier de ces monologues à alternative de type cornélien. Durant toute la pièce il exprime successivement les deux impératifs opposés et inconciliables qui se partagent son cœur, d'où, dans la plupart de ses monologues, un même mouvement qui reproduit le mouvement de son âme hésitante, oscillant du remords au désir et du désir au remords :

> Elle est, elle est charmante, il faut, il faut la suivre ;
> Bref, il faut perdre tout. Quoi ! perdre le Vizir !
> Mais être sans bonheur ! mais avoir ce désir !
> Si je quitte ses yeux, c'est quitter ce que j'aime ;
> Si je perds Ibrahim, c'est me perdre moi-même ;
> Hélas ! en cet état, j'ai tout à redouter,
> Et mon coeur ne saurait ni perdre ni quitter.
> (II, 10, v.1146 et suiv.)

Scudéry, pour éviter la monotonie, a varié le rythme des monologues. Tantôt il est ralenti. A la seconde scène de l'acte I, après avoir, pendant trente-six vers, refusé de « perdre Ibrahim par une injuste envie » et considéré les obstacles qui s'opposent à cet amour, Soliman consacre trente-cinq vers, puis un peu plus tard encore dix vers, à justifier son amour qu'il décide finalement de satisfaire. A la scène 1 de l'acte V, il énumère pendant trente vers les griefs qui justifient la mort d'Ibrahim, avant d'évoquer en trois vers - disproportion significative - les raisons qu'il a de l'épargner. Quelquefois, lorsque le personnage, après avoir hésité longuement entre deux partis, choisit l'un d'eux, il lui est impossible de s'y tenir : c'est souvent le cas à la fin des monologues de Soliman. Scudéry multiplie alors les revirements et les fait se suivre à une grande rapidité, n'évoquant chacun des sentiments opposés que par un vers, voire un demi-vers et le monologue se présente alors comme une série d'oppositions qui s'entrecroisent rapidement :

> Mais tu perds Ibrahim à qui tu dois l'Empire !
> Mais je perds un rival et plus heureux que moi !
> (V, 1, v.2006-2007).

> Ibrahim ! Ibrahim ! Isabelle ! Isabelle !
> O Ciel ! qu'il est vaillant ! mais ô Ciel ! qu'elle est belle !
> (II, 5, v.825-826).

Parfois même le mouvement de balancier est renfermé en un seul hémistiche, tel dans ce vers où le dilemme est exprimé par deux noms propres emblématiques des deux sentiments contraires qui se heurtent dans son coeur et par leur répétition en chiasme :

> Isabelle, Ibrahim ! Ibrahim, Isabelle !
> (II, 10, v.1150).

Ce vers est bien plat. Il rend toutefois avec vigueur et très simplement le déchirement de Soliman. Cette rapidité des revirements non seulement peint le choc violent des sentiments de Soliman et montre la progression de l'émotion, mais elle rend le monologue plus animé, puisqu'elle le transforme en une sorte de dialogue intérieur stichomythique où le même personnage fait alternativement entendre la voix de l'amour et celle de l'amitié. Parfois même le dramaturge, soucieux de variété et désireux de dramatiser l'expression des sentiments, remplace le dialogue intérieur par un véritable dialogue qui n'en exprime pas moins le dilemme du héros.

Les monologues « dialogués »

Cette alliance de deux termes contradictoires est déroutante. Pourtant elle suggère bien le procédé utilisé par Scudéry : plutôt que de laisser Soliman exprimer successivement dans un même monologue ses deux sentiments opposés, le dramaturge, par une sorte de dédoublement, charge un autre personnage d'exprimer l'un de ces deux sentiments, tandis que Soliman, par les objections qu'il lui fait, exprime le sentiment contraire. Respectant leur cohérence psychologique, il prête successivement à Roxelane et à Rustan les arguments de la passion et à Astérie ceux de l'amitié. Quand Rustan ou Roxelane le pressent de satisfaire sa passion, Soliman fait donc entendre la voix de l'amitié :

Rustan	Fais trembler Isabelle afin de l'émouvoir :
	Cache-lui ta faiblesse et montre ton pouvoir.
Soliman	Mais perdre le respect pour l'objet que l'on aime !
Rustan	Mais perdre son repos, mais se perdre soi-même !

Soliman	Mais trahir Ibrahim !
Rustan	Oui, Seigneur, oui, crois-moi.
Soliman	Il me la confia.
Rustan	Mais lui-même est à toi.

(II, 4, v.811-816)

Inversement, quand la généreuse Astérie ou la sage Isabelle lui conseillent de respecter l'amitié et de suivre la voix de la raison, Soliman revendique les droits de la passion :

Soliman	Faut-il que je périsse avec ce vain désir ?
Isabelle	Veux-tu perdre Isabelle et perdre le Vizir ?
Soliman	Ciel ! je l'ai tant aimé !
Isabelle	Mais, Ciel, il t'aime encore !
Soliman	L'amour force mon coeur !
Isabelle	Mais il te déshonore.
Soliman	Il force ma raison !
Isabelle	Qui peut contraindre un roi ?

(I, 3 v. 471-475).

Ainsi, en s'opposant aux conseils pervers des uns ou aux raisonnables exhortations des autres, Soliman continue de manifester ses sentiments contraires et sa lutte morale s'exprime cette fois dans un dialogue véritable souvent stichomythique, plus dramatique et plus vivant que les dialogues intérieurs.

Dialogues stichomythiques

Scudéry, par ailleurs, apporte à ces dialogues une certaine vivacité par un emploi libéral des stichomythies. Comme les monologues, celles-ci sont très fréquentes. Mais, si à l'époque de la composition d'*Ibrahim* les monologues sont devenus rares dans le théâtre de Scudéry, ce n'est pas le cas des stichomythies. Après en avoir fait grand usage au début de sa carrière, il en avait limité le nombre dans les dernières pièces de la première période à une ou deux par pièce. Dans les tragi-comédies de la seconde manière en revanche, elles sont peut-être moins longues, moins régulières, mais très nombreuses. Dans *Ibrahim*, elles sont en grand nombre et cette fréquence est, comme

celle des monologues, une particularité de la pièce. Sans
doute Scudéry avait-il senti la nécessité de faire contrepoids à la lenteur de certaines scènes par des dialogues vifs
et animés. Tantôt, il insère une scène stichomythique entre
deux scènes ralenties par d'amples développements, monologues ou dialogues. Tantôt il termine une scène composée
de longues tirades par une stichomythie rapide. Toutefois
cet emploi de la stichomythie n'est jamais un procédé pure-
ment formel. Il coïncide avec une situation ou des sentiments qui exigent un rythme vif, le plus souvent avec un
affrontement. C'est une stichomythie que Scudéry utilise
chaque fois qu'il exprime la volonté ou les sentiments
opposés de deux personnages. Qu'Ibrahim et Roxelane
échangent des paroles aigres-douces (IV, 3), que Roxelane
et Astérie se disputent (V, 6), qu'Astérie se heurte à
Achomat (V, 8), qu'Ibrahim tente de sonder le coeur de son
maître (IV, 1), qu'Isabelle et Ibrahim discutent pour savoir
le parti à prendre (IV, 5), que Rustan tâche de convaincre
Soliman qu'il doit user de son pouvoir pour contraindre
Isabelle (II, 4), toutes ces oppositions, qu'elles s'accompagnent ou non d'animosité, sont manifestées par une dialogue stichomythique et, lorsque le ton s'élève, s'aigrit, que
le dialogue s'envenime, le rythme de l'échange devient de
plus en plus rapide et les répliques de deux vers font place
à des répliques d'un vers ou d'un demi-vers :

Rustan	Et tu veux estimer les fers qu'elle te donne !
Soliman	Ah ! Ciel ! plus que le sceptre et plus que la couronne !
Rustan	Mais qu'as-tu pour la vaincre et pour te secou-rir ?
Soliman	Ton adresse, Rustan, tes conseils ou mourir.
Rustan	Ta Hautesse aujourd'hui les pourra-t-elle suivre ?
Soliman	Ah ! c'est me demander si mon cœur pourra vivre !
Rustan	Oserai-je parler ?
Soliman	Dispose de mon sort.
Rustan	L'oserai-je, Seigneur ?
Soliman	Ah ! parle, ou je suis mort.

(II, 4, v .785 -792).

Scudéry s'est servi également quelquefois d'une stichomythie dans les moments d'émotion intense, quand, par
exemple, Ibrahim et Isabelle, séparés de force par les soldats de Rustan (IV, 12), se disent adieu. A la scène 5 de
l'acte IV, Ibrahim et Isabelle discutent pour savoir s'ils doivent s'enfuir. Le ton est passionné, car la situation est grave
et leur sort dépend de leur décision ; mais la discussion se
déroule calmement : trois couplets de huit vers, un couplet
de quatre vers ; puis brusquement les héros s'attendrissent :
le couplet de huit vers laisse la place à une stichomythie
d'un vers, puis d'un demi-vers :

Ibrahim	Suivrai-je mon désir ? suivrai-je votre envie ?
Isabelle	Devez-vous balancer mon honneur et ma vie ?
Ibrahim	Dois-je vous exposer ?
Isabelle	Ne m'exposez-vous pas,
	Si nous ne partons point, à plus que le trépas ?
Ibrahim	Hasarder votre sang !
Isabelle :	Mais hasarder ma gloire !
Ibrahim	Vous perdre, ô juste Ciel !

(IV, 5, v.1745-1650).

Ce sont là des stichomythies régulières. Mais Scudéry
emploie également des stichomythies à « forme souple »[117]
dont les éléments ne sont pas de même longueur ou sont de
même longueur, mais non groupés. On pourrait citer maints
exemples. Contentons-nous de la scène 7 de l'acte III, la
première rencontre d'Isabelle et d'Ibrahim après son retour
de Perse. Elle donne une juste idée non seulement de la longueur des scènes, mais de la diversité des rythmes qui peuvent s'y succéder et montre comment, en entrecoupant la
stichomythie de tirades plus ou moins longues, Scudéry
reproduit les diverses émotions qui se succèdent dans l'âme
de ses héros. La scène commence par une stichomythie de
forme libre qui traduit l'émotion des jeunes gens qui se
retrouvent après une séparation, suivie de tirades plus
longues, quand Ibrahim demande à Isabelle les raisons du
peu de joie qu'elle manifeste à son retour et que cette der-

---

117. J. Scherer, *op. cit.*, p.311. C'est à son étude des stichomythies que nous nous reportons.

nière se lance dans des explications embarrassées ; puis,
après une stichomythie qui traduit l'attendrissement des
deux jeunes gens, viennent un nouvel échange de tirades et
une nouvelle stichomythie, selon le schéma suivant qui
indique le nombre de vers par réplique :

4, 2, 1, 1/2, 1/4, 1/4, 1, 1, 2, 1, 3, 2, 6, 16, 19, 1, 6, 1/3,
17+2/3, 4, 1, 2, 1/2, 1/2, 3/4, 1/4+1, 28, 2, 19, 5, 1, 1, 1, 1,
6, 1/2 1/4, 1/4+1, 2+1/2, 1/2, 1+ 1/4, 3/4+10, 2, 1, 1._

Il serait trop long d'étudier ici tous les effets que, dans
Ibrahim, Scudéry a su tirer de l'emploi de la stichomythie
ou du monologue. Nous signalerons les plus remarquables
au cours de l'édition. Mais ces quelques exemples permettent déjà d'apprécier avec quelle habileté, à la fin de sa carrière, le technicien consommé qu'est Scudéry a su exploiter, pour exprimer les sentiments des personnages, toutes
les ressources des diverses formes de l'écriture théâtrale.

*   *
*

Au terme de cette étude, nous éprouvons une certaine difficulté à conclure. Dans un premier temps du moins, il faut, après les avoir analysées, faire abstraction des sources de la pièce afin de la considérer seulement pour ses qualités intrinsèques, indépendamment de ce qu'elle leur doit. Reste alors surtout une impression mêlée, tant les qualités et les défauts, les réussites de détail et la monotonie de l'ensemble se côtoient.

Les défauts sont évidents. Le plus frappant est la lenteur, pour ne pas dire la lourdeur. Les multiples monologues, même quand ils sont délibératifs et décisifs, ralentissent l'action. Par-dessus tout, la lenteur est liée à la longueur de la pièce. *Ibrahim ou L'Illustre Bassa* - avec ses 2488 vers - est la pièce la plus longue qu'ait écrite Scudéry et l'une de celles qui comportent les scènes les plus étendues, qu'il s'agisse de monologues ou de dialogues. Chaque acte comporte un noyau de deux ou trois scènes essentielles très développées. Pour trouver des scènes de cette ampleur, il faut remonter aux toutes premières pièces de Scudéry, *Ligdamon et Lidias, Le Trompeur puni,* à ceci près que les scènes n'y étaient pas encore découpées selon le principe classique qui veut « qu'une scène commence lorsqu'un acteur entre sur le théâtre ou qu'il se retire »[118], et correspondaient ainsi à deux ou trois scènes . Or, ce n'est pas le cas dans *Ibrahim* où le découpage est classique. La longueur, ainsi que la monotonie qui va de pair, résulte donc de l'usage abusif des développements oratoires. Certes, ils sont fréquents dans tout le théâtre de Scudéry, mais il le sont rarement autant que dans *Ibrahim.* Il y a deux raisons à cela. La première, c'est que Scudéry, peu exercé à composer une pièce psychologique, s'applique avec une conscience touchante à évoquer les sentiments. Il répète, développe, et à cette fin fait appel à tous les procédés ora-

---

118. Voir p. 56, note 110.

toires qu'il maîtrise parfaitement, mais, ce faisant, il aboutit à la lenteur dont il est question et, ce qui est bien plus
grave, il sacrifie la vérité et la chaleur humaines. La pièce
donne alors un peu l'impression d'un exercice d'école, à
ceci près que Scudéry semble assimiler peinture des sentiments et développement oratoire. La deuxième raison, c'est
que Scudéry, toujours dans ce dessein d'écrire une tragi-
comédie psychologique, a volontairement renoncé aux
« épisodes » et aux « incidents imprévus » dont il meublait
autrefois ses tragi-comédies en faveur d'une « action toute
nue »[119] qui rend la lenteur plus sensible. Il a renoncé également, par souci de la concentration dramatique, à l'analyse nuancée que, dans le roman, sa sœur avait faite des
sentiments de ses personnages et aux petits faits concrets
au travers desquels elle les peignait. Il lui a donc fallu com-
bler les vides ainsi créés et recourir à l'art de l'amplification auquel il excellait. Le style est continûment pério-
dique, et toutes les ressources de la rhétorique, énumérations, parallélismes, antithèses, invocations des sentiments
personnifiés, se trouvent en proportion variable dans les
longues tirades qu'elles permettent de développer à plaisir.
Le procédé le plus fréquemment employé est la répétition.
Dans les monologues en particulier, Scudéry répète une
idée plusieurs fois en variant les termes. Il utilise d'ailleurs
les répétitions non seulement à l'intérieur d'une même tirade comme moyen d'expression des sentiments, mais aussi
comme procédé de composition. C'est ainsi que plusieurs
scènes d'*Ibrahim* reproduisent le schéma de scènes de
pièces antérieures, pour lesquelles il semble avoir une pré-
dilection. Il en va ainsi de l'épisode peu vraisemblable où
une héroïne qui a, malgré elle, provoqué un amour illégitime, s'en considère cependant comme responsable, ou
encore du combat de générosité des amoureux condamnés
à mort, dont chacun veut mourir pour sauver l'autre ou
enfin de l'affrontement d'un bon et d'un mauvais
conseiller. Peu importe, il est vrai, à celui qui lit seulement

---

119. Voir p. 56, note 110.

Ibrahim. En revanche, ce lecteur ne pourra pas manquer de reconnaître dans cette tragi-comédie un même schéma scénique repris plusieurs fois. C'est le cas des scènes 8 et 10 de l'acte IV qui, à une scène de distance, mettent en présence les mêmes personnages dans le même rôle, les scènes 7 de l'acte III et 13 de l'acte IV qui expriment l'attendrissement d'Isabelle et d'Ibrahim dans un duo lyrique presque identique. Les deux affrontements d'Isabelle et de Soliman dans les scènes 3 de l'acte I et 6 de l'acte II, malgré l'évolution de ce dernier, qui assortit de menaces son deuxième aveu, présentent bien des analogies. Plus frappante encore est la similitude de plusieurs monologues de Soliman. Scudéry a beau varier la vitesse des revirements et le rythme du mouvement pendulaire, doser et ordonner autrement les arguments, ceux-ci restent semblables et ces monologues s'enlisent dans la monotonie. Cette monotonie n'est pas entièrement malheureuse, en ce qu'elle traduit l'obsession de Soliman, incapable de sortir de ses hésitations et de ses déchirements obsessionnels. Elle finit cependant par lasser, comme lassent aussi les stichomythies trop nombreuses. A la scène 3 de l'acte I, Scudéry avait obtenu un heureux effet en faisant suivre une scène ralentie par d'interminables répliques d'un dialogue animé. Mais dans la mesure où il généralise le procédé et termine immanquablement l'échange de longues tirades par des stichomythies, celles-ci revêtent un caractère mécanique et deviennent « une affectation dangereuse[120] ».

*

Cependant ni les longueurs ni la monotonie des monologues ni l'abus de la rhétorique ne doivent occulter les solides qualités de la pièce.

Plusieurs fois, au cours du texte, nous avons été amenés à reconnaître à Scudéry un réel talent d'adaptateur. Il a beaucoup emprunté au roman de sa sœur et assez peu modi-

---

120. Corneille, *Examen de La Suivante*, éd. Couton, Garnier, t.1, p.403.

fié les emprunts, mais, quand il le fait - et il le fait plus souvent qu'on ne l'aurait cru -, c'est toujours guidé par un sens très sûr de la scène, qui lui suggère non seulement les modifications indispensables pour faire d'un récit romanesque un texte dramatique et respecter les règles, mais aussi d'heureuses innovations dans le détail.

Plusieurs fois également, que ce soit dans l'exposition *in medias res,* dans la conduite d'une scène, la fusion de deux scènes romanesques ou dans la distribution des temps forts de l'action intérieure, nous avons signalé l'habileté d'un homme de métier, bon technicien du théâtre. Toutefois, ce sont là des qualités que l'on trouve communément dans ses tragi-comédies, surtout dans celles de la seconde manière.

L'originalité d'*Ibrahim* est ailleurs : elle réside dans l'effort de Scudéry, un effort parfaitement conscient, délibéré, volontaire, comme le prouve la préface écrite pour le roman *Ibrahim*, pour parvenir à une action toute psychologique, d'où l'importance particulière de cette pièce dans son œuvre, et peut-être même dans l'instauration de la tragédie classique.

Cela ne signifie pas que, malgré un souci certain des nuances, l'analyse psychologique y soit plus riche ni plus complexe. Sans doute les personnages féminins sont-ils bien dessinés. Leur caractère ne se limite pas à un trait dominant : la « généreuse » Astérie est aussi une orgueilleuse princesse pénétrée de sa dignité ; l'ambition et la cruauté de Roxelane s'accompagnent d'une fausse bienveillance pour ceux qu'elle veut détruire et d'un goût pour les menées tortueuses ; Isabelle surtout est une figure attachante, qui allie à sa délicatesse et à sa sensibilité féminines une franchise, une sûreté de jugement et une fermeté de caractère et de langage tout à fait remarquables. Les hommes, en revanche, sont moins bien dessinés et s'expriment plus lourdement. Ibrahim n'a pas la fermeté de sa fiancée : il atermoie, il se repent, il se repent de s'être repenti et, par sa générosité excessive et ses pointes galantes, il n'est guère moins fade que les autres amoureux rencontrés chez Scudéry. Quant à Soliman - un héros de roman plus qu'un héros de tragédie - il alimente bien la pièce par ses hésitations sans qu'on puisse dire que son caractère soit très fouillé car, d'acte en acte, ce sont toujours les mêmes pulsions contraires qui se partagent son cœur.

Ce qui distingue *Ibrahim* des autres pièces de Scudéry, ce n'est donc pas la psychologie elle-même, mais l'usage qu'il y fait d'un ressort essentiellement psychologique. Cette turquerie apparaît comme une ultime tentative du dramaturge pour se dépasser lui-même et, adhérant à l'esthétique nouvelle, pour rejoindre Corneille au sommet où celui-ci s'était déjà élevé. Scudéry avait bien compris que cette esthétique ne résidait pas simplement dans l'application des règles, mais bien dans la représentation d'une crise morale. Il avait trouvé dans le roman de sa sœur un conflit moral puissant et capable d'alimenter l'action de toute une pièce. C'est sur ce conflit qu'il construit son intrigue. De ce fait l'action n'a jamais été aussi intérieure ni le dénouement aussi conforme à la logique des caractères. Sans pour autant renoncer totalement aux éléments baroques, jamais non plus Scudéry n'a été aussi loin dans le dépouillement. Il renonce aux péripéties qui chargent ordinairement ses pièces, même les plus régulières, hors les deux qui doivent déclencher la crise. L'action se réduit à l'éloignement volontaire d'un être aimé. On pense à *Bérénice*. Une telle pièce ne correspond aucunement à la définition que, dans la préface d'*Andromire*, Scudéry donnait de la tragi-comédie selon son cœur : « une [action] qui dans chaque scène montre quelque chose de nouveau, qui tient toujours l'esprit suspendu et qui, par cent moyens surprenants, arrive insensiblement à sa fin ». Elle correspond en revanche à la définition que donnera Racine de l'action tragique dans la [première] préface de *Britannicus*, « une action simple, chargée de peu de matière et qui [...] s'avançant par degré vers sa fin n'est soutenue que par les intérêts, les sentiments et les passions des personnages ». Par là *Ibrahim* se rapproche de la tragédie classique, d'autant plus que cette pièce intitulée tragi-comédie a bien des caractères, on l'a vu, d'une tragédie. Jamais Scudéry n'a été, et jamais il n'ira plus loin dans la voie du classicisme.

Certes, *Ibrahim* ne gagnerait pas à une comparaison plus approfondie avec les chefs-d'œuvre classiques, *Bérénice* plus haut citée, ou *Bajazet*. Le rapprochement de la scène, où, surmontant sa passion, Soliman libère Ibrahim, de la scène, du pardon d'Auguste dans *Cinna* fait sentir, en regard de la gamme de sentiments par lesquels passe Auguste avant de pouvoir pardonner, la pauvreté psychologique de Soliman. Pour apprécier la pièce à sa juste valeur, il conviendrait de la comparer à ce qui lui est comparable, savoir : les turqueries contemporaines ou les propres pièces de Scudéry. La comparaison avec les tragédies de Bonarelli, de Dalibray ou de Mairet est instructive, car elle met par contraste en valeur le caractère classique d'*Ibrahim* : la sobriété événementielle, le respect de la vraisemblance et des bienséances. Les substitutions, les reconnaissances, les déguisements, bref, tout l'arsenal des thèmes baroques et le merveilleux des prédictions en sont totalement absents. En sont absents aussi les spectacles violents et sanglants qui terminent ces œuvres. Plutôt qu'à *Solimano* ou à *La Mort de Mustapha,* c'est, *mutatis mutandis*, à *La Sophonisbe* (1634) que son caractère classique ferait comparer *Ibrahim,* encore que l'influence de la tragi-comédie ne soit pas comparable, malgré son succès, à l'immense retentissement qu'a connu la tragédie. Scarron ne s'était donc pas trompé, qui mettait sur le même plan « La *Sophonisbe* ou le *Cinna, Ibrahim* ou la *Marianne* »[121]. Si l'on compare maintenant *Ibrahim* aux autres pièces de Scudéry, on constate encore un grand progrès. Cette tragi-comédie apparaît évidemment différente des premières tragi-comédies baroques, mais aussi des pièces de la deuxième manière. C'est *La Mort de César* qui s'en rapprocherait le plus par ses qualités classiques, sa progression et sa forme dépouillée, mais elle ne repose pas sur un conflit moral, puisque César va, sans lutter, vers une mort qu'il sait certaine. Dans les autres, quand elles présentent des luttes intérieures que Scudéry parfois se plaît à multi-

---

121. Voir *supra*, Ch. III, « La réception de la pièce », p. 11.

plier, ces luttes ont valeur d'un ornement devenu indispensable sous l'influence de Corneille, mais elles manquent un peu d'impact sur l'action. En revanche dans *Ibrahim*, l'action réside dans cette lutte intérieure du héros et Scudéry réalise heureusement un équilibre entre les qualités qui étaient celles de ses premières œuvres, mouvement, spectacle et « suspension » et les qualités d'une action « classique » qui repose sur les sentiments des personnages et conduit très logiquement au dénouement.

Toutefois il est évident que l'effort de Scudéry pour composer une pièce psychologique ne correspondait pas à son tempérament. Il lui avait fallu emprunter à sa sœur le conflit moral qui sous-tend son ouvrage, mais, malheureusement, sans l'intuition féminine et la finesse qui la caractérisaient et qui, d'ailleurs, n'ont pas leur place dans un poème dramatique, d'où l'aspect d'artifice, de poids et de monotonie qui en résulte. S'il s'est un moment engagé dans la voie de la tragédie psychologique, il n'a pu y persévérer par ses seuls moyens : aussitôt après, le dramaturge revient avec *Axiane* à une romanesque histoire de pirates, puis il renonce au théâtre.

Que dire enfin ? Scudéry a échoué avec *Ibrahim* à donner ce que Racine devait réussir avec *Bérénice* : une pièce où il ne se passe rien. Les quelque deux mille cinq cents vers d'*Ibrahim* seraient difficiles à porter à la scène. Mais le lecteur y rencontrera beaucoup de vers très heureux, souvent un élan poétique intéressant, et devrait marquer de l'intérêt pour ce qui, finalement, reste sa première tentative de composer ce qui répondra, mais plus tard, à la définition racinienne de l'action tragique. *Ibrahim* est un moment unique et bref dans la carrière de Scudéry. Si bref qu'il ait été, il mérite à ce titre de retenir l'attention.

PRINCIPES RETENUS POUR
L'ETABLISSEMENT DU TEXTE.
LES DIFFÉRENTES ÉDITIONS

Nous avons, pour faciliter la lecture du texte, modernisé l'orthographe, sauf lorsque le vers s'en serait trouvé modifié : c'est ainsi que nous avons conservé : *avecques, encor, jusques.*

Pour la même raison, nous avons également, en nous conformant à *L'Abrégé du Code typographique à l'usage de la presse* et en nous aidant de la ponctuation souvent différente des autres éditions, modernisé la ponctuation, qui, dans l'édition originale, était très fantaisiste : les deux points et la virgule marquant parfois une ponctuation forte, tandis que la virgule était souvent utilisée à l'hémistiche ou à la fin d'un vers indépendamment du sens et de la syntaxe.

Nous avons également, conformément à ce *Code typographique*, remplacé un certain nombre de majuscules par des minuscules, en particulier dans les titres, sauf lorsqu'ils « constituent une désignation propre à un être particulier » : le Sultan, la Sultane Reine...

Nous avons accentué les noms propres qui ne l'étaient pas dans la pièce, ce qui rendait leur prononciation difficile.

Nous avons, dans quelques rares cas, apporté au texte de l'édition originale une correction qu'imposait l'intelligence du texte et ceci en nous référant aux deux autres éditions dont nous disposions. Nous l'avons alors signalé en note.

*

Il n'existe pas de manuscrit de la tragi-comédie, mais elle a fait l'objet de quatre éditions :

Première édition : Paris, Nicolas de Sercy, in-4°, 1643, achevé d'imprimer le premier jour de mars 1643.

Deuxième édition : Paris, Nicolas de Sercy, in-4°, 1643, achevé d'imprimer le neuvième jour de novembre 1643.

Troisième édition : Paris, Toussainct Quinet, in-4°, 1645.

Quatrième édition : Paris, Nicolas de Sercy, in 12°, 1648.

Une cinquième édition qui aurait été publiée en 1663, Paris, chez Nicolas de Sercy, in-12°, est signalée par A. Batereau. Nous n'avons pu la retrouver.

Par ailleurs, nous ne connaissons pas d'édition moderne de la pièce.

L'édition qui a servi de base à cette édition est la première édition de mars 1643. Les autres éditions qui ont été consultées reprennent la leçon de la première : elles sont, semble-t-il, de simples rééditions non revues par l'auteur. Les seules variantes sont visiblement quelques erreurs de typographie ou concernent la ponctuation.

A

MONSEIGNEUR LE PRINCE DE MONACO, DUC DE VALENTINOIS, PAIR DE FRANCE, CHEVALIER DES ORDRES DU ROI, &.[1]

MONSEIGNEUR,

C'est une Princesse de votre illustre famille qui va vous rendre ses devoirs[2] et un Prince de vos alliés

---

1. Il s'agit d'Honoré II de la famille des Grimaldi qui, en 1641, secoua le joug de l'Espagne, expulsa la garnison espagnole et se mit sous protectorat français par le traité de Péronne, le 14 septembre 1641. Il y gagnait le Duché de Valentinois qui valait pairie de France. Ces titres que lui attribue Scudéry permettent donc de dater la pièce avec plus de précision. Nous savions qu'elle fut composée en 1641-1642. Nous apprenons par ces titres du Prince qu'elle ne peut être antérieure à septembre 1641, date du traité de Péronne, puisque c'est à cette date seulement que le Prince fut fait Duc de Valentinois et Pair de France. Il mourut le 10 janvier 1662.

2. C'est en effet une princesse de la famille des Grimaldi, Isabelle Grimaldi, Princesse de Monaco, qui a un rôle principal

qui va vous demander votre protection[3]. Après le favorable accueil qu'ils ont reçu l'un et l'autre de la cour de France[4], ils ont cru qu'ils n'en étaient pas absolument indignes et espéré que Votre Excellence ne les désavouerait point. Mais quelque glorieux[5] que soit leur espoir, la vanité ne les aveugle nullement : et comme ils croient qu'ils doivent toute leur réputation à l'illustre nom de GRIMALDI, ils veulent, par une reconnaissance publique, s'en acquitter aujourd'hui envers vous. Pour moi, MONSEIGNEUR, il s'en faut de peu que je ne m'estime prophète, comme les anciens poètes se le disaient ; que je ne prenne ce que j'ai écrit dans mon roman[6] pour une inspiration lumineuse de la fureur d'Apollon ; et que je ne croie comme eux *que le Dieu parlait en moi*[7]. En effet, vit-on jamais une rencontre plus

---

dans la pièce ; Il est donc juste qu'elle rende ses devoirs au Prince de Monaco, chef de sa famille.

·3. Ce prince, Justinian, de la famille des Paléologues, est un Prince gênois, donc allié de Monaco et de ses Princes. Il porte dans la pièce le nom turc d'Ibrahim qui lui a été donné par le Sultan Soliman, lorsqu'il est devenu son esclave.

4. Cet accueil favorable est confirmé par ce que Scudéry dit de la pièce dans la préface d'*Arminius*, « Aussi a-t-il été heureux de telle sorte que si l'acteur qui en faisait le personnage premier ne fût point mort, il aurait peut-être effacé au théâtre tout ce que j'avais fait jusqu'alors ».

5. « Glorieux » : inspiré par l'orgueil ; « glorieux se dit d'un homme qui a trop de vanité » (*Dict. Furetière*).

6. *Ibrahim ou L'Illustre Bassa* Paris, A. de Sommaville, 1641, in 4°. Toutes les références au roman renvoient à cette première édition.

C'est le premier roman de Madeleine auquel Scudéry avait collaboré et qui parut sous la signature de Georges, sans doute parce qu'il était déjà célèbre, alors que Madeleine ne l'était pas encore. Mais Scudéry n'hésite pas à le donner pour sien.

7. Enthousiasme, « Fureur poétique qui transporte l'esprit des poètes et leur fait dire des choses extraordinaires » (*Dict. Furetière*).

extraordinaire que celle où dans le même temps que, par une fable, je chassais les Castillans et les Napolitains de MONACO, V.E., par une véritable valeur, les en chassait effectivement[8] ? Je me tiens le plus heureux de tous les hommes d'avoir prédit ce que vous avez fait et d'avoir été le prophète, puisque vous deviez être le héros. Ce n'est donc pas sans raison que je vous dédie un ouvrage où vous avez tant de part et qui n'a tiré toute sa gloire que de celle de votre nom. J'y suis néanmoins encore obligé par une cause particulière[9] qui ne regarde que moi. Ce n'est point un présent que je vous fais, c'est une dette que je vous paye, (si toutefois il est quelque chose qui

---

Allusion à la doctrine de l'inspiration considérée par les anciens poètes et par ceux de La Pléiade comme la « possession » d'un Dieu, Apollon, le dieu de la poésie. Voir l'*Ion* de Platon.

8. Dans le roman, il est conté (Partie II, livre 3) qu'Isabelle qui voulait rester fidèle à la foi qu'elle avait jurée à Justinian, avait fermé les portes de Monaco à tous ceux qui pouvaient lui parler de mariage. Le Prince de Salerne, Napolitain, et le Castillan, Don Fernand de Mendoce, sans savoir les desseins de l'autre, s'introduisirent auprès d'elle, l'un déguisé en peintre, l'autre en musicien, et lui parlaient d'amour, l'un par ses tableaux, l'autre par ses chansons. Mais leur imposture ayant été découverte, les gens de la Princesse chassèrent de Monaco et combattirent les Napolitains, soldats du Prince de Salerne, et les Castillans, soldats de Don Fernand, avec tant de cœur qu'ils les tuèrent tous et Don Fernand et le Prince de Salerne s'enfuirent. Voilà la jolie « fable » contée dans le roman que Scudéry prétend avoir écrite. La réalité, c'est que le Prince Honoré II avait effectivement, en septembre 1641, par le traité de Péronne, chassé la garnison espagnole. La « fable » du roman publié un peu avant le traité, avait donc « prophétisé » l'expulsion des Espagnols par Honoré II.

9. Cette « cause particulière qui ne regarde que [lui] » est sans doute un don du Prince. On pourrait penser que ce fut lors d'un séjour que Scudéry fit à Apt en 1621, mais cette date ne correspond pas à celle indiquée ici qui est 1629-1630, c'est-à-dire le moment où il abandonne l'armée pour se consacrer au théâtre.

puisse payer les faveurs d'un Prince comme vous.) Il
y a douze ans que V.E. m'obligea sensiblement à
Monaco ; et douze ans que j'en conserve la
mémoire. Je sais que les grandes âmes comme la
vôtre font du bien à tant de personnes, qu'elles n'en
peuvent pas garder le souvenir et même qu'elles sont
assez généreuses pour tâcher de le perdre. Mais,
MONSEIGNEUR, il n'est pas juste que je sois
ingrat, parce que vous êtes généreux, et que je ne
m'acquitte point, parce que vous avez oublié ce que
je vous dois. C'est donc ici que, pour m'acquitter de
ce devoir, autant que pour suivre la coutume, je
devrais faire un Panégyrique au lieu d'une Lettre et
parler de votre Illustre Maison, et de votre Illustre
Personne, en des termes dignes de la grandeur de
l'une et du mérite de l'autre. Toutefois, que pourrais-
je dire à toute la terre qu'elle ne sache aussi bien que
moi ? Tout le monde ne sait-il pas que la République
de Gênes n'a que trois noms qui s'osent s'égaler au
vôtre ? et que, hors ces trois, toute la Ligurie[10] n'a
rien qui ne soit au-dessous de lui ? Est-il quelqu'un
qui puisse ignorer que la famille des **GRIMALDI** a
presque autant eu de héros qu'elle a eu d'hommes et
que la valeur lui est une qualité héréditaire ? Nom-
merais-je ici un **PIERRE GRIMALDI**[11] qui fut
avec une armée qu'il commandait au secours de
l'Empire de Grèce et qui, par une mort aussi belle
que sa vie, rendit son nom immortel ? Parlerais-je
d'un **ANTOINE GRIMALDI**[12] qui, avec une puis-

---

10. Région du Nord de l'Italie en bordure du golfe de Gênes
où se trouve la République de Gênes.

11. En 1376 un Pierre Grimaldi, Seigneur de Menton, vendit ses
droits sur le village de Castillon au consul de Sospel.

12. Un Antoine Grimaldi, fils de Raynier I, arma pour la Reine

sante flotte, fit trembler toute l'Espagne, qui la remplit d'épouvante et de terreur ; qui dénonça la guerre
à trois rois en même temps et qui fit fuir devant lui
toutes les forces de Majorque et de Minorque jointes
à celles des Espagnols ? Ferais-je mention d'un
JEAN GRIMALDI[13] en faveur duquel l'Histoire
rend ce glorieux témoignage qu'il valait plus lui seul
que toute une armée et qui avec des troupes beaucoup plus faibles que celles de ses ennemis les défit
entièrement, leur prit huit mille prisonniers ; et entre
eux treize capitaines d'une réputation si haute, que,
par vanité militaire, il les nommait les *treize Sci-
pions ?* que si de ces tumultueuses vertus, nous vou-
lions passer aux vertus pacifiques, que ne pourrais-je
point dire de cet **ANSALDO GRIMALDI**[14], que la
République appelait, et que l'Histoire appelle encore
l'amour et les délices du genre humain, aussi bien
que Rome y nommait Titus ? Elle lui fait le plus
grand éloge qu'un homme puisse mériter et je ne le

---

de Naples, Jeanne Ie, six galères à ses dépens et mourut en1358.
Un autre Antoine Grimaldi, Seigneur de Monaco, mourut en1424.

13. S'agit-il de Jean Grimaldi, premier fils de Rainier II, quali-
fié « Seigneur de Monaco », qui prit part aux guerres des Gênois
et mourut en 1454 ou de Jean Grimaldi, Coseigneur d'Antibes et
de Cagnes, qui servit le Roi Charles VI contre les Anglais et mourut en 1427, ou de Jean, Seigneur de Monaco et de Vintimille,
conseiller et chambellan des Rois Charles VIII et Louis XII, qua-
lifié Chevalier de l'Ordre de Saint-Michel, tué en 1505 par Lucien,
son frère ? (Fr.-A. de La Chenaye Desbois, *Dictionnaire de la
noblesse*).

14. Ansaldo Grimaldi « aux vertus pacifiques » fit en effet à
Gênes, en 1636, un legs pour l'institution de quatre chaires uni-
versitaires : une de droit canon, une de droit civil, une de philoso-
phie morale, une de mathématiques, lesquelles, en1569, par décret
du Sénat, seront incorporées à l'école des Pères jésuites qui
s'étaient consacrés à l'enseignement à Gênes depuis 1554. Cette
initiative est à l'origine de l'Université de Gênes.

tiens pas moins glorieux à sa mémoire que cette sta-
tue de marbre, que la République lui fit élever dans
la salle du palais. Mais, MONSEIGNEUR, qu'irais-
je chercher parmi les superbes monuments[15] de vos
devanciers ? Et pourquoi m'arrêter à des vertus
mortes où j'en vois tant de vivantes ? Il vaudrait
mieux passer de leurs tombeaux aux arcs de
triomphe que vous méritez et de la valeur qui n'est
plus à celle dont toute l'Europe parle avec tant d'ad-
miration. Il vaudrait mieux, dis-je, apprendre à la
postérité ce que notre siècle a vu avec étonnement et
lui faire savoir que vous fûtes le conquérant de votre
Etat et le vainqueur des tyrans[16]. Il vaudrait mieux
lui faire connaître que les charmes de votre personne
et les rares qualités de votre esprit[17] ont eu une
approbation universelle dans la plus polie de toutes
les cours et que le plus grand Roi de la terre et la
plus grande Reine de l'univers ont rendu des témoignages publics de l'estime qu'ils en faisaient[18]. Oui,
MONSEIGNEUR, ce dessein serait grand et illustre

---

15. Ce qui permet de se souvenir de la grandeur des devanciers
d'Honoré II, témoignages qui nous en restent, ouvrages d'architec-
ture ou de sculpture qui transmettent leur souvenir, en particulier leur tombeau.

16. Les Espagnols dont la garnison, à demeure sur le Rocher
depuis 1605, fut d'ailleurs remplacée par une garnison française.

17. Eloges hyperboliques d'usage dans les dédicaces ? Non.
« Ce Prince, dit Moreri, avait de très belles qualités, beaucoup de
savoir, une grande douceur, une prudence admirable et beaucoup
de valeur » (Moreri, *Le Grand Dictionnaire historique*, t. IV,
p.425-426).

18. Louis XIV et son épouse, Marie-Thérèse. Le Prince de
Monaco avait reçu par le traité de Péronne égalité de rang avec la
plus haute noblesse française et Louis XIV accepta d'être le par-
rain du petit-fils d'Honoré II, le futur Louis Ier, qui devint ambassadeur de France auprès du Saint-Siège.

et véritablement digne de vous. Mais je ne suis pas digne de lui. Je connais trop ma faiblesse pour l'entreprendre et la hardiesse que j'ai eue, d'en faire seulement une légère ébauche me donne tant de confusion qu'à peine oserai-je vous dire que je suis et veux toujours être,

MONSEIGNEUR,

DE V.E.

Le très humble, très obéissant
et très obligé serviteur
DE SCUDERY.

PRIVILÈGE DU ROI
LOUIS PAR LA GRÂCE DE DIEU, ROI DE FRANCE ET DE NAVARRE

A nos aimés et féaux Conseillers, les gens tenant nos Cours de Parlement, Maîtres des Requêtes ordinaires de notre Hôtel, Baillis, Sénéchaux, Prévôts, leurs Lieutenants et à tous autres de nos Justiciers et Officiers qu'il appartiendra, salut. Notre cher et bien aimé le SIEUR DE SCUDÉRY nous a fait remontrer qu'il a composé trois pièces de théâtre intitulées *Ibrahim ou L'Illustre Bassa, Arminius ou Les Frères ennemis,* et *Axiane, Comédie en prose*, lesquelles il désirerait faire imprimer, s'il nous plaisait de lui accorder nos Lettres sur ce nécessaire. A ces causes, et désirant gratifier ledit SIEUR DE SCUDERY, nous lui avons permis et permettons par ces présentes de faire imprimer, vendre et débiter en tous les lieux de notre obéissance, lesdites trois pièces de théâtre, conjointement ou séparément, par tel Imprimeur ou Libraire qu'il voudra choisir, en telles (*sic*) marges et caractères, et autant de fois que bon lui semblera, durant l'espace de cinq ans entiers et accomplis, à compter du jour que chacune sera achevée d'imprimer pour la première fois, et faisons très expresses défenses à toutes personnes de quelque qualité et condition qu'elles soient, de les imprimer, vendre, ni distribuer en aucun lieu de ce Royaume, durant ledit temps sans le consentement de l'exposant ou de ceux qui auront droit de lui, sous prétexte d'augmentation, correction, fausses marques ou autre déguisement, en quelque sorte et manière que ce soit, même d'en extraire aucune chose ni d'en changer les titres ou les emprunter pour les donner à d'autres ouvrages, à peine de trois mille livres d'amende, payables par chacun des contrevenants et applicables, un tiers à nous, un tiers à l'Hôtel Dieu de Paris et l'autre tiers à l'exposant ou au libraire duquel il se sera servi, de confiscation des exemplaires contrefaits, et de tous dépens, dommages et intérêts, à condition qu'il sera mis deux exemplaires de chacune desdites pièces en notre Bibliothèque publique et un en celle de notre très cher et féal, le Sieur Séguier, Chevalier Chancelier de France, avant que de les exposer en vente, à peine de nullité des présentes, du contenu desquelles : NOUS voulons et vous mandons que vous fassiez jouir pleinement et paisiblement ledit SIEUR DE SCUDERY et ceux qui auront droit de lui, sans souffrir qu'il leur soit donné aucun empêchement. VOULONS aussi qu'en mettant au commencement ou à la fin de chacune desdites pièces un extrait des présentes, elles soient tenues pour dûment signifiées, et que foi y soit ajoutée, et aux copies collationnées par un de nos aimés et féaux Conseillers et Secrétaires, comme à l'original. MANDONS au premier notre Huissier ou Sergent sur ce requis de faire pour l'exécution d'icelles tous exploits nécessaires, sans demander autre permission. CAR tel est notre plaisir. Nonobstant clameur de haro, Charte normande, et autres Lettres à ce contraires. Donné à Paris, le trentième jour de janvier, l'an de grâce mille six cent quarante trois, et de notre règne le trente trois.

Par le Roi en son Conseil.

CONRART.

Les exemplaires ont été fournis.

Achevé d'Imprimer pour la première fois le premier jour de Mars mille six cent quarante-trois

LES ACTEURS

IBRAHIM   Grand Vizir, autrement Jus-
                         tinian, de la race des Paléo-
                         logues.
ISABELLE GRIMALDI   Princesse de Monaco.
SULTAN SOLIMAN   Empereur des Turcs.
ROXELANE   Sultane Reine.
ASTÉRIE   Fille du Grand Seigneur.
RUSTAN   Bassa.
ÉMILIE   Parente d'Isabelle.
ACHOMAT   Bassa.
ISUF   Muphti ou Grand Prêtre de
                         la religion de Mahomet.

TROUPE des Grands de la Porte.
DEUX CAPIGI ou Capitaines des Gardes
TROUPE DE JANISSAIRES.
DEUX FEMMES ESCLAVES de la Sultane Reine.
QUATRE MUETS avec leurs cordes d'arc à la main.
TROUPE de Joueurs de Hautbois à la Turque et
d'Atabales.

LA SCÈNE EST AU SÉRAIL DE DEHORS
A CONSTANTINOPLE

IBRAHIM
OU L'ILLUSTRE BASSA

TRAGI-COMÉDIE

ACTE PREMIER

ROXELANE, RUSTAN,
DEUX ESCLAVES DE LA SULTANE REINE,
SOLIMAN, ASTÉRIE, ISABELLE, ÉMILIE.

SCÈNE PREMIÈRE

ROXELANE, RUSTAN,
DEUX ESCLAVES DE LA SULTANE REINE

ROXELANE

Rustan, ne craignez rien, ne soyez point en peine[19] ;
C'est un droit qu'on accorde à la Sultane Reine ;
Et malgré la coutume et sa sévérité
Le Sérail[20] de dehors a cette liberté :

---

19. Cette scène rappelle la scène 1 de l'acte II de la tragédie de
Mairet, *Le Grand et Dernier Solyman ou La Mort de Mustapha*
(Paris, Augustin Courbé, 1639) où Rustan et Roxelane trament la
mort de Mustapha.
20. L'orthographe du mot dans le texte est : Serrail. Ce redou-
blement de la lettre « r » n'est pas particulière à Scudéry à
l'époque. C'est la graphie du XVIIᵉ siècle, dit Jean Dubu et, ajoute-

Ici quand il me plaît, peuvent entrer les hommes ;
Et Roxelane enfin règne aux lieux où nous sommes.[21]

RUSTAN

Madame, je sais bien quel est votre pouvoir
Et je n'ignore point nos lois ni mon devoir.
Que votre Majesté me fasse donc entendre
10 Quel service important un Bassa vous peut rendre ;
Car, si mes actions sont en son souvenir,
Je crois que le passé[22] répond de l'avenir,
Qu'elle a lieu de juger que je lui suis fidèle
Et que mes volontés ne relèvent que d'elle :
Voilà sur ce sujet quels sont mes sentiments.
Qu'elle me parle donc par ses commandements.

---

t-il, cette orthographe "a été respectée même des savants éditeurs
des Grands Ecrivains de la France. » (J. Dubu, « *Bajazet* : « Serrail et transgression. » dans *Racine, La Romaine, La Turque et La
Juive*, C.M.R. 17, 1986, p.99). Nous avons toutefois, comme
l'avait fait Raymond Picard dans son édition des *Œuvres complètes* de Racine (Gallimard, La Pléiade, in-12°, 1950 ; *Bajazet* :
pp. 541-610) et par souci d'unité, rétabli, comme dans le reste du
texte, l'orthographe moderne, mais conservé la majuscule.

21. « Sultane Reine », « Sérail », « Bassa », « Grands de la
Porte », « Grand Vizir » « Janissaires »…. : voir le glossaire des
termes turcs contenus dans la pièce, pp. 267-268.

C'est par ces mots dont il saupoudre le texte que Scudéry
cherche à créer, tout au long de la pièce, une couleur orientale. En
revanche, l'atmosphère de l'univers fermé qu'est le sérail, avec ses
interdits, ses intrigues, la toute-puissance de la Sultane Reine, suggérée par ces premiers vers, (1-6) ne sera guère évoquée par la
suite. Peut-être Racine avait-il lu *Ibrahim*, car ces vers rappellent
les vers, il est vrai autrement puissants, du début de *Bajazet* :

> « Et depuis quand, Seigneur, entre-t-on dans ces lieux
> Dont l'accès était même interdit à nos yeux ?
> Jadis une mort prompte eût suivi cette audace. »

(I, 1, v. 3-5).

22. Voir *infra*, note 26.

ROXELANE

Toujours le même soin[23] occupe ma pensée ;
Toujours par même objet mon âme est offensée :
L'image d'Ibrahim revient à tous propos
20 Me présenter sa gloire et troubler mon repos.
Par lui seul je languis, par lui seul je soupire ;
Avecques Soliman, il partage l'Empire ;
Toute chose succède au gré de son désir
Et je le vois Sultan plutôt que Grand Vizir.
Sur toute autre raison sa vanité l'emporte ;
Il a déjà gagné tous les Grands de la Porte ;
Et par l'éclat puissant de ses trésors offerts,
D'esclave qu'il était, il les a mis aux fers.
Maintenant il agit, il commande, il ordonne ;
30 Il ne lui manque plus que la seule couronne ;
La moitié de la terre obéit à sa loi ;
Et bref, par un prodige, il règne et n'est point Roi.
Cependant Roxelane, et triste, et méprisée,
Augmente son triomphe et lui sert de risée :
Elle souffre, elle cède ; ah ! j'en frémis d'horreur !
Elle qui possédait l'Empire et l'Empereur.
J'ai vu tout l'Orient sous mon obéissance ;
Les bornes de l'Etat l'étaient de ma puissance ;
Mon pouvoir s'étendait de l'un à l'autre bout ;
40 Je faisais les Bassas, je disposais de tout ;
J'élevais, j'abaissais et tenais où nous sommes
La fortune du monde et le destin des hommes :
Maintenant un esclave, ennemi de mon bien,
Fait le sort de l'Empire et dispose du mien.
Oui, ce jeune insolent me choque[24] et me traverse :

---

23. « Souci qui trouble l'âme » (*Dict. Furetière*)
24. Offense, blesse, s'oppose à (voir v. 500).

S'il revient triomphant du voyage de Perse,
A quel excès d'orgueil ne montera-t-il pas,
Lui qui sera plus haut que je ne l'ai vu bas ?
Ah ! Rustan, songez-y ! C'est la cause commune :
50 Ici votre intérêt est joint à ma fortune :
Travaillons donc ensemble, afin de nous venger,
Et renversons l'Empire, ou le faisons changer.[25]

RUSTAN

Que votre Majesté, quelque mal qui la presse,
S'assure en mon courage autant qu'en mon adresse.
La mort de Mustapha[26] peut assez témoigner
Que j'entreprendrai tout pour vous faire régner.
Enfin, soit par la fraude ou par la force ouverte,
Puisque vous le voulez, je vous promets sa perte :
Et quoique son pouvoir soit sans comparaison,
60 Je vous donne le choix du fer ou du poison.

ROXELANE

Soit, mais auparavant, tentons une autre voie[27],
Que le sort favorable aujourd'hui nous envoie.

---

25. On notera dans cette tirade l'abondance des pronoms personnels et des adjectifs possessifs de la première personne qui expriment l'ambition possessive de Roxelane.

26. Comme au vers 12, mais de façon plus précise, Rustan rappelle l'aide qu'il a apportée à Roxelane, lorsqu'elle a fait assassiner le fils de Soliman, Mustapha, susceptible d'écarter du pouvoir son propre fils, Sélim. Sans doute Scudéry songe-t-il à la tragédie de Mairet citée plus haut (voir *supra*, note 19) qui met en scène cet assassinat.

27. Aux procédés expéditifs proposés par Rustan, Roxelane préfère les moyens tortueux, les voies détournées. Sa tactique consiste à utiliser la jalousie de ses partenaires ; d'abord elle cherche à exploiter celle de Soliman, puis celle d'Achomat et celle d'Astérie.

Je sais que le Sultan aime cette beauté,
Qui n'a pour son amour que de la cruauté ;
Et bien que le Vizir soit aimé d'Isabelle,
Je vois qu'il la regarde et qu'il la trouve belle :
Quelquefois l'amitié l'emporte sur l'amour,
Mais quelquefois aussi l'amour règne à son tour[28].
Il estime Ibrahim, il[29] peut tout dans son âme,
70 Mais quel pouvoir n'a point une nouvelle flamme ?
Et quels droits si sacrés lui peut-on opposer,
Que cette passion ne fasse mépriser ?
J'ai vu que mon mérite occupait sa mémoire,
Que mon affection faisait toute sa gloire ;
Et, malgré tout cela, sans en avoir sujet,
Il me quitte aujourd'hui pour un indigne objet.
Nulle fidélité n'est si bien établie
Qu'un esprit aveuglé ne méprise et n'oublie.
Mais d'un penser fâcheux passons dans un plus doux :
80 Il fera pour autrui ce qu'il a fait pour nous[30] :
Quoique le Grand Vizir de tout l'Etat dispose,
Il suffit de savoir qu'ils aiment même chose :
C'est par là que l'espoir nous peut être permis :
Car, enfin, deux rivaux ne sont jamais amis.
Or, pour faciliter cette belle entreprise,
Enflammez Soliman, encore qu'on[31] le méprise ;
Vantez lui cet objet qu'on lui voit adorer ;

---

28. Roxelane est intelligente : elle connaît la faiblesse de Soliman et exprime fort bien en deux vers les oscillations qui seront les siennes dans toute la pièce.

29. Pronoms équivoques : le premier « il » renvoie au Sultan ; le second représente Ibrahim.

30. Sans doute Roxelane songe-t-elle à la disgrâce du Vizir, mais aussi à celle, possible, d'Isabelle, lorsque la passion du Sultan sera éteinte.

31. « On » au vers 86 désigne Isabelle, au vers 87 désigne Roxelane, Rustan et les autres.

Dites-lui que les rois peuvent tout espérer,
Que tout doit obéir aux maîtres de la terre,
90 Et qu'il doit triompher en amour, comme en guerre[32].
Par là, notre ennemi sera privé du jour :
Car ainsi l'amitié s'éteindra par l'amour.
Le Sultan cessera d'aimer son adversaire
Et verra que sa perte est un mal nécessaire.
Joint[33] que le Grand Vizir, découvrant ce dessein,
En concevra lui-même un dépit dans le sein
Qui le pourra porter à quelque violence
Et porter le Sultan contre son insolence.

RUSTAN

Mais songez-vous, Madame, à ce que vous tentez
100 Et faut-il que Rustan outrage vos beautés ?[34]

ROXELANE

Ce sentiment est bon dans une âme vulgaire ;
Mais, pour moi, cette amour ne m'importune guère :
Si l'Empereur me laisse au rang où je prétends,
Qu'il aime, que je règne, et nous serons contents.
S'il adore une esclave et s'il faut qu'il soupire,

---

32. La conception du monarque qu'exprime ici Roxelane est
celle d'un despote et c'est *a contrario* qu'apparaît la figure du bon
prince selon Scudéry.

33. Outre que. « Joint », bien que condamné par Malherbe, est
encore employé au XVIIᵉ siècle.

34. En attisant la passion de Soliman pour une rivale de
Roxelane. Notons le vocabulaire galant, à la mode alors, qui est
celui de Scudéry dans toute la scène comme dans toute la pièce,
quand il est question d'amour. Cf. « cette beauté » (v.63), « nouvelle flamme » (v.70), « cet objet » (v.76 et v.87), « adorer » (v.87
et v.105)...

Qu'elle règne en son cœur, et moi dans son Empire :
Car pour dire le vrai, je crains plus en ces lieux
Le pouvoir d'Ibrahim que celui de ses yeux.
Non, non, à cela près, employons toute chose :
110   La raison nous l'ordonne et mon cœur s'y dispose :
Tâchez donc de remettre, achevant nos desseins,
Les rênes de l'Empire en de plus nobles mains.
Servez à cette amour, puisque je le commande
Et sachez que le sceptre est ce que je demande.

RUSTAN

Mais en obéissant[35], vous devez me haïr !

ROXELANE

L'on ne peut m'offenser, quand on veut m'obéir.
Allez, allez, Rustan, commencer cet ouvrage ;
Rétablir ma puissance et venger mon outrage ;
Ne craignez point un mal qu'on me voit dédaigner
120   Et songez que mon cœur a pour objet : régner.

UNE ESCLAVE

Le Sultan vient, Madame, il entre dans la salle.[36]

---

35. Si j'obéis. Il y a rupture de construction : le sujet du gérondif n'est pas celui de la phrase ; cette anacoluthe, incorrecte de nos jours, était correcte au XVIIe siècle et elle est fréquente dans le texte de la pièce.

36. Vers 121-122 : Les scènes sont généralement bien liées. Ici la « liaison de vue » est adroite, car tout en liant cette scène à la suivante, elle annonce à la fois l'état d'esprit du Sultan par un détail physique et le lieu où va se dérouler cette scène.

UNE AUTRE ESCLAVE

O Dieu ! qu'il paraît triste ! et que son teint est pâle ![37]

L'AUTRE ESCLAVE

Il ne vous a point vue.

L'AUTRE ESCLAVE

Il avance toujours.

ROXELANE

Gardons de l'interrompre, il rêve à ses amours.[38]

SCÈNE SECONDE[39]

SOLIMAN

Injuste Soliman, que ton crime est extrême ![40].

---

37. En homme de théâtre averti, Scudéry, après un dialogue fait de longues tirades, ménage un échange rapide de courtes répliques, comme il le fera souvent dans le reste de la pièce.

38. Cette exposition, bien qu'elle soit incomplète et se poursuive jusqu'à la scène 1 de l'acte II, fait connaître une grande partie des éléments essentiels nécessaires à la compréhension de l'intrigue ; elle est, d'autre part, bien menée : Scudéry a recours à un dialogue qui ne manque pas d'animation, car le ton est passionné : Roxelane parle sous l'emprise de son ambition et de sa haine jalouse et, par ses ordres, elle engage déjà l'action.

39. Cette scène suit de très près le roman de Madeleine, *Ibrahim ou L'Illustre Bassa*, éd. cit., Partie III, livre 4, pp. 510 et suiv. Voir le rapprochement entre la tragédie et le roman au ch. IV de l'Introduction : « Les Sources », *supra*, pp. 25-26.

40. Ce monologue introductif est le premier et le plus étendu de toute une série de monologues qui se succèdent au long des actes. Comme la plupart, c'est un monologue à alternative : alternative-

Ne saurais-tu, cruel, te surmonter toi-même ?
Est-ce un labeur si grand qu'il ne t'est point permis,
Après avoir vaincu de si forts ennemis ?
Quoi, faut-il que tu sois, (ô funeste mémoire !)
130 L'ennemi de ton bien et celui de ta gloire ?[41]
Et que, par un malheur hors de comparaison,
Tu ne puisses aimer, sans perdre la raison ?
Quel supplice à mon cœur et quel trouble en mon âme !
Quoi, ne saurais-je aimer et sans honte et sans blâme ?
Et quel astre ennemi de la gloire des Rois
Me force à violer toutes sortes de droits ?
Cent climats différents me donnent des esclaves
Capables de régner sur le cœur des plus braves ;
La Grèce n'a rien vu de beau ni de charmant
140 Qui ne soit au Sérail, par mon commandement ;
Et cependant, malgré cette gloire suprême,
J'ose vouloir ravir au seul homme que j'aime,
Par une lâcheté qu'on ne peut trop blâmer,
L'unique et seul objet que son cœur peut aimer.
J'ose perdre Ibrahim, par cette injuste envie,
Lui de qui je tiens seul et l'Empire et la vie,
Et qui pour me sauver au milieu des hasards,
S'est vu cent fois couvert et de sang et de dards !
Ah ! non, mourons plutôt dans un tourment si rude,

---

ment Soliman condamne et justifie sa passion dans un mouvement
oscillant qui reproduit le mouvement de son âme hésitante. Après
avoir, pendant 27 vers, stigmatisé son « injuste envie », il la justifie pendant 33 vers. Puis, nouveau balancement : après avoir pris
conscience de l'impossibilité d'obtenir l'amour d'Isabelle, il se
trouve à nouveau des raisons d'espérer. Ce rythme oscillant du
monologue préfigure le rythme profond de la pièce.

41. Le mot a le sens d'honneur, qu'il a également aux vers 135
et 141 ; mais il a, de plus, ici une connotation cornélienne : sentiment de ce que l'on se doit à soi-même. Le vocabulaire, comme le
ton, est cornélien. Cf raison.

150 Que de nous diffamer par une ingratitude
     Et nous privons enfin d'un bien si souhaité
     Puisqu'on ne peut l'avoir sans une lâcheté.
     Mais, Dieu ! dans mon esprit, l'image d'Isabelle
     M'apparaît malgré moi, si charmante et si belle ;
     L'amour la peint si bien dedans mon souvenir
     Que toute ma raison ne saurait plus tenir.
     Il faut croire en un mot, en mettant bas les armes,
     Qu'on ne saurait manquer en adorant ses charmes,
     Que le souverain bien se trouve en sa prison[42]
160 Et que suivre ses pas, c'est suivre la raison.
     Je sais ce que je dois aux soins d'un grand ministre ;
     Je sais que, sans son bras, un accident sinistre
     Allait m'ôter d'un coup et le sceptre et le jour ;
     Mais je n'ignore pas ce qu'on doit à l'amour.
     Et, malgré la douleur que ce remords me donne,
     Je dois mes premiers soins à ma propre personne :
     Le cœur le plus fidèle et le plus affermi
     Rarement se veut perdre en sauvant son ami ;
     Et quoi que puisse dire une amitié suspecte[43]
170 Où voit-on que l'amour la craigne et la respecte ?
     Et parmi les mortels, quelle sévère loi
     Veut qu'un autre en mon cœur l'emporte contre moi ?
     Peut-être qu'Ibrahim, voyant ce que j'endure,
     Aura quelque pitié d'une peine si dure
     Qu'il cédera lui-même à ce cœur amoureux
     Et que pour me sauver il sera généreux.[44]
     Oui, c'est par ce penser que mon cœur se console :

---

42. Soliman est prisonnier de son amour : métaphore galante du
champ lexical de la captivité.

43. Suspecte de pousser à se perdre pour un ami.

44. Cet espoir est totalement irréaliste, mais vraisemblable psychologiquement, car celui qui aime croit aisément ce que son cœur
désire.

Il quitta sa maîtresse en gardant sa parole ;
Et peut-être qu'encor, par un dessein plus beau,
180   Il voudra m'empêcher de descendre au tombeau.
Car que ne doit-il point à ce cœur qui soupire,
Lui que je fais régner sur un si grand Empire,
Lui qui verra les maux que mon âme a soufferts,
Lui que je retirai du sépulcre et des fers ?
Brûle donc, Soliman, d'une ardeur légitime,
Et chéris cet objet puisqu'on le peut sans crime.
Mais, hélas ! quand le Ciel et quand le Grand Vizir
Consentiraient ensemble à mon juste désir,
Je n'aurais pas vaincu la fierté d'Isabelle,
190   Qui veut paraître encor plus constante que belle,
Qui depuis longtemps aime avecques tant d'ardeur
Celui qu'elle préfère à toute ma grandeur,
Et qui par un regard et modeste et sévère
Ordonne que je meure et que je la révère.
Mais qui peut résister à celui qui peut tout[45] ?
Et quels sont les desseins dont on ne vienne à bout ?
Espère, Soliman, espère et continue :
Plus la peine a duré, plus elle diminue ;
Oui, chassons le passé de notre souvenir
200   Et pour nous consoler, regardons l'avenir.
Le mal devient plaisir quand à la fin il cesse.
Allons donc au jardin[46] chercher cette Princesse[47].

---

45. S'agit-il de l'amour ? Cela pourrait être, mais, plus vrai-semblablement, Soliman, monarque tout-puissant, se désigne ainsi lui-même.

46. Le sérail où se renferme l'action se compose, on l'a vu, d'un jardin et de deux pièces, une salle et la chambre de Soliman, donnant sur ce jardin. Sans doute le Sultan prononce-t-il le monologue dans sa chambre, puis va-t-il dans le jardin. Il y a donc mouve-ment, sans que l'unité de lieu soit violée.

47. Malgré sa longueur, ce monologue, qui est un dialogue de Soliman avec lui-même, est vivant, car il est animé par les divers

Elle a beaucoup d'orgueil, mais j'ai beaucoup de cœur[48]
Et la difficulté fait le prix du vainqueur.

SCÈNE TROISIÈME

ÉMILIE, ISABELLE, SOLIMAN

ÉMILIE

Le Sultan vient[49], Madame, il faut cesser de plaindre.

ISABELLE

Cessons de soupirer et commençons de craindre[50].

---

mouvements qui se succèdent dans son âme. Le Sultan se répète, certes, mais ces répétitions sont inhérentes à son caractère hésitant. D'ailleurs, il évolue : condamnant sévérement sa passion au début du monologue, il est, à la fin, à nouveau résolu à la satisfaire. Ce monologue, d'autre part, prolonge l'exposition, confirmant les brèves indications de Roxelane sur Soliman et donnant une première image d'Isabelle vue par Soliman. Surtout il a pour lui que, premier monologue, il a l'intérêt de la nouveauté.

48. Courage ou plutôt ici amour. « Cœur se dit particulièrement, dit Furetière, de l'affection, de l'amitié, de l'amour, de la tendresse » (*Dict. Furetière*).

49. La « liaison de recherche » de la scène précédente se double ici d'une liaison de vue.

50. « Plaindre », « soupirer », « craindre » révèlent les dispositions d'esprit d'Isabelle avant l'aveu de Soliman : elle n'ignore pas l'amour qu'il a pour elle. Aussi feint-elle le plus longtemps possible de ne pas comprendre la déclaration plus ou moins voilée qu'il lui fait et s'efforce-t-elle de la détourner.

SOLIMAN

Ne pouvant être heureux et vous abandonner,
Je viens me satisfaire et vous importuner[51].

ISABELLE

Seigneur, ta Majesté connaît trop Isabelle
210 Et sait trop le respect[52] que son cœur a pour elle
Pour croire qu'elle puisse (oubliant son devoir)
N'être pas satisfaite en l'honneur de te voir.

SOLIMAN

Qu'Ibrahim est heureux d'aimer une personne[53]
Digne (non de son cœur), mais bien d'une couronne !
Qu'Ibrahim est heureux d'en être tant aimé !
Qu'Ibrahim, la quittant[54], en doit être blâmé !

---

51. Ne sachant comment aborder Isabelle, Soliman commence
par une formule, en partie, banale et qui cependant de façon vague
insinue son amour et appelle une dénégation.

52. Par les mots « respect », « honneur », « devoir », Isabelle,
qui se montre tout au long de la scène très avisée, prend ses dis-
tances vis-à-vis de Soliman en tentant de réduire leurs rapports à
ceux d'un sujet à son monarque.

53. Soliman, embarrassé, ne sait comment se déclarer, et ne le
fait que peu à peu, d'où la progression qui constitue le premier
mouvement de la scène : il use d'abord d'un détour et commence
par parler d'Ibrahim dont il dit envier le bonheur en même temps
qu'il tente d'éveiller contre lui l'irritation d'Isabelle ; puis, après
des précautions oratoires, il devient plus explicite, parle d'« un
mal », de « ce qu'on ne peut taire », prononce le mot « aimer »,
puis, enfin, le mot « amour » (v.284), sommet de cette progression
qui, dans la mesure où Isabelle ne peut pas ne pas comprendre, est
prolongée un peu artificiellement.

54. Deux fois, à cause de Soliman, Ibrahim a laissé Isabelle :
une première fois, quand, ayant obtenu la permission de l'aller voir
à Gênes, il l'y laisse pour revenir auprès de Soliman, selon la parole donnée ; une seconde fois, quand il va combattre contre les

Qu'Ibrahim est coupable allant à cette guerre,
Fût-ce pour conquêter l'Empire de la terre !
Qu'Ibrahim qui lui plaît la devrait irriter !
220   Pour moi, je fusse mort avant que la quitter !

ISABELLE

Mais, plutôt qu'Ibrahim, est cher à ma mémoire
De ce qu'il fait céder son amour à ta gloire[55] !
Et que son amitié, Seigneur, te doit ravir,
Puisqu'il quitte Isabelle, afin de te servir !
Oui, sans doute sa faute est belle et pardonnable,
Et le grand Soliman est grand et raisonnable[56].

SOLIMAN

Plût au Ciel pour ma gloire et pour la vôtre aussi,[57]
Que ce cœur généreux le crût toujours ainsi !

Perses et laisse Isabelle au sérail, ce que le Sultan feint de considérer comme une « faute », pour qu'Isabelle soit irritée contre
Ibrahim ; celle-ci, au contraire, loue Ibrahim d'avoir sacrifié son
amour à son maître, preuve que les deux amants se réfèrent aux
mêmes valeurs.
   55. Ici, célébrité éclatante ; mais au vers 227, le mot, comme
l'adjectif « généreux », a une connotation cornélienne : c'est la
considération qui procède du mérite, le sens de l'honneur, de ce
que l'on se doit à soi-même (Voir note 41). Dans cette scène,
comme dans la pièce, Scudéry utilise le mot dans ces deux sens. Cf
v.350-351.
   56. Isabelle rappelle Soliman à la raison et à la grandeur exigée
par son rang. Cf. « vertu sublime » (v.229), « la suprême raison »
(v. 246). Ce sont les valeurs cornéliennes qu'elle tente de faire
vibrer en Soliman. Tout ce passage, comme toute la pièce, est
nourri d'un vocabulaire cornélien.
   57. La gloire de Soliman est liée à celle d'Isabelle : en ternissant
sa propre gloire, il ternit la gloire d'Isabelle. C'est là un argument
qui revient souvent. « Plût » : cet imparfait du subjonctif, irréel du
présent, exprime un regret, et non un souhait.

ISABELLE

Sans doute il croira tout de ta vertu sublime,
230　Si toi-même, Seigneur, ne détruis son estime.

SOLIMAN

Mais je voudrais encor pouvoir, sans vous fâcher,
Vous découvrir un mal que je ne puis cacher
Et que votre bonté, comme lui, fût extrême.
Je sais bien que je vais me détruire moi-même,
Que je vais m'affliger, que je vais me trahir,
Et qu'enfin ce discours me va faire haïr ;
Mais, avant que parler de ce qu'on ne peut taire,
Dites-moi si l'erreur, qui n'est point volontaire,
Est indigne de grâce et de votre bonté,
240　Comme lorsque le crime est en la volonté[58] ?

ISABELLE

Seigneur, réponds toi-même à ce que tu demandes [59].
La faiblesse n'est point parmi les âmes grandes ;
Et comme elles ont droit d'agir absolument[60],
Quand on les voit faillir, c'est volontairement.
Rien ne saurait forcer, dedans une âme saine,
La suprême raison, qui règne en souveraine.
Toutes les passions dont les cœurs sont surpris
Sont les prétextes faux des plus faibles esprits,

---

58. Soliman prévoit la réaction indignée d'Isabelle : prenant les devants, il préfère la prévenir tout en commençant de se disculper.

59. Bien qu'Isabelle use, pour s'adresser à Soliman, des formules protocolaires, « Ta Majesté », « Seigneur », « Prince redoutable », « Ta Hautesse », elle n'hésite pas à lui dire avec fermeté ce qu'elle pense et à s'opposer à lui.

60 Souverainement, avec un pouvoir absolu.

Qui, voulant déguiser leurs lâchetés visibles,
250   Donnent à leurs vainqueurs le titre d'invincibles.

SOLIMAN

Hélas ! Je savais bien, en mon sort malheureux,
Que vous ne me seriez qu'un juge rigoureux,
Que votre cruauté rendrait ma peine extrême,
Qu'ainsi vous jugeriez des autres par vous-même,
Et que ce cœur ingrat, témoignant son courroux,
Blâmerait en autrui ce qui n'est point en vous !
Mais, aimable Isabelle, avec quelle injustice
Condamnez-vous mon âme à ce cruel supplice,
Puisqu'il est, belle ingrate, impossible à vos sens
260   De ressentir jamais les douleurs que je sens !
Qu'avez-vous à combattre, adorable inhumaine ?
De faibles ennemis qu'on surmonte sans peine :
Vous avez la vertu, qui leur peut résister ;
Vous avez la raison, qui vous les fait dompter.
Mais la mienne au contraire, après s'être endormie,
Devient ma plus cruelle et plus fière ennemie ;
Car elle me fait voir cent rares qualités
Et m'entretient de gloire et de prospérités.
Ce n'est pas que d'abord[61] elle se soit rendue ;
270   L'impuissante qu'elle est s'est assez défendue ;
Et c'est pourquoi je cède aux armes du vainqueur,
Puisque je n'ai plus rien pour défendre mon cœur ;
Et c'est pourquoi je montre, aux yeux d'une cruelle,
Le mal prodigieux que je souffre pour elle.

ISABELLE

Garde, garde, Seigneur, de la faire périr

---

61. Tout d'abord, dès le premier abord, aussitôt.

Et d'accroître ton mal au lieu de le guérir.

SOLIMAN

Qu'il s'accroisse, il n'importe et, puisque rien ne ne
                                        m'aide,
C'est à moi de chercher la mort ou le remède.
Car que peut faire un prince, en cette extrémité,
280 Qui n'a force ni cœur, raison ni volonté,
Qui voit sa mort certaine en cachant son martyre,
Qui ne peut plus aimer ni souffrir sans le dire,
Et bref, qui se veut perdre en ce funeste jour
Ou toucher de pitié l'objet de son amour[62] ?

ISABELLE

Hélas[63] !

ÉMILIE

O juste Ciel !

SOLIMAN

Enfin, je vois, Madame,

---

62. Soliman, à court d'arguments, ne peut, en dernier recours,
que chercher à apitoyer Isabelle sur son sort en usant d'hyperboles
galantes, « mal prodigieux » (v.272), « extrémité » (v.277)
« mort», « martyre » (v.279). C'est alors qu'il prononce le mot
qu'il n'avait pas encore osé prononcer : « amour », en valeur à la
fin du vers et de la tirade.

63. Isabelle, qui jusque-là avait parlé avec fermeté et objectivi-
té, ne peut retenir une exclamation qui traduit sa douloureuse
désapprobation.

63. Comprend. L'exclamation « enfin » traduit le soulagement
de Soliman maintenant qu'Isabelle sait son amour.

Que votre cœur m'entend[64] et qu'il connaît ma flamme,
Et je rends grâce au Ciel de ce que, sans parler,
Le mien vous a fait voir ce qu'il ne peut celer :
Car, malgré mon amour, dans mon respect extrême
290   J'aurais eu de la peine à dire : je vous aime.
Mais puisque vous savez l'amour que j'ai pour vous,
Mais puisque ce bel œil voit mon mal et ses coups,
Faites que ce qui sert à tout cœur qui soupire
Ne nuise pas au mien qui vit sous votre Empire.
Car je connais assez que, plus je ferai voir
Quelle est ma servitude et quel est son pouvoir,
Plus je témoignerai qu'il règne en ma pensée,
Plus sa fierté croira qu'elle en est offensée.
Mais pour vous satisfaire et pour vous empêcher,
300   En voyant mon erreur, de me la reprocher,
Je confesse moi-même, ô divine Isabelle,
Que je suis criminel comme vous êtes belle[65],
Que votre protecteur ne peut qu'injustement
Joindre à sa qualité celle de votre amant,
Qu'ayant pour Ibrahim une extrême tendresse
Je ne devrais jamais adorer sa maîtresse,
Qu'ayant pour Isabelle un respect si profond
J'ai tort de lui montrer ce que ses beaux yeux font,
Et bref, qu'aimant la gloire et m'y laissant conduire,
310   Je devrais étouffer ce qui la peut détruire.
Mais confessez aussi que tout cœur généreux
Ne se montre jamais plus grand, plus amoureux,
Que lorsque pour l'objet qui règne en sa mémoire,

---

65. Habilement Soliman préfère prévenir les reproches d'Isabelle et « confesse » lui-même les fautes qu'il commet, en l'aimant, contre Ibrahim, contre Isabelle et contre lui-même, mais c'est pour se trouver aussitôt des excuses : « Mais confessez aussi.... ».

On lui voit négliger et l'honneur et la gloire ;
Qu'il détruit l'amitié, qu'il force la raison,
Qu'il hait sa liberté, qu'il chérit sa prison,
Qu'il veut vaincre ou mourir, aimant une rebelle,
Et se perdre en un mot ou se faire aimer d'elle.
C'est l'état où je suis, objet rare et charmant,
320 C'est où veut aspirer ce cœur en vous aimant.
Mais si quelque pitié trouve place en votre âme,
Au lieu de condamner et ce cœur et sa flamme,
Songez que, s'il se rend, il a bien combattu
Et que la cruauté n'est pas une vertu ;
Songez que le Vizir, à qui je porte envie,
Tient de Soliman seul sa grandeur et sa vie[66] ;
Et pour être plus douce à ce cœur méprisé,
Plaignez au moins le mal que vous avez causé[67].

ISABELLE

Hélas ! Est-il possible, ô Prince redoutable,
330 Que tout ce que j'entends puisse être véritable
Et que le plus grand cœur qui respire aujourd'hui
Ait un penser indigne, et de nous, et de lui ?
Non, non, cela n'est point et ne peut jamais être :
Il a des passions, mais il en est le maître
Et tout ce vain discours est une invention
Pour éprouver notre âme et notre affection.
Mais, afin d'arrêter cette cruelle feinte,

---

66. Ce rappel qu'Ibrahim lui doit tout n'est pas encore une menace de la part de Soliman, mais un moyen d'attendrir son amante.

67. Ce despote oriental est un amoureux galant et s'exprime avec des expressions galantes, des subtilités précieuses : « ma flamme » (v.286 et 322), « ce bel œil » (v.292), « votre Empire » (v.294), « ô divine Isabelle » (v.299), « ses beaux yeux » (v.306), « objet rare et charmant » (v.292), « belle ingrate » (v.259) etc.

Qui porte en mon esprit et l'horreur et la crainte,
Que ta Hautesse sache, en l'état qu'est mon sort,
340   Que cette injuste amour avancerait ma mort.
Je sais ce que je dois, en cette peine extrême,
A l'honneur, au Sultan, au Vizir, à moi-même ;
Je sais ce que je dois à tes illustres faits
Et je le sais trop bien pour les ternir jamais.
Je souffrirais plutôt l'effroyable supplice
Et je t'estime trop pour être ta complice.
Quand le Grand Soliman se devrait irriter,
Pour son propre intérêt, il lui[68] faut résister.
Il faut fuir[69] sa raison, suivre celle d'un autre,
350   Et, par là, conserver, et sa gloire, et la nôtre[70].
Mais je fais un outrage à ton nom glorieux
De croire que ton cœur soit un cœur vicieux,
Et j'ai tort de répondre, avec tant de tristesse,
A ce qui n'est qu'un jeu qui plaît à ta Hautesse[71].

SOLIMAN

Plût au cruel destin, qui s'oppose à mon bien,

---

68. Ce pronom est équivoque, mais, étant donné le contexte, on doit comprendre : il faut résister à lui (Soliman) et non il faut qu'il résiste.

69. Le texte donne « suivre ». Nous avons, tant pour le sens que pour la versification, restitué : « fuir ».

70. Comme Soliman, Isabelle établit un lien entre la gloire de Soliman et sa propre gloire. Voir v.227 et note 57.

71. Isabelle feint de croire que son aveu n'est qu'un « jeu » de Soliman pour l'éprouver, invention doublement heureuse : d'une part, puisque cet aveu est une feinte, cela lui permet de dire sans ménagement à Soliman ce qu'elle en pense et, d'autre part, elle lui donne la possibilité de revenir sur son aveu sans perdre la face. Elle l'affirme à nouveau, à la fin de sa tirade, et, habilement, elle glisse entre les deux affirmations, l'avertissement très ferme que Soliman ne doit rien attendre d'elle.

Que, pour votre repos ainsi que pour le mien,
Vous fussiez véritable[72] et cette flamme feinte !
Je serais sans douleur et vous seriez sans crainte.
Mais, aimable Isabelle, il n'est que trop certain
360 Que je porte vos fers et le sceptre à la main[73] !
Et si quelque mensonge est en cette aventure,
C'est en ne disant pas tout le mal que j'endure.
Je sais (je vous l'ai dit)[74] qu'en mon ardent désir
J'offense également le Ciel et le Vizir,
Qu'une sainte amitié s'efface en ma mémoire,
Que j'outrage à la fois Ibrahim et ma gloire,
Que je perds ce grand homme en me perdant ainsi
Et qu'en le trahissant je me trahis aussi,
Que je perds mon appui, soit en paix, soit en guerre ;
370 Mais étant criminel[75] envers toute la terre,
Voyez ma passion, malgré votre courroux,
Et que je suis au moins innocent envers vous :
Puisqu'à bien raisonner, l'âme étant enflammée,
Aime et n'outrage point une personne aimée.
Aussi, bien qu'Ibrahim engage votre foi,
Aussi, quelque rigueur que vous ayez pour moi,
Si vous n'avez pitié de mon sort déplorable,

---

72. Vous disiez la vérité.

73. Antithèse galante, mais ici raccourci saisissant par le rapprochement des deux mots antithétiques.

74. Ici, Soliman répète ce qu'il a dit dans la tirade précédente (v.285-328) : il s'accuse lui-même, mais c'est pour se trouver à nouveau des excuses. Cette deuxième tirade repose sur la même opposition, le même balancement que la première. Notons cependant de légères nuances : il se condamne en termes plus durs (v. 370 : « criminel ») et il demande à Isabelle sa compassion sur un ton plus impératif (v.381 et 383 : Je veux seulement ; Veuillez donc). Surtout, habilement, Scudéry fait souligner par son personnage qu'il a conscience de se répéter (v.363 « je vous l'ai dit »).

75. Le participe ne se rattache pas au sujet de la phrase : encore une anacoluthe, voir note 35.

Votre cœur est injuste autant qu'inexorable.
Je ne demande point, en ce bienheureux jour,
380 Votre cœur pour mon cœur et l'amour pour l'amour ;
Mais je veux seulement, en l'ardeur qui m'enflamme,
Que la compassion console un peu mon âme :
Vous avez fait mes maux, veuillez donc les charmer[76]
Et plaignez-moi du moins, ne me pouvant aimer.

ISABELLE

Seigneur, pour la pitié que ta voix me demande,
Ton esprit est trop bon, ta fortune est trop grande.
La pitié pour des rois ne peut s'imaginer :
Ils doivent en avoir, et non pas en donner.
Aussi ne puis-je croire, à moins qu'être insensée,
390 Qu'un sentiment si bas puisse être en ta pensée.
Car, Seigneur, le moyen qu'on puisse concevoir
Qu'après avoir donné la vie et le pouvoir
A l'illustre Bassa, qu'on aimait, et que j'aime[77],
Tu voulusses, Seigneur, le poignarder toi-même ?
Que, s'il faut à la fin croire ce que je vois,
Il aurait mieux valu pour toi, pour lui, pour moi,
Laisser son âme au point où on l'avait réduite,
Que de ne le sauver que pour le perdre ensuite ;
Mais le perdre, grand Prince, avec plus de rigueur,

---

76. Adoucir.

77. Habile emploi des temps et des pronoms sujets du verbe
« aimer » pour suggérer que Soliman n'aime plus Ibrahim : « on »,
qui englobe le Sultan et elle-même, est sujet du verbe à l'imparfait,
car autrefois tous les deux aimaient Ibrahim ; le verbe au présent a
pour sujet « je », car elle est maintenant seule à l'aimer. Les arguments d'Isabelle sont ici plus forts : C'est le sommet de la scène.
A partir de là Isabelle ne peut plus feindre de ne pas comprendre
et c'est désormais ouvertement que Soliman lui parle de son
amour, ouvertement qu'elle le combat.

400 Perdant avec le jour Isabelle et ton cœur.
Invincible Sultan, ne fais rien en tumulte[78] ;
Que ton cœur généreux soi-même se consulte :
Il trouvera sans doute, en faisant quelque effort,
Que ta bouche avec lui n'est nullement d'accord,
Qu'elle le veut trahir, qu'il n'est point avec[79] elle
Et qu'Ibrahim y règne, et non pas Isabelle,
Que sa vertu le charme, et non pas ma beauté
Et qu'il est toujours bon, l'ayant toujours été[80].

SOLIMAN

Non, ce n'est point ainsi que je me justifie ;
410 Non, ma bonté n'a rien où mon âme se fie :
Croyez-moi criminel autant que malheureux,
Pourvu que vous croyez que je suis amoureux.

ISABELLE

Quoi ! Seigneur, tu te perds ! Et tu perds la mémoire
Que, peut-être à l'instant que tu ternis ta gloire
Et que tu veux ternir ma constance et ma foi,
Ibrahim va combattre et s'exposer pour toi !
Et répandre son sang au milieu des alarmes
Pour celui qui me force à répandre des larmes,
Pour celui dont l'amour me va mettre au tombeau,
420 S'il ne change un dessein qui n'est ni grand ni beau[81].

---

78. Grande agitation.

79. L'édition de 1643 donne : « d'avec ».

80. Isabelle procède comme elle l'a fait plus haut : elle tentait de croire que c'était une feinte ; elle ne capitule pas et, en désespoir de cause, elle tente maintenant de persuader Soliman que son cœur dément ses paroles.

81. Le ton d'Isabelle se fait plus véhément : répétitions oratoires, exclamations. Et ses arguments sont plus forts : elle accuse maintenant Soliman de trahir Ibrahim, et ceci au moment où il donne sa vie pour lui.

SOLIMAN

Je sais ce que je dois à l'illustre courage
Qui me fait vaincre en Perse à l'instant qu'on l'ou-
           trage ;
 Oui, je sais que ses jours doivent m'être un trésor,
Mais je sais que les miens me doivent l'être encore ;
Et quoi qu'il puisse faire aux lieux où je l'emploie,
Ah ! Que j'ai bien fait plus, pour lui, contre ma joie !
Oui, oui, j'ai combattu mes sentiments jaloux,
J'ai défendu mon cœur trois mois, et[82] contre vous.
J'ai brûlé sans me plaindre au milieu de la flamme,
430 Cachant votre portrait[83] et mon mal dans mon âme.
L'amour et l'amitié s'égalaient en rigueur
Et cent fois l'une et l'autre ont déchiré mon cœur.
Et je ne sache point de tourments si terribles,
De supplices si grands, de peines si sensibles,
Que ce cœur n'ait soufferts, avant que d'offenser
Ce rival, que j'aimais, par le moindre penser.
Mais, étant à la fin au terme nécessaire
De mourir malheureux ou de ne plus me taire,
J'ai choisi le dernier avec quelque raison :
440 Car cet heureux captif qui règne en sa prison[84],

---

82. Et même, et ceci contre un ennemi tel que vous. Cette gradation pourrait passer pour un hommage galant, si ce n'était dit
dans un grand « tumulte ».

83. Le thème de la dame dont on conserve le portrait au fond du
cœur est un thème de la galanterie amoureuse. Et nous retrouvons
ici encore la phraséologie galante : métaphores, hyperboles
(« brûlé », « flamme » « tourments si terribles », « supplices si
grands »). Toutefois, dans ce moment d'émotion, cette phraséologie galante est moins artificielle que dans d'autres passages et n'est
pas incompatible avec une certaine sincérité.

84. Association d'une métaphore et d'une antithèse galantes un
peu recherchée, mais bien adaptée ici à la situation d'Ibrahim :
parce qu'il aime Isabelle, il est son captif, mais, comme Isabelle
l'aime, elle est sa captive, il est son maître.

Ayant pu par honneur vous quitter pour me suivre[85],
Le pourra pour ma gloire et pour me faire vivre ;
Il rendra ce respect à nous, à notre amour
Et se ressouviendra qu'il nous a dû le jour[86].

ISABELLE

Seigneur, si le Vizir peut être dit coupable,
Ce ne fut que pour moi qu'il s'en trouva capable ;
Ainsi même sa faute est encor aujourd'hui
Ce qui doit t'empêcher d'en commettre envers lui.
Car que n'a mérité cette âme infortunée,
450 Qui pour garder la foi qu'elle t'avait donnée,
Quitta cruellement l'objet de son amour,
Encore qu'elle l'aimât cent fois plus que le jour
Et qu'elle sentît bien que, loin de sa présence,
Une effroyable mort punirait son offense ?
Ha ! Ne te flatte point[87], en cette occasion,
Et ne te trompe pas à ta confusion !
Pense mieux d'Ibrahim, pense mieux d'Isabelle :
Elle mourrait pour lui, comme il mourrait pour elle ;
Avant que la quitter, le Vizir périrait ;
460 Avant que le quitter, Isabelle mourrait.
Et quand, par un prodige aussi grand qu'impossible,
Ibrahim à tes maux pourrait être sensible,
Quand il me parlerait pour tes feux contre lui,
Je ne pécherais point par l'exemple d'autrui.
Je ne l'aimerais plus, s'il n'aimait plus la gloire ;
Mais en vain son erreur céderait la victoire,

---

85. Voir note 54.

86. C'est là une illusion de l'amour : Soliman prend pour la réalité ce qu'il désire. Voir note 44.

87. Ne te trompe pas en ta faveur. Cf. La Fontaine : « une flatteuse erreur emporte alors nos âmes ».

Je vous regarderais, en cet événement,
Toi comme un ennemi, lui comme un lâche amant[88].

SOLIMAN

Dieu ! Perdrai-je en ce jour l'espoir avec la vie[89] ?

ISABELLE

470   Perds plutôt Isabelle ou ton injuste envie.

SOLIMAN

Faut-il que je périsse avec ce vain désir ?

ISABELLE

Veux-tu perdre Isabelle et perdre le Vizir ?

SOLIMAN

Ciel ! Je l'ai tant aimé !

---

88. Isabelle définit ici d'une façon qui n'admet pas d'appel, avec une grande fermeté les sentiments d'Ibrahim et les siens et affirme qu'Ibrahim ne peut pas renoncer à elle. Avec rigueur toutefois, tout en l'écartant, elle en envisage la possibilité ; mais, de toute façon, elle détruit tout espoir de Soliman. Beaux vers dans leur fermeté.

89. Scudéry, guidé par son sens dramatique, a senti la nécessité de terminer cette scène extrêmement longue par une courte stichomythie qui a, de plus, l'avantage de traduire l'émotion grandissante des deux personnages, car Soliman n'a plus d'espoir, et Isabelle brandit ses reproches les plus cuisants. Mais ce moment de grande intensité dramatique est malheureusement un peu gâté par la pointe finale.

ISABELLE

Mais, Ciel, il t'aime encore !

SOLIMAN

L'amour force mon cœur !

ISABELLE

Mais il te déshonore.

SOLIMAN

Il force ma raison.

ISABELLE

Qui peut contraindre un roi ?

SOLIMAN

Tu me nuis, Ibrahim !

ISABELLE

Las, il combat pour toi !

SOLIMAN

Il trouble mon repos !

ISABELLE

Tu perds son Isabelle :
Ah ! Cesse de l'aimer !

SOLIMAN

Cessez donc d'être belle.

SCÈNE QUATRIÈME [90]

ISABELLE, ÉMILIE

ISABELLE

Quel malheur est le mien ! Qui vit jamais un sort[91]

---

90. Soliman parti, la tension extrême qui a été celle d'Isabelle pendant l'aveu se relâche et elle s'abandonne à son désespoir. Bien que cette longue tirade de 84 vers soit suivie d'un échange de quelques répliques entre Isabelle et sa confidente, elle peut être considérée comme un « monologue devant confident », car, autant qu'à Emilie, c'est à elle-même qu'Isabelle parle et d'ailleurs, au paroxysme de son émotion, elle s'apostrophe : « Cette peine (...) vient de toi, criminelle ».

91. Ce passage est inspiré du roman. Il est plus animé que le roman grâce aux procédés de la rhétorique dramatique, exclamations, énumérations, anaphores, apostrophe, interrogations, mais il le suit de très près : Ce sont les mêmes sentiments, le même enchaînement des sentiments, parfois les mêmes termes :

« Quel malheur est le mien, disait cette Princesse infortunée (...) Qui vit jamais, poursuivait-elle, une semblable aventure ? Le plus grand et le meilleur Prince de la terre devient le plus lâche et le plus cruel d'entre les hommes. Il paye une générosité par une ingratitude, il trahit l'amitié qu'il a promise, viole le droit des gens ; mon protecteur devient mon tyran. Pendant qu'Ibrahim hasarde sa vie pour sa gloire, cet injuste Prince me veut faire oublier la mienne. Mais, que dis-je ? Peut-être que sa cruauté n'en demeure pas là ; celui qui a pu trahir ce qu'il y a de plus saint au monde, qui n'écoute plus la raison, qui ne connaît plus la vertu peut encore être capable du dessein de perdre Ibrahim.

Et tout cela, poursuivit cette Princesse, ne peut être causé que par Isabelle. Elle seule est la source de ses malheurs (...) Elle seule donna assez de force d'esprit à Ibrahim pour suivre sa générosité, lorsqu'elle le fit revenir à Constantinople, poursuivit-elle. Si je lui eusse vivement témoigné que je ne le voulais pas ; si je lui eusse dit que le premier devoir emporte tous les autres ; qu'il ne devait considérer que moi en cette rencontre ; qu'on ne doit jamais être généreux au préjudice de la personne aimée ; qu'enfin j'eusse joint

480 Comparable à celui qui va causer ma mort ?
Le plus grand des mortels et le plus sage encore
Devient lâche, cruel, me perd, se déshonore,
Paye un cœur généreux d'un ingrat traitement,
Trahit son amitié, viole son serment,
Choque le droit des gens, paraît impitoyable,
Devient, de protecteur, tyran inexorable,
Et pendant qu'Ibrahim combat pour son honneur,
Il veut perdre le mien, avec tout mon bonheur.
Mais que dis-je, bon Dieu ? Peut-être, hélas ! peut-être
490 Que cette passion, dont il n'est plus le maître,
Le rend bien plus cruel que je ne le dépeins ;
Je sais ce qu'elle peut, je la vois, je la crains.
Celui qui peut trahir une amitié fidèle,
Qui n'a plus aucun soin ni de l'honneur ni d'elle,
Qui cède lâchement, qui paraît abattu,
Et qui n'écoute plus ni raison ni vertu,
Peut encor (je frémis à ce penser timide !)
Joindre à la trahison le sang et l'homicide,
Peut encor (ô penser qui me perce le sein !)
500 Faire mourir celui qui choque son dessein.
Mais toute cette peine, où l'on t'a condamnée,

la force à la prière, il ne serait point revenu ; on ne m'aurait point
enlevée ; je ne serais point à Constantinople. Soliman ne serait
point mon persécuteur ; nous ne serions pas séparés. Ce n'est pas
encore ma dernière faute, ajoutait-elle ; il fallait ne le laisser point
aller en Perse ou se résoudre d'y aller avec lui. Je ne prévoyais pas
le malheur qui me devait arriver. Il eût été moins grand, s'il eût pu
être prévu. Enfin, disait cette illustre Princesse, je suis arrivée au
point de ne pouvoir guère craindre de nouveaux malheurs. L'on en
veut à ma gloire et à la personne du monde qui m'est la plus chère.
Après cela que la fortune fasse ce qu'elle voudra, elle ne saurait
accroître mon infortune. » (*Ibrahim*, roman, Partie IV, livre 3, pp.
332-335).

Vient de toi, criminelle, autant qu'infortunée[92] :
Oui, la seule Isabelle est dedans ses malheurs
La cause de son mal et celle de ses pleurs.
Elle seule inspira dans une âme amoureuse
Le cruel sentiment d'être trop généreuse[93] :
Elle fit qu'Ibrahim osa l'abandonner ;
Bref, elle y consentit, pouvant l'en détourner.
Car si j'eusse avec force, ainsi qu'avec tendresse,
510 Agi comme une amante et comme une maîtresse[94],
Prié, puis commandé pour arrêter ses pas
Et fait voir à son cœur qu'il ne me plaisait pas ;
S'il eût connu par nous ses malheurs et les nôtres,
Que le premier devoir emporte tous les autres,

---

92. Isabelle complète ici l'exposition : s'accusant d'être responsable de ses malheurs - ce qui est une attitude assez fréquente chez
les héroïnes de Scudéry -, elle fait un retour sur le passé et men-
tionne trois faits, mais de façon très allusive, d'où certaines obscurités.
- Le premier fait (v.515-530) est un voyage, raconté longuement
dans le roman (Partie II, livre 4), qu'Ibrahim fit à Gênes pour
revoir Isabelle. Il avait l'autorisation du Sultan à condition de revenir six mois plus tard. Les six mois écoulés, il revint à
Constantinople. C'est lors de cette séparation qu'Isabelle se
reproche de ne pas s'être opposée au retour de « ce généreux
amant ».
- Le deuxième fait est l'enlèvement d'Isabelle sur l'ordre de
Soliman désireux de mettre fin à la tristesse de son Vizir. - « Je verrais l'Italie au lieu d'être enlevée » (v.526).
- Le troisième est « le voyage de Perse » (v. 533) qu'Ibrahim,
pour vaincre les Persans, est en train d'accomplir et qu'elle regrette de ne pas avoir empêché.
93. Elle lui donna l'impression qu'elle avait assez de force
d'âme pour supporter la séparation.
94. Il y a ici une gradation : le terme « maîtresse » qui n'a pas
le sens moderne, mais désigne une personne qui dispose absolument de vous par l'amour qu'elle inspire est plus fort qu'« amante », personne qui est aimée et souvent aussi qui aime. Voir *infra*,
note 110.

Qu'étant, comme il était, plein d'amour et de foi,
Il était obligé de ne songer qu'à moi ;
Que l'on ne doit jamais témoigner son courage,
Quand la personne aimée en reçoit un outrage ;
Qu'on n'est point généreux, quand on ose fâcher
520 L'objet qui nous chérit, l'objet qui nous est cher ;
Et si pour arrêter cette âme prisonnière,[95]
Mon cœur eût joint enfin la force à la prière,
Lui montrant le devoir, son esprit l'eût connu ;
Ce généreux amant ne fût point revenu ;
Sa sagesse et la mienne ainsi m'auraient sauvée ;
Je verrais l'Italie au lieu d'être enlevée ;
Je n'aurais jamais vu les bords de l'Héllespont ;
L'injuste Soliman ne m'eût point fait d'affront ;
Et, pour dernier malheur, le pouvoir d'un Barbare
530 N'aurait point séparé deux âmes qu'il sépare.
Mais ce n'est pas encor (j'y songe avec horreur !)
Ma dernière disgrâce et ma dernière erreur.
Moi-même j'ai causé le mal qui me traverse ;
Je devais m'opposer au voyage de Perse ;
Je devais l'empêcher avecques mon ennui[96],
Arrêter Ibrahim, ou partir avec lui.
Mais le moyen de voir le trait qui m'a frappée !
La prudence elle-même aurait été trompée :
Le moyen de penser au malheur que je vois !
540 Mon cœur, à ce départ, se vit transir[97] d'effroi ;

---

95. « Objet », « prisonnière » ce sont là des expressions précieuses : Isabelle, comme Soliman, comme Ibrahim, comme
Astérie, s'exprime de façon galante, mais là encore cette phraséologie n'a pas ici un caractère artificiel : justesse et beauté du vers.

96. Au XVIIᵉ siècle, sens fort : grand tourment de l'âme.
Isabelle aurait empêché, en même temps que le voyage, son désespoir.

97. Etre glacé, frissonner.

Il me prédit sans doute une triste aventure,
Mais non pas d'où viendrait le tourment[98] que j'endure,
Mais non pas clairement le malheur que j'ai vu.
Il eût été moins grand, s'il eût été prévu.
Hélas ! Je suis au point, quoi que le destin fasse,
De n'appréhender plus de nouvelle disgrâce.
Mon âme est sans espoir, ainsi que sans désir :
Je crains pour mon honneur, pour moi, pour le Vizir ;
L'on en veut à ma gloire, aussi bien qu'à sa vie ;
550   Je suis dans le Sérail, et j'y suis poursuivie ;
Enfin, après cela, je dépite[99] le Ciel
De verser sur mon sort plus de haine et de fiel.
Ceux dont l'antiquité nous a fait des exemples,
Ceux de qui les tombeaux ont mérité des temples
Avaient cet avantage, en leur injuste erreur,
Qu'il leur était permis d'écouter leur fureur,
Qu'ils pouvaient éviter le mal qui m'importune,
Et d'un bras généreux dépiter la fortune.
Mais ma religion, pour mon dernier malheur,
560   Me défend de mourir, si ce n'est de douleur[100] ;
Bien est-il vrai pourtant qu'elle est si violente,
Que la mort qui la suit ne saurait être lente.

ÉMILIE

Eh ! Madame, pour Dieu, ne m'abandonnez pas !
Et pour vous garantir d'un injuste trépas,
Songez que votre perte en causerait une autre ;
Car la mort d'Ibrahim suivrait bientôt la vôtre.

---

98. Au XVIIᵉ siècle sens fort : torture de l'âme. « triste aventure », « tourment », « malheur » : Isabelle avec délicatesse évite de parler de l'amour du Sultan ou ne le fait que de façon allusive.

99. Défie.

100. Le suicide, admis chez les païens, est interdit par la religion chrétienne.

ISABELLE

Ah ! n'usez plus d'un nom qui ne m'est plus permis,
Puisqu'il ne l'a reçu que de nos ennemis[101] !

ÉMILIE

Eh bien, Justinian aujourd'hui vous oblige
570 A modérer un peu l'ennui[102] qui vous afflige :
Songez qu'il ne peut vivre en perdant son bonheur.

ISABELLE

Isabelle non plus ne le peut sans honneur.
Il vaut mieux qu'un amant la pleure en sa mémoire
Que de pleurer tous deux la perte de ma gloire.
Non, non, n'allongez pas ces discours superflus ;
Je vivrai dans la gloire ou je ne vivrai plus.[103]

fin du premier acte

---

101. Quand il est arrivé à Constantinople, Justinian a échangé
son nom chrétien pour celui d'Ibrahim.
102. Voir note 96.
103. La fermeté de l'affirmation révèle la fermeté d'âme
d'Isabelle et les mots « gloire », « honneur », « généreux »,
« devoir », « vertu » qui reviennent tout au long de la tirade manifestent son caractère cornélien.

ACTE II

ASTÉRIE, ISABELLE, ÉMILIE, ROXELANE,
SOLIMAN, RUSTAN, UN CAPIGI, IBRAHIM,
ACHOMAT, TROUPE DES GRANDS DE LA PORTE,
TROUPE DE JANISSAIRES PORTANT
LES DRAPEAUX DES PERSES, LES ARMES,
LA COURONNE ET LE SCEPTRE DE THACMAS[104],
TROUPE DE JOUEURS D'ATABALES
ET DE HAUTBOIS.

SCÈNE PREMIÈRE

ASTÉRIE, ISABELLE, ÉMILIE

ASTÉRIE

Toujours cette tristesse occupe vos pensées ;
Le fâcheux souvenir de vos peines passées
Toujours, dans votre esprit, viendra se retracer
580 Et la Grèce n'a rien qui le puisse effacer.

ISABELLE

Encor que ma douleur soit toujours infinie,

---

104. Roi de Perse vaincu par Soliman grâce à l'aide d'Ibrahim.
Les janissaires qui escortent Soliman sont parés des dépouilles de
ce roi.

Elle perd sa rigueur en votre compagnie :
Et l'honneur de vous voir a des charmes si doux
Qu'on ne peut qu'être heureux, étant auprès de vous.

ASTÉRIE

Cette civilité me contente et m'oblige ;
Mais je n'ignore pas quel sujet vous afflige ;
Et j'ai su du Sultan, par un ample discours,
Et ce qu'est Ibrahim et vos chastes amours.
Oui, de Justinian[105] et d'Isabelle encore,
590 Il est peu de travaux[106] que mon esprit ignore :
GRIMALDI, MONACO[107], me sont des noms connus,
Ainsi que les succès[108] qui vous sont advenus.
Je sais votre naissance et je sais que dans Gênes
Commencèrent vos jours aussi bien que vos peines,
Qu'Ibrahim vous aima, dès l'instant qu'il vous vit,
Et qu'il ne vous donna que ce qu'il vous ravit[109].
Qu'il fut amant aimé[110] ; qu'une haine ancienne
Divisait dès longtemps votre race et la sienne[111] ;

---

105. Il est à remarquer que fort justement Astérie, lorsqu'elle
parle du Vizir, l'appelle Ibrahim et que, lorsqu'elle se reporte à son
passé, elle l'appelle Justinian.

106. « Travaux » : se dit au pluriel des actions, de la vie d'une
personne » (*Dict. Furetière*)

107. Isabelle, de la famille des Grimaldi, est Princesse de
Monaco.

108. Evénement heureux ou malheureux.

109. Son cœur : tour galant pour suggérer un amour mutuel.

110. Au XVIIe siècle « l'amant » désigne (voir note 94) soit
celui qui aime, soit celui qui aime et qui est aimé en retour. Le qua-
lificatif « aimé » qui accompagne ici « amant » indique donc que
Scudéry emploie le mot dans le premier sens, à moins qu'il ne
veuille insister sur la réciprocité de l'amour.

111. Haine héréditaire entre la famille d'Isabelle, les Grimaldi, et
la famille à laquelle appartient Justinian, « de la race des
Paléologues ». Les deux familles se disputaient le pouvoir sur Gênes.

Que votre père encor se sentit secourir
600   Par celui que sa main voulait faire mourir[112] ;
Que depuis votre amour eut bien plus de licence ;
Mais qu'il fallut souffrir la rigueur d'une absence ;
Qu'il fut en Allemagne où, pendant son séjour,
On lui dit qu'Isabelle avait changé d'amour ;
Et qu'en son désespoir, après cette nouvelle,
Il voulut s'aller perdre en perdant[113] Isabelle.
Or pour notre bonheur, et pour le sien aussi,
La fortune et la mer l'amenèrent ici,
Où, malgré le pouvoir que le Sultan lui donne,
610   Il ne put être heureux loin de votre personne ;
Et, vous sachant constante[114], il voulut vous revoir :
Il y fut et revint avec son désespoir.
Comme il est généreux, il garde sa parole,
Mais il s'afflige après et rien ne le console.
Le Sultan voit sa perte et, le voulant sauver,
Sans qu'il en sache rien, il vous fait enlever.

---

112. Le père d'Isabelle, Rodolphe, voulant empêcher sa fille
d'épouser Justinian, membre de la famille ennemie, s'apprêtait à
l'attaquer, lorsque lui-même, assailli par des brigands, fut sauvé
par celui qu'il voulait faire mourir. Mais Justinian, ayant tué un
brigand pour le défendre, fut condamné à l'exil. Ceci est raconté
longuement par la romancière (Partie I, livre 2, pp.86-106).

113. Ce gérondif est complément de temps ou plutôt de cause :
puisqu'il perdait. Le verbe perdre, vigoureusement répété à un
mode différent de part et d'autre de l'hémistiche n'a pas le même
sens : le premier signifie aller à sa perte ; le second être dépossédé.

114. Le récit romanesque est concentré ici à tel point qu'il en
devient parfois obscur. Scudéry passe sans transition de l'affirmation « Isabelle avait changé d'amour » à l'affirmation contraire
« vous sachant constante », de sorte qu'il semble se contredire. La
contradiction n'existe pas dans le récit romanesque où il est conté
longuement que Justinian, après avoir eu la fausse nouvelle du
mariage d'Isabelle et du duc de Maseran, apprend, par un ami,
qu'Isabelle lui est restée fidèle (Partie I, livre 2, p.187 et suiv.).

Ainsi l'on réunit ce que le sort sépare[115]
Et rien ne peut troubler une amitié si rare.

ISABELLE

Madame, trouvez bon que je die en passant
620 Que l'illustre Ibrahim n'est pas méconnaissant[116].
Votre haute vertu tient son âme asservie :
Il m'a dit qu'à vous seule il doit l'heur et la vie[117]
Et que le Sultan l'aime et l'oblige à tel point
Que son sang et sa mort ne l'acquitteraient point.
J'ai su qu'on lui permet de garder sa croyance ;
Que, s'il est musulman, ce n'est qu'en apparence ;
Et que par les conseils des prêtres de sa loi[118],
Il prit l'habit des Turcs, sans en prendre la foi.
Enfin, en m'apprenant son étrange aventure,
630 Cet illustre Bassa m'a fait une peinture,
Où brillent à l'envi l'honneur et les attraits ;
Et, quand il m'a tracé les merveilleux portraits
D'une vertu sublime, autant qu'elle est chérie,
Que ne m'a-t-il point dit de la grande Astérie ?
Si je pouvais parler sans perdre le respect,
Madame, je dirais qu'il me devint suspect[119].

---

115. Bien que de sens différent, ce vers rappelle le vers de Mairet dans *Le Grand et Dernier Solyman* : éd. cit., IV, 4, p.103 :
    « De joindre encore mieux ce que l'amour a joint ».

116. Mot vieilli : Ingrat, sans reconnaissance.

117. Là encore la concision du récit d'Isabelle est telle qu'il est peu compréhensible, si l'on n'a pas lu le roman (Partie I, livre 2, p.220 et suiv.) où il est conté que, lorsque Justinian fut vendu comme esclave à Soliman, sa fille, Astérie, l'ayant vu, eut pitié de lui et demanda à son père de le laisser en vie.

118. Quand Soliman lui proposa de garder la religion chrétienne sous l'habit turc, Ibrahim était allé consulter des religieux chrétiens qui lui avaient conseillé d'accepter, car cela lui permettrait de mieux aider ceux de sa foi.

119. Suspect d'infidélité.

Mais j'ai bien reconnu, Princesse sans égale,
Que vous êtes sa Reine, et non pas ma rivale,
Et qu'après tant d'effets de générosité,
640 Il peut vous adorer sans infidélité.
Aussi n'est-ce qu'à vous que j'adresse ma plainte,
Et que vous que j'implore en ma nouvelle crainte.
Je vous conjure donc, dans un mal que j'ai tu,
Par le nom d'Ibrahim et par votre vertu,
Par le propre intérêt du Sultan votre père,
Par sa gloire qu'il perd, qui vous doit être chère,
Par l'honneur et par vous, de vouloir aujourd'hui,
En servant le Sultan, vous opposer à lui[120],
Et par là conserver, avec gloire immortelle,
650 Et les jours d'Ibrahim, et les jours d'Isabelle.
Ainsi jamais le Ciel ne regarde en courroux,
Après cette bonté, ni le Sultan, ni vous !
Et puisse la fortune, ô divine personne,
Vous donner plus d'un sceptre et plus d'une couronne,
Puisqu'avec tous ces[121] biens et ces prospérités,
Vous aurez moins encor que vous ne méritez.

---

120. Il faut remarquer ici la délicate discrétion d'Isabelle qui ne parle de l'amour que le père d'Astérie a pour elle qu'en termes voilés : « ma nouvelle crainte », « le mal que j'ai tu », « par sa gloire qu'il perd », « vous opposer à lui ». Même délicatesse d'Astérie qui feint d'abord d'attribuer la « tristesse » d'Isabelle au « fâcheux souvenir de [ses] peines passées » (v.578). Après la requête d'Isabellle (v.641-650), elle ne fait qu'une brève allusion à l'amour de son père et pour prendre sa défense. L'Astérie du roman est moins délicate : s'étant aperçue de l'amour du Sultan, elle dit à Isabelle « que connaissant son père comme elle faisait, elle craignait que sa beauté ne lui eût donné plus d'amour pour elle qu'il n'avait d'amitié pour Ibrahim » (Partie III, livre 4, p.589). Scudéry respecte les bienséances, ou plutôt c'est chez lui un sens inné.
121. Le texte donne « ses » ; nous l'avons remplacé par le démonstratif qui nous a paru plus satisfaisant pour le sens.

ASTÉRIE

Non, non, ne celez point ce que je veux qu'on sache[122] :
L'innocence paraît, et le crime se cache.
Je crois n'avoir rien fait digne d'être blâmé :
660 Ibrahim est aimable[123] et nous l'avons aimé.
Mais sa rare valeur et sa vertu sublime
N'allumèrent en nous qu'une ardeur légitime,
Et sachant[124] que pour vous son esprit est atteint,
La raison fit nos feux, la raison les éteint[125].
Ainsi ne craignez point, ô rivale adorable,
Que ma protection ne vous soit favorable,
Et qu'un cœur généreux ne se porte aujourd'hui
A tout ce que le vôtre exigera de lui.
Mais en faisant céder mon intérêt au vôtre,
670 Après cette faveur, accordez m'en une autre.
Ayez quelque bonté pour me favoriser,

---

122. Cette tirade d'Astérie, contrairement à celle qui précède, où elle rappelle à Isabelle des faits que celle-ci connaît fort bien, est vraisemblable et naturelle : il est légitime que la Sultane, pleine de droiture, veuille dissiper définitivement tout malentendu et tout soupçon dans l'esprit d'Isabelle.

123. Digne d'être aimé.

124. Là encore, à moins que nous considérions que c'est « la raison » qui « sait », il y a anacoluthe. Voir note 35.

125. Vers très cornélien par sa facture et son sens. Astérie ressemble, mais avec plus d'épaisseur humaine, à l'Infante du Cid. Elle apparaît ici comme une parfaite héroïne cornélienne. Son amour, contrôlé par la raison, est cornélien : la raison l'a provoqué, puisqu'elle a aimé Ibrahim pour sa « vertu sublime » ; la raison « l'éteint », parce qu'il est déraisonnable d'aimer « l'amant aimé » d'Isabelle. D'ailleurs constamment - nous n'y reviendrons pas - elle se réfère aux valeurs cornéliennes : raison, honneur, générosité. Ibrahim est, avec Axiane et Arminius, la tragi-comédie où le mot « générosité » et les autres termes portant la même connotation héroïque, « honneur », « gloire », « vertu »... sont les plus nombreux. Voir leur table de fréquence : E. Dutertre, op. cit., p. 441.

Et plaignez l'Empereur au lieu de l'accuser.
Car, malgré son amour, cette âme noble et haute
Se punit elle-même en connaissant sa faute :
Et, malgré le pouvoir d'un insolent vainqueur,
L'amitié d'Ibrahim règne encor en son cœur.
Il l'offense à regret, il le plaint et se blâme ;
Et si Rustan après n'obsédait point son âme,
Qu'elle agît d'elle-même et par son sentiment,
680   Elle suivrait bientôt la vertu seulement[126].
Or, divine Isabelle, ayez plus de constance ;
Espérez tout du Ciel et de mon assistance :
Je m'en vais de ce pas auprès de l'Empereur
Opposer la prudence à son injuste erreur.

ISABELLE

Après cette bonté, sage et belle Sultane,
Je puis vous adorer et n'être point profane[127].

ÉMILIE

O Ciel ! Veuilles bénir un si juste travail[128],
Puisque tant de vertu se rencontre au Sérail.

---

126. Ce portrait de Soliman par Astérie est, avec d'autres portraits, dessinés par elle, par Ibrahim ou par Isabelle, un des moyens par lesquels Scudéry fait retomber la responsabilité des fautes du Sultan sur Rustan et rend plus plausible son revirement final.

127. Est profane qui adore ce qui n'est pas sacré. Isabelle suggère ainsi qu'Astérie est divine, puisqu'elle n'est pas profane en l'adorant. Le compliment est précieux, par son caractère hyperbolique et recherché, et contribue, avec d'autres hyperboles, « divine personne », « rivale adorable », à la coloration précieuse de la scène.

128. Tentative, effort, entreprise.

ASTÉRIE

Retirez-vous, Madame, et soyez moins en peine.
690 Allez, je veux parler à la Sultane Reine.
Allez donc, la voilà ; j'imagine un discours
Que m'inspire le Ciel et pour votre secours[129].

SCÈNE SECONDE

ASTÉRIE, ROXELANE, DEUX ESCLAVES

ASTÉRIE

L'intérêt que je prends en tout ce qui vous touche,
Madame, ouvre mon cœur aussi bien que ma bouche
Et me force à parler, pour montrer son pouvoir,
Et contre le Sultan, et contre mon devoir.
Mais que dis-je ! au contraire, en pareille aventure,
C'est suivre la vertu, c'est suivre la nature,
C'est faire son devoir, c'est servir l'Empereur[130],
700 Que de vous[131] découvrir sa flamme et son erreur.
La Princesse étrangère a suborné son âme :

---

129. Il y a à la fois liaison de vue et une annonce de la scène suivante qui suscite la curiosité.

130. Soliman agit contre son honneur en aimant Isabelle. C'est donc sauver son honneur, en même temps que celui d'Isabelle, que de s'opposer à lui. Ce raisonnement revient sans cesse dans la bouche d'Astérie ou d'Isabelle.

131. Les éditions de 1648 et 1645 donnent également « nous ». Nous l'avons remplacé par « vous », plus satisfaisant pour le sens.

Elle porte au Sérail le désordre et la flamme,
Elle met aujourd'hui l'un et l'autre en son cœur,
Et se fait un captif d'un illustre vainqueur[132].
Madame, songez-y, votre gloire et la mienne
Doivent bannir d'ici cette esclave chrétienne,
Doivent bannir d'ici sa fatale[133] beauté
De peur de quelque étrange et grande nouveauté.
Qui peut donner son âme, ou plutôt qui la donne,
710 Peut bien encor donner son sceptre et sa couronne ;
Et qui peut vous ôter un cœur rempli d'ardeur,
Peut encor vous ôter le sceptre et la grandeur.
Vous savez qu'il est homme et savez qu'elle est belle ;
Connaissez Soliman, connaissez Isabelle ;
Mais craignez l'un et l'autre en les connaissant bien ;
Songez à tout, Madame, et ne négligez rien.

ROXELANE

Votre crainte me plaît et votre avis m'oblige ;
Mais inutilement on veut que je m'afflige.
Je ne m'étonne[134] point pour tout ce qu'on me dit :
720 Je connais le Sultan, je connais mon crédit :
Qu'Isabelle à son gré charme et fasse la vaine[135],
Elle est toujours esclave, et moi Sultane Reine[136].

---

132. Antithèse dans le goût précieux : Soliman est un souverain
vainqueur, mais - métaphore de la captivité de l'amour - son amour
pour Isabelle fait de lui un prisonnier. Antithèses, répétitions, anaphores donnent un ton pressant à la requête d'Astérie.
133. Sens fort : qui entraîne inévitablement le malheur.
134. Etre frappé de peur comme par le tonnerre, trembler.
135. Vaniteuse.
136. Ce vers très ferme où les mots antithétiques sont placés en
relief à l'hémistiche et à la fin du vers fait éclater la superbe assurance de la Sultane Reine.

ASTÉRIE

Mais ici bien souvent, aux yeux de l'univers,
D'esclave on devient Reine et l'on quitte ses fers[137].

ROXELANE

Roxelane, il est vrai, mérita cette gloire.
Son âme sur le trône en garde la mémoire.
Mais quoi, pour arriver à ce suprême honneur,
Toutes n'ont pas sa grâce et n'ont pas son bonheur.

ASTÉRIE

Encor que ce discours n'ait rien qui n'importune[138],
730 Songez que la Fortune est toujours la Fortune,
Qu'elle règne absolue, et même sur les rois,
Et qu'on peut voir encor ce qu'on vit autrefois.

ROXELANE

Ces présages sont vains et ces paroles vaines ;
La main qui porte un sceptre est trop loin de ses[139]
                                        chaînes :
Sur le trône où je suis, qu'aurais-je à redouter ?
Je n'en saurais descendre et l'on n'y peut monter.

ASTÉRIE

Isabelle pourtant le pourrait, comme une autre.

---

137. Sans doute Astérie l'affirme-t-elle, parce que c'est un bon
argument pour exciter la crainte de Roxelane et sa jalousie. Mais
ce fut le cas de Roxelane elle-même qui, après bien des intrigues -
sujet de la *Roxelane* de Desmares - devint Sultane Reine et Astérie lui rappelle ainsi la bassesse de son origine.

138. Edition de 1645 : « importe ».

139. L'édition de 1645 donne « ces » ; celles de 1643 et de
1648 : « ses ».

ROXELANE

Ce n'est point ma rivale, elle est plutôt la vôtre :
Ici votre intérêt veut passer pour le mien ;
740 Enfin vous craignez tout, et moi je ne crains rien.

ASTÉRIE

Ah ! Madame, cessez de me faire un outrage[140] ;
Les filles du Sultan ne sont point sans courage :
Et, pour vous faire voir si je vaux un Bassa,
Je naquis dans le trône où le sort vous plaça.

ROXELANE

Vous sortez du respect et de la retenue.

ASTÉRIE

Non, votre qualité ne m'est point inconnue.

ROXELANE

Soliman...

ASTÉRIE

A ce nom, je dois être à genoux.

---

140. Ici la discussion entre les deux femmes s'envenime, les
paroles aigres-douces se croisent au rythme d'une stichomythie
rapide à forme souple. Blessante, Roxelane rappelle à Astérie le
refus d'Ibrahim de l'épouser ; blessée et blessante, Astérie, avec la
hauteur qui convient à la fille d'un Sultan, souligne la différence
qui existe entre elle qui a toujours été de « la maison de Soliman »
par la naissance et Roxelane qui l'est devenue « par le sort » et
revient avec insistance, voire avec ironie (v.744) sur la bassesse de
son origine (v.746 et 751-753). C'est toutefois Roxelane, plus vin-
dicative, qui a le dernier mot.

ROXELANE

Vous le devez pour lui, vous le devez pour nous.

ASTÉRIE

Je sais ce que je dois sans qu'aucun me l'apprenne :
750 Ma mère était Sultane, et vous Sultane Reine ;
Mais cette différence est un simple bonheur
Et c'est de ma maison que vous vient cet honneur.

ROXELANE

Vous êtes irritée et l'affaire vous touche.

ASTÉRIE

Moi ! la seule raison m'ouvre et ferme la bouche ;
Et j'ai pris trop de part en tous vos intérêts.

ROXELANE

Eh bien ! n'en parlons plus et n'en prenez jamais !

SCÈNE TROISIÈME

ASTÉRIE

L'orgueilleuse qu'elle est, dedans son insolence,
Ne considère plus mon rang ni sa naissance[141]

---

141. La Princesse est très consciente de son rang, comme l'a
déjà montré la scène précédente.

Et perd le souvenir, en me comblant d'ennuis[142],
760 Et de ce qu'elle était, et de ce que je suis[143].
L'altière, la superbe[144] est toujours irritée :
Une gloire si grande et si peu méritée
Enfle ses vanités, et l'aveugle à tel point
Qu'elle se méconnaît et ne me connaît point.
Mais d'où vient qu'à sa gloire elle n'est plus sensible,
Elle qui, pour régner, trouverait tout possible !
Qui perdrait l'univers, pour conserver son rang,
Et qui n'a point d'horreur de l'horreur et du sang[145] !
Quelque secret dessein arrête la cruelle ;
770 Elle hait Ibrahim encor plus qu'Isabelle ;
Elle craint son pouvoir ; elle craint son retour ;
Elle aspire peut-être à le priver du jour.
Mais à quelque degré que monte sa furie,
Il suffit qu'Ibrahim fût aimé d'Astérie,
Il suffit qu'elle hait[146] ce grand homme aujourd'hui,
Pour me faire tenter toute chose pour lui.

---

142. Voir n.96.

143. On remarquera l'opposition des temps : Roxelane était
esclave, Astérie est maintenant princesse et l'a toujours été. Cf.
vers 774-775 : l'opposition de l'imparfait du subjonctif
« fût aimé » qui relègue l'amour d'Astérie pour Ibrahim dans le
passé et du présent « hait ».

144. L'orgueilleuse.

145. L'évocation par Astérie de l'attitude qu'a eue Roxelane
dans la scène précédente et le portrait moral qu'elle trace d'elle en
quelques mots - orgueil, ambition, cruauté, fureur - sont parfaitement justes et révèlent à la fois qu'elle connaît bien Roxelane et
qu'elle la hait.

146. La métrique impose « hait » contre le subjonctif « haït » de
règle après « il suffit que ».

SCÈNE QUATRIÈME

RUSTAN, SOLIMAN

RUSTAN

Elle ose refuser une gloire si grande[147] !

SOLIMAN

Elle n'a plus le cœur que le mien lui demande[148].

RUSTAN

Préférer un esclave à l'amour d'un grand Roi !

SOLIMAN

780 Elle aime ce que j'aime et se règle sur moi.

RUSTAN

Quoi ! chérir un rival de qui l'heur est extrême !

---

147. La scène est animée et bien construite. La tirade où Rustan conseille à Soliman d'user de la force pour obtenir Isabelle est encadrée par deux stichomythies vives qui présentent la même progression : le rythme est rendu plus rapide par le passage d'un vers à un demi-vers et est souligné par les répétitions et le parallélisme des répliques.

148. Ce qu'il faut retenir, ce n'est pas tant l'attitude conventionnelle de l'amant précieux chérissant ses chaînes que la compréhension dont il fait preuve à l'égard d'Isabelle, son attachement persistant pour Ibrahim, sa longue résistance aux conseils pervers et finalement le désarroi qui livre sa faiblesse à l'influence de Rustan. Autant de traits qui révèlent sa « bonté première » et préparent son revirement.

SOLIMAN

Et, malgré son bonheur, l'aimer plus que moi-même.

RUSTAN

Toi ! souffrir un refus qu'on ne peut trop blâmer !

SOLIMAN

Rustan, ajoute encor le souffrir et l'aimer.

RUSTAN

Et tu veux estimer les fers qu'elle te donne !

SOLIMAN

Ah ! Ciel ! plus que le sceptre et plus que la couronne.

RUSTAN

Mais qu'as-tu pour la vaincre et pour te secourir ?

SOLIMAN

Ton adresse, Rustan, tes conseils ou mourir.

RUSTAN

Ta Hautesse aujourd'hui les pourra-t-elle suivre ?

SOLIMAN

790 Ah ! c'est me demander si mon cœur pourra vivre !

RUSTAN

Oserai-je parler ?

SOLIMAN

Dispose de mon sort.

RUSTAN

L'oserai-je, Seigneur ?

SOLIMAN

Ah ! parle, ou je suis mort.

RUSTAN

L'excès de son orgueil, aussi grand que ses charmes,
Méprisera toujours la faiblesse des larmes :
Elle traite en esclave un qui l'est en effet,
Et tu te plains d'un mal que toi-même t'es fait.
Il faut agir en roi, quelque chose qu'on fasse ;
Dans cet abaissement la majesté s'efface,
Elle perd un éclat qui touche les esprits,
800 Et l'objet de pitié l'est souvent de mépris.
La vertu des puissants est la force suprême,
La terreur est l'éclat qui sort du diadème ;
Il faut que l'épouvante accompagne leur voix,
Prier est aux sujets, et commander aux rois.
La crainte ébranle une âme et puis l'amour l'emporte,
Et l'une et l'autre ensemble étonnent la plus forte.
Un prince est plus aimé, plus il paraît ardent,
Et tu ne dois jamais prier qu'en commandant.
Parle, parle, Seigneur, mais parle en grand monarque.
810 Songe que ta puissance est ta plus belle marque ;
Fais trembler Isabelle afin de l'émouvoir ;
Cache lui ta faiblesse et montre ton pouvoir.

SOLIMAN

Mais perdre le respect pour l'objet que l'on aime !

RUSTAN

Mais perdre son repos, mais se perdre soi-même !

SOLIMAN

Mais trahir Ibrahim !

RUSTAN

Oui, Seigneur, oui, crois-moi.

SOLIMAN

Il me la confia.

RUSTAN

Mais lui-même est à toi.
Déjà depuis trois mois tu chéris la chrétienne
Sans oser soupirer. Qu'attends-tu ? qu'il revienne ?

SOLIMAN

Mon ordre le défend.

RUSTAN

Il n'a point répondu :
820 Il veut désobéir, ou cet ordre est perdu[149].

SOLIMAN

Hélas ! que dois-je faire ?

---

149. C'est la première fois qu'il est fait mention de l'ordre envoyé à Ibrahim par Soliman. Plus tard on apprendra qu'« à l'un de [ses] courriers la clarté fut ravie ». (v. 1652)

RUSTAN

User de diligence ;
Parler, mais fortement[150].

SOLIMAN

Bien donc, qu'elle s'avance[151].

SCÈNE CINQUIÈME

SOLIMAN

Malheureux Soliman, qu'as-tu fait ? que fais-tu[152] ?
Et que devient enfin ta première vertu ?
Ibrahim, Ibrahim ! Isabelle, Isabelle !
O Ciel ! qu'il est vaillant ! mais, ô Ciel ! qu'elle est
belle !
Il me sert, je lui nuis ; elle plaît à mes yeux,
Et je vais l'offenser d'un discours furieux.
Ah ! quel dérèglement ! ô Dieu ! quelle injustice !

---

150. Cette scène est imaginée par Scudéry à partir d'une simple
indication du roman : « Roxelane (...) le portait à des résolutions
violentes (...). Soliman ne se laissa pas facilement persuader d'em-
ployer les menaces ».

151. Cette liaison a l'avantage de suggérer un mouvement.

152. Ce court monologue de Soliman sert à lier les deux scènes
et laisse à Isabelle le temps d'arriver. Il n'en exprime pas moins
son désarroi par tous les procédés de la « rhétorique des passions »
(J. Morel, « Rhétorique et tragédie au XVIIᵉ siècle », dans *XVIIᵉ
siècle*, 1968, n° 80-81, p.97), apostrophes, répétitions, oppositions,
exclamations, interrogations et aussi par la rapidité des revirements : on remarquera qu'un seul vers, le vers 825, suffit à exprimer les deux sentiments contraires désignés par les deux noms
propres d'Isabelle et d'Ibrahim.

830   Evitons, évitons le crime et le supplice :
      Il est encore temps ; que dis-je ! la voici ;
      Il n'est temps que de vaincre ou de mourir ici.

SCÈNE SIXIÈME

SOLIMAN, ISABELLE, RUSTAN, ÉMILIE.

SOLIMAN[153]

De quelque feint respect que votre esprit se cache[154],
Je vois que mon abord vous déplaît et vous fâche,

---

153. Ce deuxième affrontement d'Isabelle et de Soliman, malgré sa longueur, est éminemment dramatique. L'action a progres-
sé, puisque Soliman n'en est plus à implorer la pitié d'Isabelle,
mais menace. Elle progresse encore au cours de la scène : la tension grandit, les menaces de Soliman se font de plus en plus précises et plus lourdes et Isabelle, après avoir d'abord usé d'habiles
arguments, oppose avec une fermeté grandissante un refus catégo-
rique.
154. Comme chaque fois que Soliman s'entretient avec Isabelle,
cette scène suit de très près le texte du roman. Il serait trop long de
citer intégralement les pages correspondantes du roman (Partie IV,
livre 3, pp.322-323). Nous nous contenterons de faire les rapprochements les plus significatifs.
- « Je vois bien, lui dit-il, que mes visites vous importunent, que
ma présence vous fâche, que ma passion m'acquiert votre haine ;
que mes respects augmentent votre orgueil, que mes prières vous
rendent inexorable, que mes larmes endurcissent votre cœur.
C'est pourquoi je suis résolu de n'en plus user ainsi. Je vous ai
traitée trop longtemps en maîtresse. Il est juste, puisque vous ne la
pouvez être, que je cesse d'être esclave. Mais, comme je ne puis
cesser d'être amant, il faut que je vous die pour la dernière fois
que, si par votre cruauté vous me réduisez au désespoir, je serai
capable de perdre les autres en me perdant moi-même. » *(Ibrahim,
roman, Partie IV, livre 3, p.322)*

Que je vous importune à vous voir seulement,
Que vous avez au cœur ce cruel sentiment,
Que par ma passion je m'acquiers votre haine,
Que mon travail[155] est vain, que ma poursuite est vaine,
Que mes profonds respects augmentent votre orgueil,
840 Que votre cruauté prépare mon cercueil,
Que ma prière enfin vous rend inexorable,
Que vous rendrez ma vie ou ma mort déplorable,
Et qu'au lieu de toucher votre extrême rigueur,
Mes larmes ne font rien qu'endurcir votre cœur.
C'est pourquoi, puisqu'ainsi mon espérance est morte,
Mon cœur a résolu d'en user d'autre sorte.
J'ai trop fait le captif, me voyant dédaigner ;
Et puisque votre esprit refuse de régner,
Il est juste, il est juste, en ce mal qui me presse,
850 De ne vous traiter plus de reine et de maîtresse,
De cesser d'être esclave et d'agir autrement[156].
Mais ne pouvant cesser d'être encore votre amant[157],
Pour la dernière fois, il faut que je vous die,
Puisque l'on voit mes maux sans qu'on y remédie,
Que si ma passion ne vous range au devoir,
Que si votre rigueur me met au désespoir,
Mon cœur sera capable, en cette peine extrême,
De perdre toute chose, en se perdant soi-même.

---

155. Peine que se donne Soliman pour gagner l'amour d'Isabelle.

156. Peut-être Soliman accumule-t-il les preuves de la « cruauté » d'Isabelle pour s'attirer une dénégation ou veut-il, inconsciemment, retarder ses menaces.

157. Voir note 110. Il est évident qu'ici « amant » signifie simplement : qui aime.

ISABELLE

Quoi ! Seigneur, tu voudrais que je crusse ta voix !
860 Que je fisse ce tort au plus juste des rois !
Non, je sais sa vertu, cette colère est feinte[158] :
Il ne peut me toucher ni d'amour, ni de crainte ;
Il peut céder peut-être à cette passion,
Mais non pas jamais faire une lâche action.
Son cœur est trop illustre et son âme est trop belle ;
Elle peut être faible, et non jamais cruelle :
Et l'on ne verra point, en ce funeste jour,
Les effets de la haine achevés par l'amour[159].
Ce n'est pas, ce n'est pas que mon âme affligée
870 Ne se crût bien heureuse et bien ton obligée,
Si te laissant fléchir à mes justes propos,
Si pour sauver ta gloire, ainsi que mon repos,
Par haine ou par pitié, ta main juste et puissante
Chassait de son Sérail Isabelle innocente,
(Si l'on peut dire tel ce qui trouble ta paix)
Et qu'elle la chassât pour ne la voir jamais.

---

158. L'attitude habile d'Isabelle est la même que lors de l'aveu de Soliman : elle feint de penser qu'il ne parle pas sérieusement. Cf. *Ibrahim*, roman, Partie IV, livre 3, pp.323-324 :

« Quoi ! Seigneur, lui dit alors Isabelle, Ta Hautesse pourrait me persuader ce qu'elle dit ! Non, non, je connais trop sa vertu et il lui est également impossible de me donner de la crainte et de l'amour. Elle peut avoir d'injustes désirs, mais je ne la tiens pas capable d'une méchante action. Elle peut, dis-je, avoir de la faiblesse, mais non pas de la cruauté et l'amour ne saurait produire en elle les mêmes effets de la haine. Ce n'est pas, ajouta-t-elle, que je ne souhaitasse de tout mon cœur et pour sa gloire et pour mon repos que, soit par colère ou par haine, elle se pût résoudre à me chasser de sa présence et à ne me voir jamais ».

159. L'amour s'achever par les mêmes effets que la haine.

SOLIMAN

Vous croyez qu'une amour[160] que vous voulez détruire
Empêchera toujours Soliman de vous nuire ;
De là vient cet orgueil, de là vient ce refus
880 Qui rend en ma personne un monarque confus.
Mais sachez que ce Prince, en l'état qu'est son âme,
Au milieu de la glace, au milieu de la flamme[161],
Qui ne voit en son choix qu'Isabelle ou la mort,
Doit pour vous posséder faire un dernier effort.
Blâmez, si vous voulez, mon amoureuse envie,
Mais il est juste enfin de conserver sa vie.
J'aime le Grand Vizir, j'aime et connais sa foi ;
J'ai du respect pour vous, mais j'ai pitié de moi.
J'ai fait, hélas ! j'ai fait plus que n'eût fait nul autre
890 Pour trouver mon repos sans traverser le vôtre ;
Mais voyant que mon cœur ne peut vivre sans vous,
Il[162] ne doit pas mourir, ce choix étant à nous.
Sachez donc que ce cœur va jusqu'à la furie,
Qu'il vous peut commander, encore qu'il vous prie,
Qu'il est digne de vous, étant digne d'un roi,
Qu'on me doit conserver le jour qu'on tient de moi,
Qu'Ibrahim est ingrat, s'il ne veut point le faire[163],
Et qu'après le mépris succède la colère.
Enfin, souvenez-vous, pour la dernière fois,
Que l'extrême vengeance est le plaisir des rois,

---

160. Amour au XVIIᵉ siècle était du féminin.

161. Images et antithèses galantes, fréquentes dans la bouche du Sultan, lorsqu'il parle à Isabelle.

162. « Voyant... il » : anacoluthe. Voir note 35.

163. Allusion à l'espoir illusoire exprimé par Soliman qu'Ibrahim, par amitié, lui cédera Isabelle : voir note 44. Mais, progression : ce qui était présenté précédemment comme une simple possibilité est présenté ici comme un devoir auquel Ibrahim ne peut manquer sans ingratitude.

Et des rois irrités dont l'âme est enflammée,
900   Qu'Ibrahim qui me nuit est dedans mon armée,
Et qu'Isabelle songe, en faisant son devoir,
Qu'elle est dans le Sérail où j'ai quelque pouvoir[164].

ISABELLE

Invincible Empereur, je sais toutes ces choses ;
Mais je sais mieux encor que c'est toi qui disposes
Du camp et du Sérail, et que, vu ta bonté[165],
L'un et l'autre nous est un lieu de sûreté.
Et puis, qui peut penser, ô Prince plein de gloire,
910   Que le pauvre Ibrahim soit hors de ta mémoire ?
Que lui, que ta Hautesse a tant aimé jadis,
Puisse jamais tomber au malheur que tu dis ?
Je ne croirai jamais que les yeux d'Isabelle
Inspirent des désirs qui soient indignes d'elle.
Non, Seigneur, non, Seigneur, je ne puis le penser ;
C'est te faire un outrage et c'est trop m'offenser.

SOLIMAN

Isabelle en mon cœur a mis beaucoup de flamme
Et n'a rien mis en lui qui soit digne de blâme.

---

164. Soliman, suivant le conseil de Rustan et parce qu'il est
exaspéré par la résistance d'Isabelle, menace maintenant directement à la fois Ibrahim et Isabelle. Cf. *Ibrahim*, roman, Partie IV,
livre 3, p. 324 : « L'opinion où vous êtes que cette même passion
qui me pousse à vous persécuter m'empêchera de vous nuire est
sans doute ce qui vous fait parler avec tant de hardiesse, mais
sachez qu'un prince qui ne voit rien dans son choix que la mort ou
votre affection doit tout entreprendre pour éviter l'une et obtenir
l'autre ».
165. Isabelle, adroitement, fait appel à sa bonté, rappelle l'amour
passé du Sultan pour Ibrahim et a recours à un dernier argument
rédhibitoire à ses yeux : il est marié et elle est chrétienne.

Mais il faut que j'avoue, en blâmant son erreur,
920 Qu'enfin sa cruauté me porte à la fureur,
Et que je suis capable, en cette peine étrange,
De perdre et perdre tout, pourvu que je me venge.

ISABELLE

Seigneur, ce sentiment ne t'est jamais permis :
Ne me menace point avecques mes amis ;
La crainte ne peut rien sur une âme affligée,
Et quand je n'aurais point ma parole engagée,
Et quand j'aurais pour toi l'amour et le désir
Qu'avec plus de raison j'ai pour le Grand Vizir[166],
Quand ma religion pourrait être la tienne,
930 Roxelane est ta femme, Isabelle est chrétienne ;
Traite la mieux, Seigneur, et pense désormais
Qu'elle n'est point esclave et ne la fut jamais.

SOLIMAN

Ah ! de grâce, arrêtez ces paroles trop vaines !
Les esclaves, chez moi, sont au-dessus des reines[167] :
Et ce n'est pas avoir une grande rigueur
Que vous faire régner, et régner sur mon cœur.

ISABELLE

Enfin, Seigneur, enfin, tout ce que je puis dire[168],

---

166. Cruauté consciente ou inconsciente d'Isabelle qui fait penser à celle de certains héros raciniens.

167. Cf. roman, Partie IV, livre 3, pp.328-329 : « Les esclaves de Soliman sont plus que les reines des autres nations et puis, à dire vrai, ce n'est pas vous traiter en esclave que vouloir que vous commandiez absolument dans mon âme. »

168. Isabelle, après avoir fait appel à la bonté du Sultan (voir

Après les sentiments que la fureur t'inspire,
C'est que quand Ta Hautesse, en perdant sa bonté,
940 Voudrait par la frayeur toucher ma volonté,
Obtenir par la crainte une place en mon âme,
Qu'on refuse à l'amour, qu'on refuse à sa flamme,
Condamner Ibrahim au supplice, au trépas,
Je le verrais mourir, et ne t'aimerais pas.
J'aime le Grand Vizir encor plus que moi-même ;
Mais j'aime plus que lui ce qui fait que je l'aime :
Je veux dire l'honneur qu'il a toujours aimé[169].
Qu'il meure donc plutôt que ce qui l'a charmé !
Meure le Grand Vizir, meure encor Isabelle,
950 Pourvu que cette mort puisse être digne d'elle !
Vois s'il te reste encor quelque chose à tenter,
Puisque même la mort ne peut m'épouvanter.
Non, Seigneur, non, Seigneur, tu n'as plus d'espérance,

---

note 165), devient de plus en plus résolue et hardie. Au terme de
cette progression, elle s'efforce, avec une fermeté remarquable
chez une jeune fille en face d'un souverain, d'enlever définitivement tout espoir à Soliman. Cf. roman, Partie IV, livre 3, p.329-
331 : « Enfin, Seigneur, tout ce que je puis dire à Ta Hautesse est
que, quand il pourrait être qu'oubliant sa douceur et sa générosité
ordinaires, elle se résoudrait à vouloir porter par la crainte à ce
qu'elle n'a pu gagner par amour et que pour cet effet elle me per-
sécuterait en la personne d'Ibrahim, (...) je le verrais mourir plutôt
que de changer de résolution. (...) Fais que ton amour se laisse surmonter ou par la raison ou par la colère ; n'aie que de la haine ou
que de l'amitié pour moi ; sois mon protecteur ou mon ennemi ;
(...). Il me semble juste de (...) dire une dernière fois que l'ambition ni la crainte n'ont point de pouvoir sur mon âme, que la vertu
seule y règne et qu'enfin Ta Hautesse oublie sa propre gloire inutilement ».
169. Ce caractère indissociable de l'honneur et de l'amour est
très cornélien et par cette conception de l'amour, par sa fermeté
d'âme, Isabelle apparaît ici encore comme une héroïne cornélienne.

Ou si tu l'as encor, elle est sans apparence[170].
Tu ne peux en amour être que malheureux ;
Mais tu peux être encor et grand et généreux.
Fais donc que cette amour, qui ne me saurait plaire,
Ou cède à la raison, ou cède à la colère ;
Achève ta fureur, ou reprends ta pitié ;
960 N'aie que de la haine, ou que de l'amitié ;
Ou sois mon protecteur, ou sois mon adversaire ;
Et puisqu'enfin ce choix est un point nécessaire,
Regarde ma constance, et vois ce que tu fais ;
Vois-moi pour Ibrahim, ou ne me vois jamais.
Je sais, Seigneur, je sais, sans qu'aucun me le die,
Qu'en cette occasion je parais trop hardie.
Mais puisque ta rigueur n'écoute plus ma voix,
Il faut te dire encor, pour la dernière fois,
Que mon âme, Seigneur, ne peut être contrainte,
970 Qu'elle vaincra l'amour, la grandeur et la crainte,
Qu'elle ne peut changer, et qu'inutilement
Tu veux perdre ta gloire et causer son tourment.

SOLIMAN

La frayeur ne peut rien sur votre âme inflexible.
La pitié ne peut rien sur mon cœur trop sensible.
Et puisque j'aime encor ce que je dois haïr,
Vous verrez si ce cœur se sait faire obéir. [171]

---

170. Sans vraisemblance.
171. Cf. roman, *ibid.,* p.331 : « Et pour conclusion, lui dit-il en s'en allant, si la crainte ne peut rien sur votre âme, la pitié ne peut rien sur la mienne ; nous verrons enfin si vous ne changez dans huit jours (...) et vous connaîtrez, mais peut-être trop tard, que Soliman, quand il veut, se sait faire obéir à Constantinople. »
Scudéry, sans doute pour respecter l'unité de temps, n'a pas fait mention de ce délai de huit jours que, dans le roman, le Sultan accorde à Isabelle.

SCÈNE SEPTIÈME

UN CAPIGI, SOLIMAN, ISABELLE,
ÉMILIE, RUSTAN.

UN CAPIGI

Le Grand Vizir arrive, il t'a voulu surprendre.

SOLIMAN

Qui ?

LE CAPIGI

L'illustre Ibrahim.

SOLIMAN

Dieu ! que viens-je d'entendre[172] !

ISABELLE

Ciel ! tu me rends le jour, le rendant à mes yeux !

SOLIMAN

980 Qu'il entre ; arrête ; va ; demeure ; ô justes Cieux !
Que ferai-je ! Ibrahim ! qu'il vienne ; et vous, Madame,
Si vous aimez le jour autant que votre flamme,
Si vous aimez la vie et celle du Vizir,

---

172. Frappé d'abord de stupeur, puis de crainte, Soliman, par
ses ordres contradictoires, les interjections, le rythme haché trahit
son trouble qui contraste avec l'élan de joie d'Isabelle.

Cachez-lui ma douleur et votre déplaisir ;
Autrement...[173].

ISABELLE

Non, Seigneur, votre menace est vaine,
Je sais ce que je dois :

SOLIMAN

Rustan, qu'on la remène[174].

SCÈNE HUITIÈME

SOLIMAN

O Ciel ! et de quel front verrai-je ce grand cœur,
Qui sans doute revient, triomphant et vainqueur ?
Comment puis-je cacher ma flamme illégitime ?
990 Comment puis-je cacher, et ma honte, et mon crime ?
Je me sens tout en feu, je tremble, je frémis ;

---

173. Cette courte scène offre un exemple du traitement dramatique que Scudéry fait subir au texte romanesque. La romancière
analyse avec finesse la joie d'Isabelle et le trouble de Soliman au
retour d'Ibrahim : « Cette princesse reçut cette nouvelle avec une
joie si excessive que son âme n'était pas capable de la bien ressentir. Ensuite elle en fut infiniment aise... Le Sultan fut surpris
d'une chose qu'il avait appréhendée. Il s'étonna du retour du grand
Vizir... ». Scudéry prête à ses personnages les mêmes sentiments,
mais il fait abstraction des nuances exprimées par Madeleine. Mais
- c'est là son originalité - il resserre l'action, car il fond deux passages distincts du roman en un seul : il imagine que Soliman
apprend la nouvelle en présence d'Isabelle ; il augmente la tension
dramatique et le rapprochement des deux réactions opposées leur
donne plus de relief.

174. Ed. de 1645 : ramène. Ed. de 1648 : remène.

Moi qui souvent ai fait trembler mes ennemis.
O vertu, seul appui qui soutiens ma couronne,
Tu m'as abandonné, la force m'abandonne,
Et Soliman n'est plus, ce Soliman si fort !
Je l'entends, le voici ; Dieu ! que ne suis-je mort[175] !

SCÈNE NEUVIÈME

IBRAHIM, ACHOMAT,
TROUPE DES GRANDS DE LA PORTE,
TROUPE DE JANISSAIRES PORTANT
LES DRAPEAUX, SOLIMAN.

IBRAHIM

Quand je fus par ton ordre auprès de Bétilize[176],
Cette place, Seigneur, que ta main a conquise,
Je trouvai que ton camp était prêt à marcher[177] :
1000 L'ennemi nous cherchait, nous le fûmes chercher[178].

---

175. Dans ce court monologue Soliman exprime encore sa frayeur (exclamations, interrogations, répétitions, anaphore) et condamne lui-même sa conduite en termes très sévères : Scudéry ne néglige aucune occasion de montrer que son héros n'est pas foncièrement mauvais.

176. Bétilize, Niphate, le Bassa Pialli, Alli... : par ces noms propres ou géographiques qu'il emprunte au roman et dont il orne le texte dramatique, Scudéry crée la couleur orientale.

177. Le récit de la bataille contre les Perses ressemble beaucoup au récit fait par Rodrigue du combat contre les Maures, moins par des détails précis que par le mouvement d'ensemble du récit, le ton décidé, enthousiaste du narrateur qui dans les deux cas est le général vainqueur. Voir le rapprochement des deux récits dans Introduction, ch.IV, « Les sources », pp. 14-15.

178. Aucun préliminaire. Contrairement à Rodrigue, Ibrahim entre tout de suite *in medias res*.

Enfin nous le trouvons dans ces vastes campagnes
Qu'environnent partout quatre hautes montagnes.
La plaine de Niphate est le lieu signalé,
Où pour toi seulement la victoire a volé.
Dès que par tes coureurs qui le virent paraître,
Je sus qu'il m'attendait, je fus le reconnaître :
Et je vis le Sophi dont les commandements
Tiraient ses escadrons de ses retranchements ;
Car la Perse, Seigneur, qui n'a qu'une furie,
1010 Fait consister sa force en sa cavalerie.
A l'instant je formai, de l'un à l'autre bout,
Ce grand et beau Croissant[179] si redouté partout.
J'imite l'ennemi, j'agis comme il travaille ;
Je range ton armée et la mets en bataille ;
Je donne l'aile gauche au vieux Bassa Pialli ;
Je donne l'aile droite au généreux Alli ;
Le sage et fort Isuf, Saniac de la Morée,
Pointe l'artillerie et la tient préparée.
1020 J'arbore tes drapeaux et tous les étendards ;
Vingt-deux escadrons font front de toutes parts ;
Je vais de rang en rang...

SOLIMAN

Que sa prudence est rare !

IBRAHIM

Pour voir si rien ne branle et si tout se prépare.
J'exhorte, je commande et menace à la fois ;
Je fais agir partout l'œil, la main et la voix.

---

179. Disposition des troupes propre aux Turcs, lorsqu'ils livrent bataille : là encore touche de couleur locale.

Lors, ayant donné l'ordre aux choses nécessaires,
Je forme un bataillon de tous les janissaires ;
Et sans les exhorter, sinon en combattant,
Je me mets à leur tête et l'on marche à l'instant[180] ;
Partout sonne la charge en tes troupes royales ;
1030   Un effroyable bruit de cris et d'atabales
Mêle au bruit du canon son bruit grand et confus[181] ;
Enfin l'air s'obscurcit et l'on ne se voit plus.
Mais malgré la poussière et malgré la fumée,
L'on voit flamber le fer dans l'une et l'autre armée.
« C'est là, dis-je aux soldats, qu'il se faut signaler,
C'est là, mes compagnons, c'est là qu'il faut aller. »
A l'instant tout me suit, tout combat, tout se mêle ;
Tout lance et tout reçoit une effroyable grêle ;
Et le fer et le feu rougissent tout de sang ;
1040   La victoire et la mort courent de rang en rang[182] ;
Chacun suit vaillamment l'ardeur qui le possède ;

---

180. Ces phrases courtes d'un vers ou d'un demi-vers, com-
mençant par le pronom « je » suivi d'un verbe d'action suggèrent
par leur rapidité l'activité et la célérité d'Ibrahim et rappellent cer-
tains vers de Rodrigue :
« Sous moi donc cette troupe s'avance, (...)
J'allais de tous côtés encourager les nôtres,
Faire avancer les uns et soutenir les autres,
Ranger ceux qui venaient, les pousser à leur tour... ».
(*Le Cid* IV, 3, v.1263, 1305-1307).
181. Cf.
« [Poussant] jusques au ciel mille cris éclatants.
Les nôtres, à ces cris, de nos vaisseaux répondent ; »
(*Ibid.,* IV, 3, v..1284-1285)
182. Cf.
« Contre nous de pied ferme ils tirent leurs alfanges ;
De notre sang au leur font d'horribles mélanges.
Et la terre, et le fleuve, et leur flotte, et le port,
Sont des champs de carnage où triomphe la mort. »
(*Ibid.,* v.1297-1300).

Chacun frappe, est frappé, combat, triomphe ou cède,
Se fait jour, est percé, tombe ou fait succomber,
Et dérobe le jour qu'il se sent dérober.
Lors un escadron plie où tes Gardes arrivent :
Je le renverse encor sur d'autres qui le suivent :
Je mets tout en désordre en cette occasion,
Et me sers en ce lieu de leur confusion.
Mais Pialli, glorieux de plus d'une conquête,
1050 Se trouvant Téléfan et Basingir en tête
Et vingt mille soldats, ployait sans déshonneur,
Quand ma main y porta son fer et ton bonheur.
Je ralliai les siens qui prenaient tous la fuite ;
Et lors, joignant[183] mon bras à sa sage conduite,
Il fit que l'ennemi commença de branler,
Et ceux qui reculaient le firent reculer.
Je quitte l'aile gauche et je cours à la droite :
Alamut y cédait, j'achève sa défaite ;
Et le vaillant Alli, dont je fus au secours,
1060 Y fit, Seigneur, y fit ce qu'il a fait toujours.
Enfin ce fut alors, avec beaucoup de gloire,
Que le Sophi vaincu te céda la victoire,
Qu'il perdit l'espérance et qu'il se retira ;
Et le champ de bataille enfin nous demeura,
Avec tout le canon, avec tout le bagage,
Et trente mille morts[184].

SOLIMAN

O l'illustre courage[185] !

---

183. Anacoluthe, voir note 35.
184. On préfère la conclusion, charmante de modestie, de
Rodrigue :
    « Et le combat cessa faute de combattants » (IV, 3, v. 1628).
185. Cette brève interjection, ainsi que la précédente (v. 1022),
n'est pas seulement destinée à couper artificiellement une longue
tirade ; elle a une valeur dramatique et suggère l'émotion de
Soliman à ce récit qui ne peut qu'accroître ses remords.

IBRAHIM

Ha ! garde cette gloire, elle n'est point à moi !
Elle est à ces guerriers qui combattaient pour toi ;
Elle est à ces grands cœurs qui font trembler la Perse,
1070 Qui n'ont point d'ennemis que leur bras ne renverse[186].
Mais entre ces guerriers, Achomat[187] que voici
A signalé sa force et son courage aussi.
Si on lui rend justice, il n'est rien qu'il n'obtienne ;
Il vaut une couronne en défendant la tienne.
Or, te voulant surprendre avec plus de plaisir
Et laisser en ton cœur la crainte et le désir,
J'établis un tel ordre à l'entour de l'armée,
Que tout fut arrêté jusqu'à la renommée.
Aucun de notre camp ni des lieux d'alentour
1080 Ne put avec ce bruit devancer mon retour[188].
Et voyant la défaite et ma victoire entière,
Je remenai[189] ton camp jusques sur la frontière ;
Car, depuis ce grand jour, tout céda, tout fléchit ;
Je reconquis la Perse et Tauris se rendit.

---

186. Cf.
    « O combien d'actions, combien d'exploits célèbres
    Sont demeurés sans gloire au milieu des ténèbres,
    Où chacun seul témoin des grands coups qu'il donnait... »
                                    (*Le Cid.* IV, 3, v.1301-1303).
L'hommage que Rodrigue rend au courage des soldats anonymes
est moins appuyé, plus spontané et moins entaché de fausse
modestie que celui d'Ibrahim. Rodrigue, d'autre part, met moins
en valeur son rôle dans la victoire. Le récit d'Ibrahim néanmoins
ne manque pas de souffle ni de mouvement et contient de beaux
vers.
    187. Il était indispensable qu'Ibrahim distinguât Achomat et lui
fît un sort à part, pour le faire participer à l'action et préparer son
intervention ultérieure.
    188. Scudéry rend ainsi vraisemblable le retour imprévu
d'Ibrahim.
    189. Edition de 1645 : ramenai.

Une seconde fois ma main te la redonne :
J'apporte ses drapeaux, j'apporte sa couronne,
Les armes d'un vaincu qui ne l'était jamais ;
J'apporte deux grands biens, la victoire et la paix ;
J'apporte de Tachmas, et sceptre, et diadème ;
1090 Je mets tout à tes pieds, en m'y mettant moi-même.

SOLIMAN

Quoi que puisse[190] avoir fait, et ta force, et la leur,
Je n'attendais pas moins de ta rare valeur.
Ah ! tu n'as, Ibrahim, que trop fait pour ma gloire !
J'étais assez ingrat sans cette autre victoire[191] ;
Et ce n'était que trop des services passés !

IBRAHIM

Ce cœur, en te servant, ne dit point c'est assez.
Mais, Seigneur, trouve bon, en l'ardeur qui me presse,
Que je quitte mon maître et coure à ma maîtresse.
Je suis quitte envers lui[192] de ce premier devoir,
1100 Je lui dois le second et je meurs de la voir[193].
Je te laissai mon cœur en dépôt avec elle ;

---

190. (sic)

191. Affirmation à double sens, un sens pour Ibrahim, un sens pour Soliman. Soliman dit peu de chose et pourtant son rôle est essentiel, car ce qu'il dit est, pour le spectateur qui sait ce qui s'est passé en l'absence du Vizir, la source de la charge émotive de cette scène, sans laquelle le récit ne serait qu'un beau morceau de bravoure.

192. Au vers 1099 le pronom « lui » renvoie à « maître », au vers 1100 à « maîtresse ».

193. Son rapport de guerre terminé, le glorieux vainqueur fait place à l'amant précieux qui n'ignore ni ce qu'il doit à sa maîtresse ni le langage galant.

Je commis ce trésor à ta garde fidèle ;
Sans doute tes bontés me l'auront conservé ;
Mais peut-être elle sait que je suis arrivé ;
Pardonne donc, Seigneur, à mon impatience,
Et, si tu sais aimer, excuse cette offense :
Il faut pour une fois, en ce bien heureux jour,
Que je fasse céder le respect à l'amour.

SCÈNE DIXIÈME

SOLIMAN

Hélas ! en quel désordre est mon âme affligée[194] !
1110   Quoi ! j'ose voir celui qui l'a tant obligée !
Quelle confusion s'empare de mes sens !
Que veux-tu, Soliman, et qu'est-ce que tu sens ?
L'on te gagne un Etat, tu perds ta renommée !
L'on combat pour toi seul, ton âme est enflammée !
L'on meurt pour ton repos, tu le perds aujourd'hui !
Ibrahim vainc pour toi, tu t'attaques à lui !
Il te donne un Empire, et toi tu veux sa vie !
Compare son service avecques ton envie ;

---

194. Ce monologue de Soliman suit les mouvements de son âme : le remords, exacerbé par le récit du Vizir, exprimé par une série d'antithèses ramassées dans un vers ; puis, son amour qui reprend le dessus jusqu'à ce que le remords resurgissant, le mouvement d'oscillation entre remords et amour s'accélère à tel point que les deux sentiments sont exprimés non plus dans un vers (Cf II, 5, v. 825), mais dans un même hémistiche : « Isabelle, Ibrahim ! » (v. 1150). Rythme, répétitions, exclamations, interrogations, antithèses, Scudéry, non sans quelque excès, utilise encore tous les procédés de la « rhétorique des passions » pour exprimer le heurt violent des sentiments de Soliman.

Compare son désir avec ta volonté
1120 Et tu verras ton crime et sa fidélité.
Il te sert, tu lui nuis ! Il s'assure, on le trompe !
Il rencontre sa perte au milieu de sa pompe !
Son retour glorieux est suivi d'un grand deuil,
Et du char de[195] triomphe il descend au cercueil !
Et tout cela, perfide, est causé par ta flamme,
Qui s'attaque à son cœur, qui s'attaque à son âme,
Qui veut injustement lui ravir son bonheur,
Et qui perd ce grand homme en perdant ton honneur.
O superbes témoins d'une valeur insigne,
1130 Dignes de ce grand cœur et dont je suis indigne,
Monuments[196] éternels d'un bras victorieux,
Armes, sceptre, drapeaux, montrez-vous à mes yeux ;
Parlez-moi de mon crime et de son grand courage ;
Apprenez-moi comment il eut cet avantage,
En combien de périls il s'exposa pour moi,
Ce qu'il fit contre vous, ce qu'il fit pour son Roi,
Le sang qu'il répandit et qu'il voulut répandre
Au moment dangereux où son bras vous fut prendre,
A combien de guerriers il donna le trépas ;
1140 Soutenez ma vertu, ne l'abandonnez pas ;
Elle est seule, elle est faible, et mon âme est rebelle.
Mais n'entreprenez rien, s'il s'agit d'Isabelle.
Mon esprit la revoit, il ne vous veut plus voir ;
Ce glorieux objet a toujours son pouvoir ;
Qui peut vivre sans elle est indigne de vivre ;
Elle est, elle est charmante, il faut, il faut la suivre :

---

195. Edition de 1645 : du triomphe.
196. Il s'agit des trophées enlevés par Ibrahim au Roi des
Perses. Soliman éprouve le besoin de conforter sa vertu en les
contempler. L'invocation d'objets qui donne lieu ici à un beau
mouvement oratoire est fréquente dans le théâtre du XVIIe siècle.

Bref, il faut perdre tout. Quoi ! perdre le Vizir !
Mais être sans bonheur ! Mais avoir ce désir !
Etrange incertitude où mon esprit appelle :
1150 Isabelle, Ibrahim ! Ibrahim, Isabelle[197] !
Ou je suis l'un et l'autre et les aime tous deux ;
Ou je ne puis choisir, sans être malheureux ;
Si je quitte ses yeux, c'est quitter ce que j'aime ;
Si je perds Ibrahim, c'est me perdre moi-même ;
Hélas ! en cet état, j'ai tout à redouter,
Et mon cœur ne saurait ni perdre ni quitter[198].

fin du second acte

---

197. Voir le commentaire de ce vers : Introduction ch. VII
« L'Écriture dramatique de Scudéry », p. 72 et note 194, p. 164.
198. Soliman est toujours incapable de faire un choix et c'est
cette incapacité qui soutient l'action.

ACTE III

ASTÉRIE, ISABELLE, ROXELANE, RUSTAN, ACHOMAT, SOLIMAN, IBRAHIM

SCÈNE PREMIÈRE

ASTÉRIE

Illustre et noble erreur, tourment des belles âmes,
Amour, sors de mon cœur et porte ailleurs tes
flammes[199] :
La raison me défend d'écouter tes propos,
1160 Si je veux conserver ma gloire et mon repos.
Ne viens plus m'engager dans une rêverie[200]

---

199. Ce monologue est une invocation à un sentiment personni-
fié, forme assez fréquente dans les monologues classiques. De fait,
on en trouve plusieurs exemples dans le théâtre même de Scudéry :
dans *Le Prince déguisé* (III, 3), Mélanire apostrophe les « restes
impertinents d'un feu trop allumé » ; dans *La Mort de César* (IV,
4) Porcie s'adresse à ses « désirs impatients »... etc. Ici, Astérie
invoque l'Amour et s'adresse à lui à la deuxième personne :
« Amour sors..., ne viens plus... ; Va donc, cruel Amour,... tu seras
esclave ». Ces invocations comportent naturellement quelque
chose de solennel et de déclamatoire qui ne pouvait manquer de
plaire à Scudéry, volontiers emphatique. Mais ce ton pompeux
n'est pas déplacé ici dans la bouche de l'orgueilleuse Princesse.

200. Pensées riantes ou tristes auxquelles se laisse aller l'imagination.

Indigne du courage et du rang d'Astérie[201] :
Quelque félicité qu'éprouvent les amants,
La fille du Sultan a d'autres sentiments.
Elle n'a pour objet que l'honneur et la gloire[202].
Va donc, cruel Amour, et sors de ma mémoire :
Ma vertu saura vaincre un injuste pouvoir
Et toujours me tenir aux termes du devoir.
Je sais bien qu'Ibrahim est un homme admirable,
1170 Que sa haute vertu le rend incomparable,
Que sa valeur triomphe autant qu'elle combat,
Que nul autre vainqueur n'eut jamais tant d'éclat,
Qu'il est, par son courage et par sa renommée,
Et l'âme de l'Empire, et celle de l'armée,
Que ce dernier voyage achève son bonheur,
Qu'il en revient chargé de butin et d'honneur,
Qu'il a des qualités aimables et charmantes
A mériter d'avoir des reines pour amantes,
Qu'il a beaucoup d'esprit, qu'il a beaucoup d'appas ;
1180 Mais quoi ! je sais qu'il aime, et qu'il ne m'aime pas[203].

---

201. Le ton hautain et assuré d'Astérie, sa façon de parler d'elle à la troisième personne, sa volonté « absolue » d'épouser quelqu'un « qui n'ait brûlé que pour elle » révèlent l'orgueil d'une
Princesse consciente à la fois de son rang de « fille du Sultan » et
de sa valeur personnelle, de son « courage ».
202. « La raison », « ma gloire », « l'honneur », « termes du
devoir », « S'il pouvait m'aimer, je l'estimerais moins » : les sentiments sont cornéliens, le vocabulaire l'est aussi, associé au langage galant.
203. C'est là un beau morceau oratoire par son mouvement et
son ampleur. Le mouvement est donné par l'invocation initiale et
relancé deux fois au cours de la tirade par une nouvelle apostrophe
à l'amour (v. 1166 ; v.1197) et par une longue période où le goût
de Scudéry pour l'amplification se donne libre cours. Cette période qui se gonfle d'une série de conjonctives introduites par « que »
en anaphore est ici d'un effet assez heureux, car elle suggère

Je sais que, dès longtemps, il adore Isabelle,
Qu'il est aussi constant que sa maîtresse est belle.
Et comme il a raison, les cieux me sont témoins,
Que, s'il pouvait m'aimer, je l'estimerais moins[204].
Il aurait un défaut, s'il devenait volage,
Indigne d'Astérie et de son grand courage :
Non, non, pour ma victoire, il faut absolument
Un cœur qui n'ait brûlé que pour moi seulement.
Or celui d'Achomat est la seule victime
1190 Dont le beau sacrifice est pur et légitime[205].
Mes esclaves souvent me parlent de sa foi ;
Elles disent qu'il meurt et qu'il brûle pour moi,
Et que, depuis le temps de la guerre des Perses,
Il a souffert cent maux et cent peines diverses,
Qu'il me vit, qu'il m'aima, qu'il m'aime sans me
                                                voir[206].
S'il est digne de nous, il le faut recevoir.
Oui, c'en est fait, Amour, et malgré tant de charmes,
Il faut que la raison t'arrache enfin les armes.
Je cherche son secours et non pas ta pitié ;

---

qu'Astérie a du mal à détacher sa pensée des mérites de celui
qu'elle ne veut plus aimer, mais aime encore et qu'elle s'attarde à
évoquer dans le dernier moment où il lui est encore permis de le
faire.

204. Vers bien cornélien : pour elle, comme pour Chimène,
l'amour se nourrit d'estime.

205. La Princesse, curieusement, compare celui qu'elle aimera
à une victime qu'on lui sacrifiera et dans son orgueil considère que
le cœur d'Achomat est le seul digne de lui être sacrifié.

206. Rôle du regard : l'amour naît comme un coup de foudre au
premier regard. Cf. Phèdre, « Je le vis, je rougis, je pâlis à sa vue ».
Mais, une fois né, il n'a plus besoin d'être alimenté par le regard.
Cette antithèse n'est pas une élégance artificielle, car elle est
conforme à la réalité psychologique.

1200 Je passe de l'amour à la seule amitié[207] ;
     Je règle mes désirs au point qu'ils doivent l'être ;
     Et tu seras esclave, ô toi qui fais le maître.
     Oui, je veux achever ce que j'ai commencé ;
     Pour quitter ce dessein, il est trop avancé :
     Oui, voyons le Sultan et chassons de son âme,
     Ainsi que de la nôtre, une illicite flamme.
     Mais voici la Princesse, elle vient en ces lieux ;
     Je t'ai banni du cœur, sors encor de mes yeux.

SCÈNE SECONDE

ASTÉRIE, ISABELLE, ÉMILIE

ASTÉRIE

     Je ne demande point qui[208] fait couler vos larmes,
1210 Je connais la douleur qui se mêle à vos charmes ;
     Mais j'ose demander si le crime d'autrui
     Ne me mettra point mal dans votre âme aujourd'hui,
     Et si vous souffrirez que la fille d'un Prince,
     Qui vous fait abhorrer cette triste province,
     Puisse vous dire encor, en voyant vos malheurs,
     Qu'elle vient prendre part à toutes vos douleurs ?
     Ou plutôt au plaisir qui va charmer[209] votre âme
     Et qu'un heureux retour va joindre à votre flamme.

---

207. Ce passage de l'amour à l'amitié était l'un de ces problèmes de psychologie amoureuse qui passionnaient les salons précieux.
208. Sens neutre : ce qui.
209. Sens fort : enchanter.

ISABELLE

Vous le pouvez, Madame ; et par cette pitié,
1220 Vous montrez d'autant plus une ferme amitié,
Que moins votre belle âme y doit être obligée :
J'ai changé le Sultan qui me rend affligée[210] :
S'il ne m'avait point vue, il serait généreux ;
Vous seriez en repos, et lui serait heureux,
Et vous éviteriez cette douleur amère,
Que sent l'âme bien née à condamner un père[211].
Mais est-il impossible, en l'état qu'est son cœur,
De montrer la raison à ce puissant vainqueur ?
Ne trouverons-nous point quelque chose qui m'aide
1230 Et qui soit à la fois mon bien et son remède ?
Par son propre intérêt, vous y devez songer ;
Par celui d'Ibrahim, vous devez m'obliger ;
Il vous doit la clarté[212], j'en garde la mémoire ;
Faites, faites encor qu'il vous doive ma gloire ;
Comblez-le de plaisir en me comblant de bien ;
Rompez encor mes fers, ayant rompu les siens ;
Et par cette action, ô sage autant que belle,
Donnez à votre nom une gloire immortelle.

ASTÉRIE

Oui, je vous promets tout ; mais ayez la bonté,
1240 Vous qui du Grand Vizir tenez la volonté,
Vous pour qui ce grand cœur a tant d'obéissance,

---

210. Cette façon qu'a Isabelle de s'estimer responsable des
désordres entraînés par sa beauté et qui paraît un peu artificielle et
gratuite est une attitude assez fréquente chez les héroïnes vertueuses de Scudéry.

211. Il faut encore noter ici la délicate sensibilité d'Isabelle..

212 Voir *supra*, note 117.

De ne le porter point à chercher la vengeance.
Je connais le Sultan, il le connaît aussi :
Son cœur est suborné, quand il agit ainsi ;
C'est le crime d'autrui qui l'engage en ce crime ;
Malgré l'injuste amour, l'amitié légitime
Conserve son pouvoir, quand votre œil le soumet,
Et son cœur se repent[213] de l'erreur qu'il commet[214].

ISABELLE

Hélas ! le repentir qui demeure inutile,
1250 A proprement parler, n'est qu'un champ infertile !
Qui connaît la vertu, sans suivre ses appas,
Pécherait beaucoup moins, s'il ne la voyait pas[215].
Mais je sors du respect et la douleur m'emporte :
Pardonnez-moi, Madame, et parlons d'autre sorte.
Sachez que le Vizir ne peut jamais changer,
Qu'il servirait encor, bien loin de se venger,
Que son cœur, apprenant ce qu'on ne lui peut taire,

---

213. Ed. de 1648 : « se reprend » qui semble une coquille.

214. Pour la deuxième fois, plus brièvement, Astérie, cherchant à préserver son père de la vengeance d'Ibrahim, esquisse de lui un portrait moral bien fait pour dégager sa responsabilité. Cf. II, 1, v. 673-680.

215. Isabelle fait preuve ici encore de l'intransigeance morale qu'elle manifestait en face de Soliman (I, 3). D'autre part, comme Chimène, elle sait que la générosité de celui qu'elle aime est égale à la sienne. Cf.*Ibrahim,* roman, Partie IV, livre 3, pp. 313-314 : « Hélas ! que cette générosité inutile est dangereuse ! (...) Le repentir qui n'apporte point de changement en l'âme de celui qui se repent est plutôt une faiblesse qu'un véritable remords. Mais je vous demande pardon de ne me souvenir pas que vous êtes fille de Soliman et je vous promets que (...) j'obtiendrai d'Ibrahim qu'il ne songera point à se venger et je suis certaine que, quelque affection qu'Ibrahim ait pour moi, il aura de la douleur d'apprendre ce que nous lui voulons mander, mais il n'aura point de haine pour Soliman ».

Aura de la douleur, et non de la colère,
Qu'il aimera toujours cet illustre rival,
1260 Et qu'il ne lui fera, ni déplaisir, ni mal,
Que, bien qu'il puisse tout parmi les gens de guerre,
Il ne s'en servira qu'à conquêter la terre ;
Il ne s'en servira qu'à porter en tous lieux
Les armes du Sultan et son nom glorieux.

ASTÉRIE

Cet illustre Bassa, qui chérit Isabelle,
M'aurait déjà bannie et serait auprès d'elle ;
Il eût déjà suivi son amoureuse ardeur,
S'il n'était retardé par un ambassadeur.
Mais je vais découvrir, comme il est nécessaire,
1270 Ce qu'au cœur du Sultan son retour a pu faire :
Quel est son sentiment et sa confusion,
Et vous servir tous deux selon l'occasion.

ISABELLE

O générosité qui n'eut jamais d'égale !
Céder ce que l'on aime et servir sa rivale !

SCÈNE TROISIÈME

ROXELANE, RUSTAN, DEUX ESCLAVES

ROXELANE

Il revient ! il triomphe ! et je dois l'endurer !
Sa gloire et mon malheur doivent toujours durer !
Et quoi ! vu son orgueil et mes peines diverses,

Il triomphe de moi bien plutôt que des Perses !
C'est moi qui perds le trône aussi bien que Thacmas ;
1280 C'est moi qui perds le sceptre en ne me vengeant pas[216].

RUSTAN

Souffrez donc que j'achève, et sa vie, et vos peines[217].

ROXELANE

Non, non, sans perdre temps à ces paroles vaines,
Tâchez de découvrir ce que cet insolent
Pensera d'un amour si prompt et si violent :
De quel air[218] il saura le dessein de son maître,
Et quel ressentiment il en fera paraître ;
Car si nous l'observons, et tout ce qu'il dira,
Je le verrai punir, et l'on me vengera[219].

RUSTAN

Croyez-vous qu'on lui die et qu'Isabelle l'ose ?

---

216. Ces quelques mots, prononcés dans la fureur, par la fréquence du pronom personnel de la première personne, font éclater non seulement l'ambition, mais le féroce égocentrisme de Roxelane.

217. Parfaite cohérence des caractères : au début de la pièce, Rustan avait donné à Roxelane, désireuse de perdre Ibrahim, « le choix du fer ou du poison » (I, 1, v. 60). Mais celle-ci avait préféré ses machinations tortueuses. Ici encore Rustan reste partisan des moyens expéditifs ; et Roxelane choisit un « moyen plus aisé » et plus perfide qui consiste toujours à exploiter la jalousie d'un personnage contre un autre, la jalousie de Soliman contre Ibrahim, la jalousie d'Ibrahim contre Soliman, la jalousie d'Achomat contre Ibrahim.

218. Manière de se comporter, façon.

219. Roxelane a un esprit subtilement pervers : ce n'est pas la jalousie d'Ibrahim en elle-même qui l'intéresse, mais le ressentiment qu'en concevra Soliman à l'égard d'Ibrahim.

ROXELANE

1290 Oui, je le crois, Rustan, l'amour fait toute chose.
Allez donc travailler à découvrir son cœur,
Afin de triompher de l'orgueil d'un vainqueur.
Pour moi, je vais savoir avec beaucoup d'adresse
Si Soliman suivra l'esclave ou la maîtresse,
Si son cœur amoureux conserve son désir,
Ou s'il a pu changer au retour du Vizir.
Allez donc ; attendez[220] ; mon esprit imagine
Un moyen plus aisé pour causer sa ruine.
Je sais que le Sultan aime et croit Achomat ;
1300 Tâchons adroitement d'en faire un coup d'Etat ;
Oui, je sais que l'amour règne en sa fantaisie,
Et je la veux troubler par une jalousie[221].

UNE ESCLAVE

Il vient.

---

220. A peine Roxelane a-t-elle songé à un moyen de perdre
Ibrahim qu'il lui en vient un autre à l'esprit. Par l'emploi de deux
coupes dans le premier hémistiche, Scudéry suggère la brusquerie
avec laquelle cette idée surgit dans son esprit.
221. Voir note 217.

SCÈNE QUATRIÈME[222]

ROXELANE, ACHOMAT, RUSTAN,
DEUX ESCLAVES

ROXELANE

Rustan et moi, plaignions votre malheur[223]
Et déplorions le sort des hommes de valeur.
Quoi ! (disais-je en parlant d'une valeur insigne)
Un autre aura le prix dont ce grand cœur est digne !
Et l'aveugle faveur sera cause aujourd'hui
Qu'au mépris d'Achomat, on triomphe de lui !
De lui, dont l'âme illustre est si grande et si forte !
1310 Car vous savez sans doute, avec toute la Porte,
Comme le Grand Vizir, qui paraît absolu,
Nous[224] enlève Astérie et qu'on[225] l'a résolu :
Qu'il l'épouse demain et qu'il traite en son âme
Isabelle en esclave et la Sultane en femme.

---

222. Scène animée et bien conduite : commencé calmement, l'entretien dégénère rapidement en une altercation très vive : Achomat croise le fer alternativement avec Rustan et avec Roxelane. La stichomythie est de plus en plus rapide, puisque aux répliques d'un vers succèdent des répliques d'un tiers de vers, et que les mots d'une réplique sont repris dans la réplique suivante.

223. Ed. de 1645 et de 1648 : Plaignons, déplorons. Nous avons conservé l'imparfait de l'éd. de 1643 qui concorde avec l'imparfait « disais-je » et qui exprime une action qui était en train de se dérouler, quand survient Achomat.

224. Le portrait de Roxelane s'enrichit ici de nuances nouvelles : non seulement elle est ambitieuse, cruelle, et menteuse, mais hypocritement elle affecte la gentillesse pour ceux qu'elle cherche à détruire : Elle feint d'avoir de la bienveillance pour Achomat, d'avoir de l'intérêt pour Astérie et de regretter qu'on la « (lui) enlève ».

225. Pronom indéfini : Roxelane préfère ne pas préciser.

ACHOMAT

O Ciel ! qu'ai-je entendu !

ROXELANE

Certes, l'on vous fait tort :
Plaignez-vous, Achomat, du Sultan et du sort.
Et pourquoi maintenant s'amuser à des larmes ?
Un si fort ennemi veut de plus fortes armes :
Dans un mal si pressant il faut tout hasarder ;
1320 Si vous ne vous aidez, rien ne peut vous aider ;
Mais, si vous voulez un conseil nécessaire,
Je mettrai sous vos pieds cet heureux adversaire.
Vous n'avez qu'à blâmer sa conduite et son cœur,
Qu'à dire que sans doute il trahit l'Empereur,
Dire qu'il a trop tôt abandonné la Perse,
Que, pour se maintenir, il élève et renverse,
Qu'il ne conquête rien que pour le perdre encor,
Qu'il séduit les soldats, qu'il amasse un trésor,
Qu'il doit tout son triomphe à sa bonne fortune,
1330 Qu'on ne voit plus en lui qu'une valeur commune,
Qu'il fut à la bataille avec peu de vigueur,
Qu'il est turc en l'habit, et chrétien en son cœur[226].

ACHOMAT

Moi, ! Madame ! Ah ! Changez un discours si coupable[227] !

------

226. Roxelane - et par là elle se trahit - a prévu et dicte à Achomat
toutes les accusations dont il devra se servir pour dresser le Sultan
contre Ibrahim et que son imagination machiavélique et intarissable,
son désir violent de perdre le Vizir lui inspirent. Elle termine son
argumentation par l'argument le plus fort pour un Turc et qu'elle
reprend chaque fois qu'elle attaque Ibrahim : il est chrétien.
227. C'est la première fois qu'Achomat paraît. Nous ne

C'est une lâcheté dont je suis incapable :
Je sais qu'il est heureux et qu'il est mon rival ;
Mais je sais mieux encor qu'il est mon général.
S'il s'engage au dessein où mon amour m'engage,
Je saurai l'attaquer en homme de courage,
Mais non pas le trahir.

RUSTAN

Ce moyen est plus doux.

ACHOMAT

1340 Il ne vaut rien pour moi, puisqu'il est bon pour vous.

ROXELANE

Mais la Sultane, enfin, va vous être ravie.

ACHOMAT

Sans exposer l'honneur, j'exposerai la vie.

RUSTAN

Pour sauver ce fantôme[228], on perd tout son bonheur !

---

connaissions de lui que sa valeur guerrière louée par Ibrahim et son
amour pour Astérie. Sa réaction immédiate et vivement indignée
révèle qu'il est « généreux » et incapable de lâcheté.

228. Chimère que se forge l'esprit. C'est un de ces mots qui tra-
hissent un caractère. Il manifeste que Rustan ignore ce qu'est
l'honneur et est un franc scélérat comme le confirment toutes ses
autres répliques. Roxelane, elle, garde une certaine dignité dans la
perfidie et dissimule davantage. L'attitude d'Achomat vis à vis des
deux personnages n'est d'ailleurs pas la même : à Roxelane,
Sultane Reine, il parle avec respect tout en s'opposant à elle, alors
qu'il traite Rustan avec mépris ou ironie.

ACHOMAT

Vous qui parlez ainsi, connaissez-vous l'honneur ?

ROXELANE

Mais me connaissez-vous, ne craignant pas ma
                                              haine[229] ?

ACHOMAT

Je connais mon devoir et la Sultane Reine.

RUSTAN

Vous devez accepter un plaisir sans pareil[230].

ACHOMAT

Rare et fidèle ami, gardez votre conseil.

ROXELANE

Qui cède est sans courage et qui se rend est lâche.

ACHOMAT

1350 Mais la main l'est plutôt, qui frappe et qui se cache.

RUSTAN

Pour vaincre et pour régner, tout doit être permis.

---

229. Après avoir tenté en vain de faire appel à l'amour
d'Achomat, Roxelane ne cache plus ses noirs desseins.

230. Le texte donne « devriez » et le vers aurait 13 pieds. Nous
avons rétabli « devez ».

ACHOMAT

C'est ainsi que Rustan combat ses ennemis.

ROXELANE

Vous sortez du devoir et commettez un crime.

ACHOMAT

Pour vous, j'ai du respect ; et pour lui, peu d'estime.

RUSTAN

Ha ! c'est trop !

ACHOMAT

C'est trop peu.

ROXELANE

Vous êtes un ingrat.

ACHOMAT

N'attaquez point l'honneur et perdez Achomat.

ROXELANE

Eh bien! pour vous punir d'une audace si grande,
Oui, je vous perdrai seul.

ACHOMAT

J'ai ce que je demande.[231]

---

231. Ce dialogue, vif et spirituel, est entièrement de l'invention de Scudéry, puisque, dans le roman, Achomat n'intervient qu'au départ d'Ibrahim.

SCÈNE CINQUIÈME

ACHOMAT

Ah ! faisons triompher, en ce funeste jour,
1360   La raison sur les sens et l'honneur sur l'amour.
Si le sort me refuse une juste victoire,
Il faut perdre Astérie et conserver ma gloire :
Il faut, il faut périr, mais en homme de bien,
Qui fait tout pour l'honneur, qui, sans lui, ne fait rien[232].

SCÈNE SIXIÈME

ISABELLE

Que j'ai l'esprit en peine et l'âme inquiétée !
Hélas ! de quel côté sera-t-elle jetée ?
Lorsqu'un penser la pousse, un autre la retient ;
Sa crainte se dissipe et sa crainte revient ;
Oui, je perds la raison, dans un si grand orage
1370   Et perds en même temps la force et le courage ;
Je ne sais que résoudre en un si grand effort
Et je ne vois partout que naufrage et que mort.
Je songe à ce que j'aime, à ce cœur qui m'adore ;
Je désire le voir et je le crains encore ;
Je me sens dans la glace et je me sens brûler[233],
Sans savoir si je dois, ou me taire, ou parler.

---

232. « Raison », « honneur », « gloire », Achomat se réclame des mêmes valeurs qu'Astérie et qu'Isabelle et apparaît lui aussi comme un héros cornélien.

233. Cette antithèse des plus banales reprend ici, dans la situation grave où se débat Isabelle, un peu de sa force originelle, d'autant plus que le reste du monologue comporte peu d'expressions galantes (v.1376,1403).

O Dieu ! que dois-je faire ! ô Dieu ! que dois-je dire[234] !
Dans ces sentiers douteux lequel doit-on élire !
Si je cache au Vizir l'amour de son rival,
1380 Je lui fais un outrage en lui celant un mal,
Et j'expose peut-être et ma gloire et sa vie
Aux dernières fureurs d'une jalouse envie.
Mais si je lui découvre un injuste dessein,
C'est lui mettre moi-même un poignard dans le sein.
Car s'il ne peut celer sa colère et sa haine,
C'est dire à Soliman que sa défense est vaine ;
C'est irriter un cœur déjà trop irrité ;
C'est perdre la raison et perdre la clarté ;
C'est nous perdre tous deux, à faute de conduite ;
1390 Hélas ! pauvre Isabelle, où te vois-tu réduite !
Que si j'attends aussi qu'une seconde fois
L'amour de Soliman s'exprime par sa voix,
Qu'il découvre un dessein que j'aurai voulu taire,
Que dira le Vizir qui verra ce mystère ?
Il aura droit de croire, en voyant ce secret,
Mon esprit infidèle aussitôt[235] que discret.
Mais aussi, d'autre part, si par bonne fortune
Soliman n'avait plus un feu qui m'importune,
Qu'un bien heureux retour eût converti son cœur,
1400 Qu'il n'eût plus pour le mien ni flamme ni rigueur,
Que l'objet d'Ibrahim[236] eût remis dans son âme

---

234. Ce monologue d'abord lyrique, tant qu'Isabelle exprime son désarroi, devient délibératif, quand elle cherche si « [elle doit] ou se taire ou parler » et envisage successivement les deux solutions possibles. Les articulations sont nettes : « Si je cache au Vizir... », « Mais si je lui découvre... », « Que si j'attends... », « Mais aussi, d'autre part, si (...) Soliman n'avait plus un feu qui m'importune... ».

235. Mon esprit est infidèle, dès l'instant où il se montre discret.

236. « Ce qui est opposé à notre vue » (*Dict. Furetière*), ce qui s'offre aux yeux, à l'esprit, chose ou homme.

La bonté, la raison, en éteignant sa flamme,
Devrais-je publier ce qui ne serait plus,
Donner au Grand Vizir des travaux[237] superflus ?
Et, par une imprudence inutile et cruelle,
Détruire son repos et celui d'Isabelle ?
Le perdre en me perdant et porter l'Empereur
Du repentir au crime et puis à la fureur ?
O dure incertitude également funeste !
1410 Tu fais mon désespoir, c'est tout ce qui me reste.
Partout je vois la mort, mais je la cherche aussi ;
O mon Justinian[238] ! Ha ! bon Dieu ! le voici !

SCÈNE SEPTIÈME

JUSTINIAN, ISABELLE[239]

JUSTINIAN

Vous fuyez[240] un esclave, adorable inhumaine,

---

237. Peines. Voir note 155.

238. Dans la même tirade le héros est appelé une fois
« Ibrahim » (v.1401), une fois « Justinian » (v.1412). Peut-être est-
ce intentionnellement : sans doute Isabelle l'appelle-t-elle
« Ibrahim » quand elle considère le Vizir qu'il est devenu ; et
« Justinian » quand elle voit en lui son fiancé d'autrefois. Mais
cette explication, valable ici, l'est moins dans d'autres passages de
la pièce, dans la scène suivante en particulier où le rapprochement
des deux noms propres est peut-être simplement dû soit à des raisons de métrique, soit à l'habitude ou à une négligence de l'auteur.

239. Cette première rencontre d'Isabelle et d'Ibrahim après le
retour de ce dernier est un temps fort de la pièce, l'une de ces
« grandes scènes à faire » qu'affectionne Scudéry. Mais il n'y a pas
abusé de la rhétorique et a réussi à faire parler ses personnages
sans emphase. La scène, l'une des meilleures de la pièce, est
d'une grande intensité dramatique : elle fait progresser l'action,

Qui vient chercher son maître et reprendre sa chaîne.
Mais ce discours est faux, mon cœur est trop ardent ;
Il l'a toujours portée, et même en commandant[241].

ISABELLE

Puisque le Ciel permet que le mien vous revoie,
Il récompense trop les malheurs[242] qu'il m'envoie.

JUSTINIAN

Quoi ! parler de malheur quand vous me revoyez !

ISABELLE

1420   Le sort est toujours sort ;

_____

puisqu'Ibrahim y apprend un élément essentiel de l'intrigue, la trahison de Soliman, et prend la résolution de sonder son cœur. De
plus, au cours de la scène il y a une constante progression : ce n'est
que peu à peu qu'Isabelle laisse entrevoir un secret trop lourd pour
elle et qu'Ibrahim finit par deviner ce qu'Isabelle n'ose lui dire. Ce
n'est que peu à peu que sa joie de revoir Isabelle fait place au désarroi et qu'à l'incompréhension initiale des deux amants succède, tra-
duite par un très bref duo lyrique, leur union profonde devant l'ad-
versité. Il faut noter aussi la variété du dialogue, la souplesse avec
laquelle les tirades alternent avec les stichomythies selon les sentiments des personnages. Voir Introduction, ch. VII, pp. 75, 76.
   240. A la vue d'Ibrahim, la première réaction d'Isabelle, qui ne
sait si elle doit se taire ou parler, est de chercher à s'enfuir. Il y a
donc mouvement sur la scène, suggéré par le texte.
   241. « Esclave », « adorable inhumaine », « maître », « chaîne ».
Ibrahim est heureux : il revient vainqueur, revoit sa maîtresse et
utilise allègrement la métaphore, l'antithèse, l'hyperbole précieuses ; bref, un ton léger, galant qui contraste avec le ton
d'Isabelle et va faire place au ton dramatique ou attendri.
   242. Isabelle, embarrassée, n'est pas à l'unisson de son fiancé.
Elle parle avec réticence, use de termes voilés ou vagues : « malheurs », « sort », « peines », « orage » ; puis elle se réfugie dans
des affirmations générales.

JUSTINIAN

Ciel !

ISABELLE

Où que vous soyez.

IBRAHIM

Oui, je vois son pouvoir en ma bonne fortune.

ISABELLE

Mais la fortune change et n'est pas toujours une.

IBRAHIM

Si vous ne changez point, elle ne peut changer,
Et je vous connais trop pour craindre ce danger.

ISABELLE

L'orage peut venir sur les mers les plus calmes.

IBRAHIM

Non, évitez l'orage à l'ombre de mes palmes ;
Ne craignez point la foudre à l'abri des lauriers ;
Elle ne peut tomber sur le front des guerriers.

ISABELLE

Hélas ! veuille le Ciel que cette humeur vous dure,
1430 Sans que vous partagiez les peines que j'endure !

IBRAHIM

Oserai-je me plaindre, et me plaindre de vous ?

Quoi ! vous paraissez triste en des moments si doux !
Mon départ vous donnait une douleur extrême,
Mon retour aujourd'hui vous en donne de même !
Je reviens, vous pleurez ; je triomphe, on me fuit ;
Du faîte du bonheur où me vois-je réduit !

ISABELLE

Bien que de changement mon cœur soit incapable,
Si la douleur est crime, Isabelle est coupable.
Mais le crime innocent qu'elle fait en ce jour
1440 Ne trouve point sa cause en un défaut d'amour.
L'habitude a rendu mon humeur triste et sombre ;
Un chagrin éternel me suit comme mon ombre ;
Je m'afflige aisément, je me console tard ;
Le plaisir en mes sens n'a presque plus de part ;
Isabelle, en ces lieux, ne saurait être heureuse :
Elle y prévoit l'orage et la mer dangereuse.
Ce n'est pas qu'un retour qu'on m'a vu désirer
Ne plaise aux mêmes yeux qu'il a tant fait pleurer :
Il est tout mon espoir, comme il fut mon envie ;
1450 Sans lui certainement, j'allais perdre la vie ;
Mais bien que son pouvoir soit toujours sans égal,
Nous sommes en Turquie, et c'est toujours un mal.

IBRAHIM

Il est vrai, ma Princesse, et mon cœur vous l'avoue :
La fortune nous tient et peut tourner sa roue ;
Mais confessez aussi qu'elle nous peut aider ;
Nous voulons la franchise, on peut nous l'accorder.
Et quel que soit enfin le mal qui vous traverse,
Nous en avons bien moins que quand je fus en Perse.
La guerre était douteuse et le sort dangereux ;
1460 J'y pouvais être ensemble, et brave, et malheureux,
Etre battu, céder et perdre la victoire,

Perdre en un même jour la bataille et ma gloire,
Etre fait prisonnier, au lieu d'y conquérir,
Etre percé de traits, y tomber, y mourir.
Mais rien de tout cela n'ayant troublé ma joie,
Près de la liberté, qu'il faudra qu'on m'octroie,
Pourquoi cette douleur qui vous fait soupirer,
N'ayant[243] plus rien à craindre et pouvant espérer ?
Vous ne répondez rien, et ce morne silence
1470   Montre que votre cœur souffre une violence ;
Quelle est cette douleur qui paraît dans vos yeux ?

ISABELLE

Ah ! vissiez-vous mon cœur ! il vous la dirait mieux.

IBRAHIM

Hélas ! quel ennemi vient encor nous poursuivre !
Suis-je heureux ou perdu ? dois-je mourir ou vivre ?
Le Ciel et la fortune auraient-ils inventé
Quelque nouvel obstacle à ma félicité ?
Ah ! montrez-moi, Madame, un malheur qu'on me
                                                 cache,
Et quel que soit ce mal, faites que je le sache !

ISABELLE

Ce n'est rien !

IBRAHIM

Ce n'est rien ! ma constance est à bout ;

---

243. Encore une anacoluthe.

1480 Vous pleurez cependant, ce n'est rien, et c'est tout[244].
     Ah ! ne me celez point ce qui vous a changée !
     Dites-moi si quelqu'un vous aurait outragée :
     Si l'on vous a tenu quelque insolent propos ;
     En veut-on à vos jours, comme à votre repos ?
     Auriez-vous pu déplaire à la Sultane Reine ?
     Auriez-vous, comme moi, quelque part en sa haine ?
     Son esprit violent, en veut-il à vos jours ?
     Rustan est-il méchant, comme il le fut toujours ?
     Quel nouveau désespoir me prépare ce traître ?
1490 Aurait-il pu changer la bonté de mon maître ?
     A-t-il fait un prodige en me faisant ce mal ?
     Et ce grand Empereur serait-il mon rival ?
     Non, cela ne se peut ; mais, objet plein de charmes,
     Que me disent vos yeux ? que me disent vos larmes ?
     Son cœur brûlerait-il dans cet injuste feu ?
     Vous aimerait-il trop ? m'aimerait-il si peu ?

ISABELLE

     Plût au Ciel, Ibrahim[245], qu'il m'eût autant haïe !
     Oui, ma douleur vous parle et mes pleurs m'ont trahie :
     Et je ne puis celer, après tant de combats,
1500 Ce qu'on m'a commandé de ne vous dire pas.

IBRAHIM

     Cieux ! quel mal dois-je craindre et quel espoir me
                                                      reste !

---

244. Ce passage du dialogue, où Ibrahim, inquiet et excédé par
les atermoiements d'Isabelle, ne se contient plus, est particulièrement vrai et naturel. La reprise de la réplique d'Isabelle, les exclamations, les interrogations qui se pressent traduisent son inquiétude grandissante.
245. Cf. v. 1571 : « Justinian », voir note 238.

ISABELLE

Hélas ! dispensez-moi d'un discours si funeste !
Croyez, croyez mes pleurs qui vous parlent ici.

IBRAHIM

Quoi ! Soliman vous aime !

ISABELLE

        Il me l'a dit ainsi.

IBRAHIM

Il vous aime, Madame, il vous aime !

ISABELLE

               Et de sorte
Que nous devons mourir, car sa raison est morte.

IBRAHIM

Quoi ! ce prince si bon, si grand, si généreux,
Devient ingrat, perfide, et me rend malheureux !
Lui, qui m'a tant aimé, veut m'ôter Isabelle !
1510 Lui qui sait que mon cœur ne peut vivre sans elle !
Lui qui me la gardait, lui seul pour qui mon bras
A mis depuis trois mois tant d'ennemis à bas !
Lui de qui la bonté parut toujours extrême !
Madame, après cela, j'aurai peur de moi-même ;
Je crois certainement que je vous puis trahir,
Que je vous puis quitter, que je vous puis haïr,
Puisqu'un prince si bon, si sage et si fidèle,
Viole en mon endroit[246] l'équité naturelle,

---

246. A mon égard, envers moi.

Trahit une amitié promise tant de fois,
1520 Récompense si mal tant d'illustres exploits,
Méprise la vertu, la raison et sa gloire,
Et mêle à son éclat une tache si noire.
O raison ! ô vertu ! Soliman ! Ah ! l'ingrat !
Il me perd et me doit, et le jour, et l'Etat !
Mais je me plains à tort, c'est moi qui suis coupable :
Je savais les efforts dont vous étiez capable ;
Je connaissais vos yeux, je savais leur pouvoir ;
Je savais qu'on ne peut n'aimer point, et vous voir ;
Oui, mon cœur le savait par son expérience ;
1530   Je devais me servir de cette connaissance,
Et ne pas exposer le sien à des regards
Dont j'avais éprouvé les flammes et les dards.
Ah ! je suis criminel, il faut qu'on me punisse !
Que dis-je ! on me punit et je suis au supplice.

ISABELLE

Des maux si violents devraient être plus courts ;
Eh Ciel ! dans ce péril, n'est-il point de secours ?

IBRAHIM

Il en est, il en est, si je suis mon envie ;
Soliman tient de nous, et le sceptre, et la vie ;
Il faut par intérêt, et de gloire, et d'amour,
1540 Lui ravir à la fois, et le sceptre, et le jour.
J'ai, pour ce grand dessein, les choses nécessaires ;
J'ai le bras et le cœur de tous les janissaires ;
L'Empire ne dépend que de ma volonté ;
Soyons donc sans respect, puisqu'il est sans bonté.
Punissons, vengeons-nous, allons à force ouverte
Perdre l'injuste cœur, qui cause notre perte ;
Et, par un grand exemple, apprendre aux potentats
A n'ébranler jamais l'appui de leurs Etats.

Mais l'oserai-je dire ? en ce courroux extrême,
1550 Je sens, je sens mon cœur agir contre soi-même[247].
Il aime encor ce Prince, inhumain comme il est ;
Son amour fait son mal, son crime lui déplaît,
Mais, avec tout cela, je sens bien qu'il l'excuse,
Qu'il ne veut point sa perte et qu'il me la refuse :
Punissez la faiblesse en ce cœur enflammé.

ISABELLE

Un si beau sentiment ne peut être blâmé.
Mais parmi les malheurs qui nous livrent la guerre,
Tranchez, tranchez le nœud, d'un coup de cimeterre :
Otez à Soliman l'objet de son désir :
1560 Enfin, faites un coup digne d'un Grand Vizir.

IBRAHIM

O Ciel ! que dites-vous ! me traiter de barbare !

ISABELLE

C'est l'unique remède au mal qu'on nous prépare.

IBRAHIM

Ce remède, Madame, est pire que le mal.

ISABELLE

Voyez Constantinople, et quel est ce rival.

---

247. L'absence de transition entre la colère d'Ibrahim contre son maître et l'affirmation de son attachement persistant pour lui rend le revirement peu vraisemblable. Comme les hésitations d'Ibrahim et sa décision de ne pas se venger sans avoir sondé le cœur de Soliman, ce revirement est imaginé par Scudéry qui modifie quelque peu le héros du roman pour le rendre plus généreux.

IBRAHIM

Hélas ! c'est un ingrat (Dieu ! l'oserai-je dire
Sans perdre le respect que l'on doit à l'Empire !)
Que je puis renverser dans ma juste fureur,
Et noyer dans son sang ma haine et son erreur.
Mais j'aime mieux mourir qu'avoir cette victoire ;
1570 N'imitons point son crime et mourons dans la gloire.

ISABELLE

O mon Justinian !

IBRAHIM

Ah ! Madame !

ISABELLE

               Mes yeux
Ont causé cette amour et le courroux des Cieux.

IBRAHIM

Ne vous accusez point, moi seul ai fait un crime,
Dont je souffre aujourd'hui la peine légitime :
Je vous mis au Sérail ;

ISABELLE

               Mais j'y devais mourir.

IBRAHIM

Non, non, je vis, Madame, et puis vous secourir.

ISABELLE

Ce mot me ressuscite, aussi bien que ma joie.
Mais le Sultan...

IBRAHIM

Madame, il faut que je le voie.
Il faut que de ce pas je tâche adroitement
1580 De voir dans son esprit quel est son sentiment.
Que s'il y garde encor son injuste folie,
Il faut nous dérober et revoir l'Italie :
Le Bassa de la mer tient sa charge de moi ;
Je dispose de tout, et tout reçoit ma loi ;
Ici tout agissant par l'espoir du salaire,
Je ne manquerai pas d'avoir une galère ;
Et volant sur les flots dès la prochaine nuit[248],
Nous nous délivrerons, sans désordre et sans bruit.

ISABELLE

Dans un si grand dessein, je frissonne, je tremble ;
1590 Mais il faut toutefois vivre ou mourir ensemble.

IBRAHIM

Si je vis avec vous, que puis-je désirer ?

ISABELLE

Si je meurs avec vous, je meurs sans murmurer.

fin du troisième acte

---

248. Dans ce vers dont les consonnes liquides suggèrent avec bonheur le glissement sur les flots, Scudéry souligne ainsi que c'est encore la première journée et que l'unité de temps est donc respectée.

ACTE IV

IBRAHIM, SOLIMAN, ROXELANE,
DEUX ESCLAVES DE LA SULTANE REINE,
ACHOMAT, ASTÉRIE, ISABELLE, ÉMILIE, RUSTAN,
UN CAPIGI, TROUPE DE JANISSAIRES.

SCÈNE PREMIÈRE

IBRAHIM, SOLIMAN

IBRAHIM

Que ne te dois-je point, Monarque incomparable[249] !
Ta bonté me conserve un objet adorable,
Qui fait tout mon bonheur et ma félicité :
Ibrahim était mort, tu l'as ressuscité.
Car vois-tu rien de beau comme l'est Isabelle ?
Rien d'égal à ses yeux ?

---

249. Cette scène, qui est, on l'a dit, de l'invention de Sudéry, est
bien menée et le dialogue y est nuancé.

Dans un premier temps, Ibrahim « prêche le faux pour savoir le
vrai », mais aussi prend plaisir, avec une ironie cruelle, à énumé-
rer avec insistance les qualités d'Isabelle et à louer la garde fidèle
de Soliman.

SOLIMAN

Ah ! sans doute elle est belle !

IBRAHIM

As-tu bien observé cette charmante humeur ?
1600 Cet esprit si brillant, ce jugement si mûr ?

SOLIMAN

Elle a des qualités à toucher un barbare !

IBRAHIM

Comme son cœur est ferme, et sa constance rare !
(Car je te l'ai conté, ce me semble, autrefois)[250].

SOLIMAN

Oui, je crois que son cœur ne dément point ta voix[251].

IBRAHIM

C'est de toi que je tiens cette rare personne.

---

250. Allusion vague à un fait antérieur à l'action et qui n'a jamais encore été mentionné : il s'agit du récit de ses amours passées que, dans le roman (Partie I, livre 2 pp. 86-210), Ibrahim fait à Soliman pour justifier son refus d'épouser Astérie. Scudéry, par souci de la concentration dramatique - souci indispensable, mais qui entraîne parfois obscurités et maladresses - fait commencer l'action bien après ce récit auquel il n'emprunte que quelques éléments de son exposition (II, 1).

251. Soliman, qui ne veut pas se trahir, se contente d'approuver les éloges d'Isabelle, non sans une certaine émotion que révèlent la forme exclamative et les affirmations très brèves, parfois à double sens, qui traduisent avec vérité son expérience personnelle.

SOLIMAN

Je ne la donne point, c'est elle qui se donne.

IBRAHIM

Mais je tiens de toi seul le plaisir de la voir.

SOLIMAN

Ibrahim y peut tout et j'y suis sans pouvoir.

IBRAHIM

O qu'elle m 'a parlé de ta garde fidèle !
1610 Qu'elle s'en est louée !

SOLIMAN

Et moi, je me plains d'elle.

IBRAHIM

Ah ! laisse-lui le bien que tu veux lui ravir !

SOLIMAN

Elle m'a refusé le bien de la servir.

IBRAHIM

Quoi ! pour l'amour de moi, te donner cette peine !

SOLIMAN

Cette reconnaissance est inutile et vaine :
Je sais ce que je suis, et je vois ce qu'elle est ;
Et je ne fais le bien que parce qu'il me plaît.

IBRAHIM

O Dieu ! que j'ai peu fait en gagnant ces trophées !
Toutes mes actions demeurent étouffées ;
Vois-les, Seigneur, vois-les, et n'en fais point de cas ;
1620 L'univers conquêté ne m'acquitterait pas.

SOLIMAN

Ne me les montre point, je les porte dans l'âme[252].

IBRAHIM

Seigneur, ce bel objet qui fait naître ma flamme,
Qui fait brûler mon cœur en des feux éternels,
Regrette l'Italie et les bords paternels.
Elle admire ta cour, elle en connaît la gloire ;
Mais ce puissant instinct revient en sa mémoire ;
Pardonne à sa faiblesse, excuse cette amour ;
Consens à son départ et souffre son retour[253].

SOLIMAN

Elle nous veut quitter ! Ce séjour l'importune[254] !

---

252. Cette affirmation en particulier est émouvante, car elle
exprime avec simplicité un sentiment profondément vrai de
Soliman : ses remords.

253. Ibrahim, dans un deuxième temps, use d'un procédé qu'il
sait infaillible pour connaître le cœur de son maître : il lui demande courtoisement, non sans trouver des motifs qui ménagent sa
susceptibilité, de consentir au retour d'Isabelle en Italie.

254. Soliman se trahit, en effet, perd son sang-froid : Il répète,
comme hébété, « Elle nous veut quitter ! », puis accumule fiévreu-
sement des arguments capables de la retenir ; enfin, en dernier
recours, il s'oppose catégoriquement à ce départ.

IBRAHIM

1630 Dis qu'elle veut quitter son bien et sa fortune.

SOLIMAN

Ce dessein est injuste, il faut la retenir.

IBRAHIM

Mais on la récompense, au lieu de la punir.
Souffre que ce départ, qui n'est pas légitime,
Lui puisse être à la fois, et châtiment, et crime.

SOLIMAN

Elle nous veut quitter !

IBRAHIM

Son esprit s'y résout.

SOLIMAN

Mais son injuste esprit ne songe pas à tout :
En ce temps, l'air est trouble et la mer orageuse[255].

IBRAHIM

C'est ce que je lui dis, mais elle est courageuse.

---

255. On songe à Didon évoquant, pour retenir Enée, les tempêtes hivernales :
« Quin étiam hiberno moliris sidere classem
Et mediis properas Aquilonibus ire per altum. »
(*Enéide*, livre IV, v. 309-310)
(Te voici, même sous les constellations de l'hiver, réparant tes vaisseaux et, au plus fort des Aquilons, impatient de gagner le large. Trad. A. Bellessort).

SOLIMAN

Fais-la, fais-la parler aux plus experts nochers ;
1640 Montre-lui des écueils, fais-lui voir des rochers ;
Et pour la retenir pendant ces grands orages,
Fais périr des vaisseaux, montre-lui des naufrages ;
Romps ce triste dessein, fais-lui peur du trépas.

IBRAHIM

Elle m'a dit cent fois qu'elle ne le craint pas,
Qu'on ne la peut changer quand elle est résolue.

SOLIMAN

Enfin, je le défends de puissance absolue.

IBRAHIM

Il faut donc obéir.

SOLIMAN

Et n'as-tu pas reçu
Un ordre de ma part[256] ?

IBRAHIM

Non, Seigneur, mais j'ai su

---

256. Scudéry n'a pas inventé l'ordre que Soliman a donné à
Ibrahim de ne pas revenir sans un ordre de sa part. Il n'a pas inventé non plus que, sans vouloir indiquer quel était cet ordre, il ne peut
s'empêcher de lui en parler, parce qu'il est troublé et cherche à lui
rappeler son pouvoir. Là encore Scudéry s'inspire du roman :
   « Quoiqu'il eût résolu de ne donner aucune marque du
désordre de son âme, il ne put toutefois s'en empêcher (...), écrit
Madeleine. Il lui demanda s'il n'avait pas reçu un nouvel ordre
qu'il lui avait donné ».

Qu'à l'un de tes courriers la clarté fut ravie,
1650 Et qu'en passant le Tigre, il y perdit la vie[257].

SOLIMAN

O perte qui me perd ! ô projets superflus !

IBRAHIM

Quel ordre était le tien ?

SOLIMAN

       Il ne m'en souvient plus.
Qu'on me laisse au jardin m'entretenir une heure ;
Mais fais sans y manquer qu'Isabelle demeure[258].

SCÈNE SECONDE

IBRAHIM

Ah ! je n'en doute point[259], je connais ma douleur !
Je vois également son crime et mon malheur,

---

257. Soucieux de la vraisemblance, Scudéry justifie ainsi le
retour d'Ibrahim.
258. Le Sultan éprouve le besoin de réfléchir et surtout, comme
le dira Ibrahim, « la confusion le [chasse] de ces lieux » ? La notation temporelle, ici encore, rappelle que la durée de l'action ne
dépasse pas vingt-quatre heures.
259. Ibrahim ne doute plus de l'amour de Soliman (« je
connais », « je vois », « j'ai vu », « j'ai lu », « a paru »). Aussi la
proportion des qualités et des défauts, dans le portrait qu'il esquisse alors, est-elle l'inverse de ce qu'elle était dans les portraits anté-
rieurs qu'ont faits Astérie et Isabelle : il insiste sur sa faiblesse et
minimise sa bonté.

Oui, l'injuste qu'il est a résolu ma perte,
J'ai lu dedans son cœur, j'ai vu son âme ouverte,
Sa flamme criminelle a paru dans ses yeux,
1660 Et sa confusion l'a chassé de ces lieux.
Il connaît son erreur, il en a quelque honte ;
Mais il suit toutefois cette erreur qui le dompte.
Un si bon mouvement est faible dans son cœur ;
Avec peu de combat, le vice en est vainqueur.
Fais (m'a dit ce cruel) qu'Isabelle demeure :
Que ne dis-tu plutôt, fais que le Bassa meure,
Ingrat, qui me devant, et le sceptre, et le jour,
Veux m'ôter la lumière, en m'ôtant mon amour.
Songe, songe, inhumain, à nos guerres passées :
1670 Tu vis cent bras levés et cent piques baissées,
Qui n'en voulaient qu'à toi, lorsqu'on m'y vit courir.
Je te sauvai la vie, et tu me fais mourir !
Si mon âme, cruel, pouvait être cruelle,
Je t'empêcherais bien de m'ôter Isabelle,
Je t'empêcherais bien de me faire ce tort.
Je tiens en mon pouvoir les sceptres et la mort :
Je t'arracherais l'un, je te donnerais l'autre,
Et l'on verrait alors ta puissance et la nôtre.
Mais j'ai cette faiblesse, en mon ressentiment,
1680 Que mon cœur ne saurait te haïr seulement.
Cruel, ne te plains point, si je pars sans le dire :
Si j'emporte mes fers, je te laisse un Empire.
Tu le tiens de ma main, et de cette façon,
Un Empire et le jour t'ont payé ma rançon.
Partons, il faut partir[260] ; ô rencontre importune !

---

260. Mais, - il le dit avec pudeur par une litote : «... mon cœur
ne saurait te haïr seulement » (v.1680) -, Ibrahim a toujours de l'affection pour le Sultan. Il prend la décision prévue de partir, mais il
semble qu'il ait du mal à s'y résoudre et soit obligé de s'y inciter :
« partons », « il faut partir » (v. 1685).

SCÈNE TROISIÈME

ROXELANE, IBRAHIM, DEUX ESCLAVES

ROXELANE

Enfin votre bonheur enchaîne la fortune,
Vous revenez vainqueur, vous triomphez ici !

IBRAHIM

J'y triomphe, Madame, et j'y languis aussi.

ROXELANE

Quoi ! même la grandeur pourrait être ennuyeuse ?

IBRAHIM

1690 Oui, la seule grandeur ne fait pas l'âme heureuse.

ROXELANE

Mais que peut-il manquer à vos félicités ?

IBRAHIM

Le repos que je cherche et que vous évitez.

ROXELANE

Les nochers courageux se moquent de l'orage.

IBRAHIM

Les prudents en ont peur et craignent le naufrage.

ROXELANE

Qui pourrait vous détruire, au point où l'on vous voit ?

IBRAHIM

L'injustice, Madame, et mon cœur la connaît.

ROXELANE

Vous pouvez toute chose et tout cherche à vous plaire.

IBRAHIM

Mais je ne fais jamais que ce que je dois faire.

ROXELANE

Enfin, si près du trône, on vous voit affligé ;

IBRAHIM

1700   En m'en laissant plus loin, l'on m'aurait obligé.

ROXELANE

A moins que d'être roi, votre âme noble et grande
N'a point ce qu'elle vaut ni ce qu'elle demande.

IBRAHIM

Ma main donne le sceptre et n'en veut point porter.

ROXELANE

Il suffit aux grands cœurs d'en pouvoir mériter :
Mais le Sultan saura que le vôtre est modeste.

IBRAHIM

Votre rare bonté m'est assez manifeste.

ROXELANE

Oui, je vous servirai, comme vous le pensez.

IBRAHIM

Je prévois l'avenir par les effets passés[261].

SCÈNE QUATRIÈME

IBRAHIM

O Ciel ! tout m'est contraire ! ô Ciel ! tout me menace !
1710 Cette mer n'a pour moi ni calme ni bonace ;
Le danger m'environne et partout un écueil
Offre à mes tristes yeux la mort et le cercueil.
Je crains, et le Sultan, et la Sultane Reine :
De l'un je crains l'amour et de l'autre la haine ;
Par divers sentiments, ils vont à même fin ;
Et j'aurai de tous deux un tragique destin[262].

---

261. La progression, dans cette stichomythie, ne réside pas dans l'accélération du rythme, puisque les éléments sont à peu près tous d'une longueur égale à un vers, mais dans le ton : les paroles aigres-douces de Roxelane deviennent de plus en plus venimeuses et menaçantes, puis les deux interlocuteurs utilisent l'ironie qui, sous une apparence courtoise, permet à l'une d'exprimer sa haine, à l'autre d'exprimer sa crainte.
262. Dans ce court monologue, les images d'un registre tragique, les termes du champ lexical de la mort, l'antithèse (v. 1714), enfin, qui n'a ici rien de rhétorique, car elle correspond parfaitement à la situation réelle, tout exprime le désarroi d'Ibrahim, victime à la fois de la Sultane et du Sultan.

SCÈNE CINQUIÈME

IBRAHIM, ISABELLE, ÉMILIE[263]

IBRAHIM

Partons, partons, Madame, il n'est plus d'espérance[264] :
Mon trésor au Sérail n'est plus en assurance ;
L'on connaît sa valeur, l'on me le veut ôter,
1720 Et n'espérant plus rien, j'ai tout à redouter.
Au cœur de Soliman, la bonté diminue,
Son amitié finit, son amour continue ;
Je l'ai vu dans ses yeux, comme dans ses discours,
Et la fuite est enfin notre unique secours.

ISABELLE

Fuyons sans plus tarder et, quoi qu'il en arrive,
Quittons, et promptement, cette funeste rive :
Le feu de Soliman est pire que les eaux,
Quand même dans la mer on verrait nos tombeaux.

IBRAHIM

Hélas ! que ferons-nous ? Dois-je mourir ou vivre[265] ?

---

263. Cette scène n'a pas de correspondant dans le roman.

264. L'impératif initial répété, les coupes nombreuses, le mouvement du vers et la fermeté des affirmations traduisent la résolution d'Ibrahim.

265. Mais très vite le ton change et, dès cette réplique, contraste avec celui de la tirade initiale. L'accumulation des interrogatives et des obstacles allégués traduit l'irrésolution d'Ibrahim jusqu'à ce qu'il « consente » à ce que veut Isabelle. En réalité, c'est toujours le même obstacle, exprimé grâce à la verve du dramaturge de différentes façons : il ne veut pas exposer la vie d'Isabelle. Peut-être omet-il involontairement un obstacle dont il n'a sans doute pas conscience : son attachement pour le Sultan. L'Ibrahim du roman ne connaît pas ces hésitations par lesquelles Scudéry cherche à rendre son héros plus humain.

1730 Si pour notre malheur, ce Prince nous fait suivre,
     Vous irai-je exposer à la grêle des dards,
     Qui, pendant un combat, tombent de toutes parts ?
     Vous irai-je exposer à l'horrible furie
     Des boulets foudroyants de leur artillerie ?
     Mettrai-je vos beaux jours à la merci du sort ?
     D'y penser seulement, j'en mourrais, j'en suis mort.

ISABELLE

     Non, non, ne craignez pas ce qui n'est pas à craindre :
     Si je meurs près de vous, je mourrai sans me plaindre.
     J'aurai (puisqu'il s'agit de l'honneur et de vous)
1740 Le cœur d'une amazone aux plus horribles coups.
     Allons, que tardons-nous ? allons où nous appelle[266]
     Le devoir d'Ibrahim et celui d'Isabelle.
     Suivons-le ce devoir, en partant de ces lieux ;
     Et laissons notre sort et l'avenir aux Cieux[267].

IBRAHIM

     Suivrai-je mon désir ? Suivrai-je votre envie ?

ISABELLE

     Devez-vous balancer[268] mon honneur et ma vie ?

---

     266. (*sic*)
     267. Isabelle a toujours le même souci cornélien de « l'hon-
neur » et de « la gloire ». D'autre part, le mépris intrépide du danger, la vigueur des affirmations, le ton assuré et volontaire, les
nombreux impératifs révèlent chez elle fermeté et détermination.
Comme souvent les jeunes filles dans le théâtre de Scudéry, elle est
ici plus énergique que le protagoniste masculin.
     268. Hésiter entre, comparer, mettre en balance. « Se dit de
l'examen qu'on fait dans son esprit des raisons qui le tiennent en
suspens » (*Dict. Furetière*).·-

IBRAHIM

Dois-je vous exposer ?

ISABELLE

Ne m'exposez-vous pas,
Si nous ne partons point, à plus que le trépas ?

IBRAHIM

Hasarder votre sang !

ISABELLE

Mais hasarder ma gloire !

IBRAHIM

1750   Vous perdre, ô juste Ciel !

ISABELLE

Non, gagner la victoire !
Le Ciel sera pour nous, il vous rendra vainqueur.

IBRAHIM

Je manquerais d'amour, si je manquais de cœur[269].
Allons, vous le voulez, et j'y consens, Madame.
Déjà pour nous s'apprête[270] et la voile et la rame ;
Le Bassa de la mer a fait ce que je veux.

---

269. Courage.
270. (*sic*)

ISABELLE

Donne le vent propice, ô Ciel ! entends nos vœux.
Hâtons-nous, Ibrahim, déjà la nuit s'avance
Et nous avons besoin de l'ombre et du silence[271].

IBRAHIM

Le sort en est jeté, qu'il nous guide aujourd'hui.

ISABELLE

1760 Mais invoquons la main qui dispose de lui[272].

SCÈNE SIXIÈME

ROXELANE, RUSTAN, DEUX ESCLAVES

ROXELANE

Il songe (dites-vous) à partir de la Porte !

RUSTAN

L'esclave suborné l'assure de la sorte.
Il m'a dit qu'il a vu le Bassa de la mer
Lui mettre une galère en état de ramer,
Malgré cette saison et malgré la tempête.

---

271. Encore une indication temporelle qui, tout en montrant la
résolution d'Isabelle, souligne l'observation de la règle des vingt-
quatre heures et donne lieu à un beau vers.
272. Réactions diversifiées des jeunes gens : Ibrahim s'en remet
au sort, Isabelle au Ciel.

Qu'Ibrahim est pensif, qu'Isabelle s'apprête[273] ;
Et celui qui vous sert et qui les a trahis[274]
Croit qu'ils nous vont quitter et revoir leur pays.

ROXELANE

Non, non, je ne crois point qu'il aille à sa patrie :
1770 Il s'en va dans Alep ou dans Alexandrie,
Y soulever le peuple et les soldats aussi,
Pour apporter la guerre et le désordre ici[275].
Je connais son orgueil, je connais sa puissance.
Je prévois l'avenir par cette connaissance :
Comme il a tout gagné par l'excès de ses dons,
Sans doute il nous perdra, si nous ne le perdons.
Il a vu le Sultan, il a vu Isabelle,
L'outrage qu'on[276] lui fait, l'amour qu'on a pour elle,
Et pour se soulager en son affliction,
1780 Il suivra son dépit et son ambition.
C'est sans doute un conseil que la raison lui donne ;
Car il sauve une amante et gagne une couronne :
Mais sachant son dessein, faisons à notre tour
Qu'il perde l'une et l'autre, aussi bien que le jour.

---

273. En un vers Scudéry définit fort bien l'attitude différente des deux personnages telle qu'elle est apparue dans la scène précédente : Isabelle se préparant activement à partir, Ibrahim hésitant.

274. L'« esclave suborné » par Roxelane qu'elle a chargé de surveiller Ibrahim. Voir *supra* v.1762

275. Jugeant des autres d'après elle-même et ne pouvant concevoir d'autres mobiles que l'ambition, Roxelane prête à Ibrahim les projets les plus extravagants et les plus perfides.

276. Roxelane évite de nommer le Sultan.

RUSTAN

Que faut-il que je fasse ? Ordonnez-le, Madame[277].

ROXELANE

Je connais le Sultan et sais quelle est sa flamme ;
Il ne faut qu'exciter un sentiment jaloux,
Et sa colère après n'agira que pour nous :
Je m'en vais lui porter cette heureuse nouvelle[278].

UNE ESCLAVE

1790 Le voilà.

SCÈNE SEPTIÈME

ROXELANE, SOLIMAN, ASTÉRIE, RUSTAN, DEUX ESCLAVES

ROXELANE

Quoi ! Seigneur, l'on nous ôte Isabelle ?
Ta Hautesse aujourd'hui nous fait ce déplaisir ?
Car sans doute elle sait le dessein du Vizir.
Ce n'est que par son ordre et dessous sa licence
Que ces heureux amants méditent leur absence ;

---

277. Rustan est l'instrument dont se sert Roxelane ; dans *Le Grand et Dernier Solyman*, au contraire, gendre du Sultan et Grand Vizir, c'est lui qui se sert de Roxelane pour assouvir sa haine, comme il l'affirme :

La Reine à qui le Roi ne peut rien refuser
Est la machine aussi qu'il lui faut opposer.
                    (*Le Grand et Dernier Solyman*, éd. cit., III, 3, p.58).
278. Ironie sarcastique.

Mais puisque tu consens qu'ils partent de ce lieu,
Fais qu'Isabelle au moins nous vienne dire adieu[279].

SOLIMAN

Ils partent, dites-vous !

RUSTAN

Oui, la chose est certaine,
Et c'est moi qui l'ai dite à la Sultane Reine.

SOLIMAN

Ils partent[280] !

RUSTAN

Oui, Seigneur.

ROXELANE

Il veut nous l'enlever !

SOLIMAN

1800   Allez dire au Vizir qu'il me vienne trouver.

---

279. La perfidie et l'adresse diabolique de Roxelane atteignent
ici leur comble : non seulement elle feint de s'intéresser à Isabelle
et de regretter personnellement son départ (on nous ôte, nous fait
ce déplaisir, nous dire adieu), mais elle annonce le départ
d'Ibrahim qu'elle sait ignoré de Soliman, comme si c'était un fait
connu et, de plus, accepté par lui. Enfin, pour exciter sa jalousie,
elle suggère le bonheur des « heureux amants ».

280. Une exclamation répétée, un ordre bref : Soliman dit peu
de chose et il n'en est que plus émouvant : répétition, rythme haché
suffisent à traduire son émotion.

SCÈNE HUITIÈME[281]

SOLIMAN, ROXELANE, ASTÉRIE, DEUX ESCLAVES

SOLIMAN

O Ciel ! qui l'aurait cru ! partir sans me le dire !
Sans mon consentement, sortir de mon Empire !
Lui que j'ai tant aimé ! lui qui règne après moi[282] !

ROXELANE

Ceux de sa nation n'ont jamais eu de foi[283].

SOLIMAN

Lui qui tient dans l'Etat la seconde puissance !

---

281. La romancière évoque souvent les mauvais conseils que
Roxelane prodigue à Soliman, mais Scudéry a l'heureuse idée
d'opposer ces conseils, dans un dialogue dramatique, à de sages
conseils donnés par Astérie. L'affrontement dramatique d'un bon
et d'un mauvais conseiller est une scène fréquente dans le théâtre
de Scudéry. On le trouve dans *Le Vassal généreux*, dans *Eudoxe* et
dans *Axiane*. Dans ces pièces, ce sont des hommes qui donnent les
conseils. Dans *L'Amant libéral*, ce sont des femmes, comme c'est
en partie le cas dans *Ibrahim* où, aux conseils de Rustan, se joi-
gnent ceux de Roxelane auxquels s'oppose Astérie.

282. Soliman souffre dans son amitié autant que dans son
orgueil et, plus que la colère, il ressent un étonnement douloureux
de se voir trahi par celui qu'il a « tant aimé».

283. Les chrétiens sont vus ici par les yeux des Turcs : touche
de couleur orientale originale et amusante ; car Scudéry, inversant
plaisamment les rôles, présente les chrétiens tels qu'ils ont l'habitude de se représenter les Turcs. La mauvaise foi d'Ibrahim est un
argument majeur de Roxelane et elle l'utilise plusieurs fois.

ROXELANE

Dérober une esclave ! ô Dieu! quelle insolence !

SOLIMAN

Quoi ! partir! nous quitter ! le cruel ! l'inhumain !

ROXELANE

Enlever une esclave ! et qu'il tient de ta main !

ASTÉRIE

Ne le condamne pas, avant que de l'entendre.

ROXELANE

1810 Mais il vous quitte aussi, voulez-vous le défendre ?

ASTÉRIE

Je défends la vertu que l'on attaque en lui.

SOLIMAN

O Ciel ! ô juste Ciel ! Qui croirai-je aujourd'hui ?

ROXELANE

La vérité, Seigneur, qui te sera connue.

ASTÉRIE

Mais garde de la voir à travers une nue.

SOLIMAN

Il peut n'obéir pas, m'entendant commander !

ROXELANE

Quoi! ravir une esclave ! et sans la demander !

ASTÉRIE

Il t'a si bien servi.

SOLIMAN

Je m'en souviens encore.

ROXELANE

Il enlève Isabelle !

SOLIMAN

Et c'est ce que j'abhorre.

ASTÉRIE

Il te sauva le jour.

SOLIMAN

Je m'en souviens aussi.

ROXELANE

1820   Il fuit en Italie.

SOLIMAN

Il faut qu'il meure ici.

ASTÉRIE

Mais tu serais ingrat.

SOLIMAN

Je ne veux jamais l'être.

ROXELANE

Mais il part cependant[284].

SOLIMAN

Il en mourra, le traître[285].

SCÈNE NEUVIÈME

RUSTAN, SOLIMAN, ROXELANE, ASTÉRIE, DEUX ESCLAVES

RUSTAN

Le Grand Vizir n'est plus à son appartement :
J'ai trouvé ce billet ;

SOLIMAN

Lisons le promptement.

***

---

284. Scène de transition, avant que Soliman ne prenne connaissance de la lettre d'Ibrahim. C'est une stichomythie animée - les répliques d'un vers font place à des répliques d'un demi-vers -, mais elle a quelque chose d'artificiel dans sa régularité pendulaire : selon que c'est Roxelane, la mauvaise conseillère, ou Astérie, la bonne conseillère, qui parle, Soliman oscille mécaniquement entre colère et douloureuse déception.

285. On ne peut s'empêcher de penser au vers de Pyrame et Thisbé : « Il en rougit, le traître ».

BILLET D'IBRAHIM A SOLIMAN

Je crois quitter le jour, en quittant ton Empire.
Mon cœur en est en peine et ma bouche en soupire ;
Je perds en t'éloignant et la force et la voix ;
Mais pour me consoler, tu sais que je le dois.
Le respect me défend d'en dire davantage ;
1830 *Examine ton âme et connais mon courage ;*
Et, sans te laisser vaincre à l'injuste fureur,
Plains-moi, s'il est possible ; adieu, grand Empereur.

***

Ha ! Rustan, c'en est fait, l'ingrat nous abandonne !
Il use insolemment du pouvoir qu'on lui donne ;
Il méprise les biens qu'il a reçus de nous ;
Il méprise avec eux, ma haine et mon courroux.
Il part sans me le dire ! ô Dieu ! quelle insolence !
Va le suivre, Rustan, mais avec diligence :
Depuis le peu de temps que le traître est parti,
1840 A peine du Sérail il peut être sorti[286].
Suis, suis le plus cruel de tous mes adversaires ;
Prends les plus résolus de tous les janissaires ;
Va faire, par mon ordre, un généreux effort ;
Meurs en cette entreprise, ou le prends vif ou mort.

RUSTAN

J'observerai cet ordre ou j'y perdrai la vie.

SOLIMAN

Et remets au Sérail celle qu'il a ravie[287].

---

286. Cette indication souligne le respect de l'unité de lieu.
287. Malgré sa douleur de perdre Ibrahim, Soliman n'oublie pas Isabelle.

SCÈNE DIXIÈME

ROXELANE, SOLIMAN, ASTÉRIE, DEUX ESCLAVES

ROXELANE

S'il préfère, Seigneur, son intérêt au tien,
Pourquoi s'en étonner ? Il est lâche et chrétien[288].

SOLIMAN

L'ingrat me doit le jour, l'ingrat me doit sa gloire,
1850 Et l'ingrat me fait voir qu'il en perd la mémoire ;
Il ne lui souvient plus que je l'ai tant aimé.

ASTÉRIE

Mais souviens-toi, Seigneur, qu'il t'a tant estimé.

ROXELANE

L'on se rend criminel, en défendant le crime.

ASTÉRIE

Ses services passés ont fait voir son estime.

SOLIMAN

Il me quitte !

ROXELANE

Sois juste.

---

288. Voir *supra*, note 283.

ASTÉRIE

Et sois clément aussi.

SOLIMAN

O Ciel ! fais que je meure ou qu'il revienne ici[289] !

SCÈNE ONZIÈME

IBRAHIM, UN CAPIGI,
TROUPE DE JANISSAIRES, RUSTAN
ISABELLE, ÉMILIE.

IBRAHIM

Je ne me rendrai point qu'en perdant la lumière[290].

RUSTAN

Une seconde faute augmente la première.
Mais écoute, Ibrahim, je jure par Allah[291],
1860   Par notre Grand Prophète et le pouvoir qu'il a,
Que si tu ne te rends, un coup de cimeterre

---

289. Même scénario qu'à la scène 8 : Soliman est à nouveau en butte aux bons et mauvais conseils d'Astérie et de Roxelane. Il a toutefois évolué quelque peu : à la scène 8 la réaction dominante du Sultan est la colère ; il est ici plus enclin à la douleur qu'à l'irritation et, à la fin, en proie au désarroi. Sous l'influence de Madeleine sans doute, mais dans une scène qu'il a lui-même imaginée, Scudéry fait preuve ici d'un souci des nuances inhabituel.

290. Attitude intrépide du jeune et preux guerrier qu'est Ibrahim.

291. « Allah », « Grand Prophète », « cimeterre » : notes de couleur orientale. Voir le glossaire, pp. 267-268.

Va finir, à tes yeux, ses jours et cette guerre.
Oui, par là seulement, tu la peux secourir.

ISABELLE

Non, non, défends ta vie et me laisse mourir.

IBRAHIM

Arrête, malheureux, et respecte ses charmes :
Je présente les mains et je jette mes armes.
Donne, donne des fers, quoi qu'il puisse arriver ;
Car je ne combattais qu'afin de la sauver.
Mais fais qu'elle soit libre et redouble mes peines,
1870 Et que je porte seul, et ses fers, et mes chaînes.

RUSTAN

Qu'on l'attache, Soldats.

IBRAHIM

Accable-moi de fers,
Ajoute le trépas aux maux que j'ai soufferts,
Invente des tourments, invente des supplices,
Si je les souffre seul, ce seront mes délices[292].

---

292. Cf. *Ibrahim*, roman, Partie IV, livre 5, pp. 569-570,
« Rustan tirant [Isabelle] d'une main et tenant son cimeterre de
l'autre, (...) haussant le bras et appelant Ibrahim : « Résous-toi, lui
dit-il, à rendre les armes ou, si tu ne le fais, à voir trancher la tête
de celle que je tiens ». Isabelle le pria de ne se rendre pas pour
empêcher sa mort. Ibrahim jeta ses armes : « Épargne la vie de
cette personne, puisque je ne combats que pour la conserver. Fais
qu'elle soit libre et que je sois esclave. »

ISABELLE

O Ciel ! qu'avez-vous fait ? quel espoir m'est permis ?
Vous laissez Isabelle entre vos ennemis.

IBRAHIM

J'ai fait ce que l'amour m'a conseillé de faire.

RUSTAN

Il faut que j'aille prendre un ordre nécessaire
De la Sultane Reine[293] ; attendez-moi, Soldats ;
1880 Observez-les toujours et ne les quittez pas.

SCÈNE DOUZIÈME

ISABELLE, IBRAHIM, ÉMILIE, UN CAPIGI, TROUPE DE JANISSAIRES[294]

ISABELLE

Hélas ! Justinian[295], si j'étais assurée

---

293. Invention heureuse de Scudéry pour que les deux amants
restassent seuls un moment, mais invention conforme au caractère
de Rustan, homme de main de Roxelane, qui lui est totalement
soumis. Voir note 277.

294. Ce combat de générosité entre deux amants qui veulent
mourir, chacun pour sauver l'autre ou mourir de même mort, est
une scène que Scudéry affectionne et que nous trouvons dans plusieurs de ses pièces précédentes, *Le Prince déguisé*, par exemple.
Mais ici Scudéry s'inspire encore du roman qui lui fournit à la fois
la trame de la scène et le contenu des répliques qu'il se contente
d'élaguer (Partie IV, livre 5, pp.572-576) :

« Hélas, disait Isabelle à Ibrahim, si j'étais assurée que la mort
fût le plus grand malheur qui me pût arriver au lieu où nous allons,
je me consolerais aisément et je la regarderais même plutôt comme

un bonheur que comme une infortune. Mais la cruauté de nos
ennemis n'en demeurera pas là : car, comme Soliman sait que je ne
crains ni les tourments ni la mort, il voudra me faire souffrir en
votre personne ; et cela fait toute ma douleur. - Ne craignez rien
pour moi, lui dit Ibrahim. Mais songez seulement à vous conserver. Soliman vous aime. Tâchez donc de fléchir son esprit sans l'irriter : et croyez que la mort ne me peut être rude, si je suis assuré
de votre vie. - Non, non, lui répondit Isabelle, ce n'est pas là le chemin que je veux tenir et vous me blâmeriez sans doute, si je suivais
vos conseils. Je veux mourir aussi bien que vous et, si mes prières
peuvent obtenir quelque chose de Soliman, ce sera que nous mourions ensemble. - N'augmentez point mes tourments, lui répondit
l'illustre Bassa, ne parlez point de votre mort, si vous ne voulez
avancer la mienne : vivez, ma chère Isabelle, et me laissez seul
périr. - Que je vive, lui répliqua-t-elle, songez-vous bien à ce que
vous dites ? Ah, non, non, Isabelle ne sait point survivre à sa gloire et à Justinian qui sont les seules choses qui peuvent lui rendre la
vie agréable et sans lesquelles elle ne la veut point conserver. Je
puis, ajouta-t-elle, vivre malheureuse, infortunée, chargée de
chaînes, exilée de mon pays, sans biens et sans liberté, mais je ne
puis vivre sans honneur et sans Justinian : de sorte que, si Soliman
veut encore me ravir ma gloire et m'ôter la seule personne que j'aime, je ne balance point entre la mort et la vie et je sais bien quel
est le chemin que je dois prendre. - Ah ! trop généreuse Isabelle,
s'écria lors Ibrahim, pourquoi faut-il que je vous aie aimée, pour
vous causer tant de malheurs ? Pourquoi n'ai-je pas toujours été
votre ennemi pour vous empêcher d'en avoir de si cruels ? Mais
que dis-je, insensé, poursuivait-il, je mérite les tourments que je
souffre, si je puis me repentir de vous avoir aimée. Non, Madame,
je ne le saurais. Je voudrais que ma mort pût empêcher la vôtre ; je
voudrais tout souffrir pour vous ; mais je ne puis souhaiter de ne
vous adorer pas. - Ce souhait serait injuste, lui répliqua-t-elle, et
serait sans doute un outrage à notre affection : elle est trop pure et
trop innocente pour être punie comme un crime et la seule chose
qui me console dans nos disgrâces est la croyance où je suis que
nous ne les méritons point et que le Ciel nous les envoie plutôt
pour éprouver notre vertu que pour corriger nos défauts. Mais
auparavant qu'on nous sépare (comme sans doute on n'y manque-
ra pas), promettez-moi que, quelque artifice dont nos ennemis
puissent user pour vous persuader quelque chose à mon désavan-
tage, vous ne le croirez jamais. Car, enfin, tenez pour assuré
qu'Isabelle mourra mille fois plutôt que de rien faire indigne de sa
vertu ni de la vôtre. Faites donc que j'aie la satisfaction d'espérer

Que pour moi seulement la mort fût préparée,
Qu'elle m'attendît seule et qu'elle fût enfin
La dernière rigueur du Ciel et du destin,
Je la regarderais, au mal[296] qui m'importune,
Plutôt comme un bonheur que comme une infortune.
Mais quoi ! la cruauté de nos persécuteurs,
Pour augmenter des maux dont ils sont les auteurs,
Eux qui savent (au point où mon âme est charmée[297])
1890 Que je ne crains la mort qu'en la personne aimée,
M'attaqueront en vous, pour mon dernier malheur ;
Et c'est, Justinian, ce qui fait ma douleur.

IBRAHIM

Ne craignez rien pour moi, craignez pour Isabelle ;
Et conservez ses jours, puisque je vis en elle.
Soliman vous estime et vous aime à tel point,
Qu'il aura soin de vous, en ne l'irritant point[298].
Tâchez de le fléchir, contentez mon envie ;
Car ma mort me plaira, s'il sauve votre vie.

---

que la malice de nos persécuteurs ne vous fera rien croire à mon préjudice. (...) - Mais croyez, Madame, dit Ibrahim, que je mourrai en vous adorant et que, si la perte de ma vie peut obliger Soliman à vous rendre la liberté, comme j'ai dessein de l'en supplier, je mourrai même avec plaisir. - Ne séparons point nos destins, répondit la Princesse : ou vivons ensemble ou mourons en même lieu ».

Il est évident que Scudéry a suivi de très près ce texte. Mais il est possible aussi qu'il se soit inspiré aussi du *Grand et Dernier Solyman*, qui présente le même combat de générosité.

295. Voir note 238.
296. Dans le mal.
297. Ici, sens fort : enchanté, sous une influence magique.
298. Il y a encore anacoluthe. Ce gérondif est l'équivalent d'une subordonnée de condition.

ISABELLE

Non, non, si je vivais, l'on m'en devrait punir ;
1900 Ce n'est pas le chemin que mon cœur veut tenir.
Vos conseils obligeants s'attaquent à ma gloire
Et vous me blâmeriez, si je les pouvais croire.
Je ne veux demander, par un dessein plus beau,
Que le même supplice et le même tombeau.

IBRAHIM

N'augmentez point mes maux, Princesse généreuse,
Ne parlez que de vivre et d'être plus heureuse,
Mais ne parlez jamais d'accompagner mes pas ;
Car c'est me vouloir perdre et hâter mon trépas.
Vivez, chère Isabelle, et vivez dans la joie.
1910 Laissez-moi tous les maux que le destin m'envoie :
Ne les partagez point, veuillez vous secourir ;
Vivez, chère Isabelle, et me laissez mourir.
Rendez, rendez justice à vos rares mérites.

ISABELLE

Hélas ! songez-vous bien à ce que vous me dites ?
Que je vive, cruel, sans vous, et sans bonheur !
Que je vive, inhumain, sans vous, et sans honneur !
Ah ! non, non, Isabelle est bien plus équitable.
Sans vous, et sans honneur, le jour m'est redoutable ;
Je puis vivre sans biens et sans un sort plus doux ;
1920 Mais je ne vivrai point, sans honneur, et sans vous[299].

---

299. L'honneur, la vertu, la raison, la gloire, ce sont les valeurs
cornéliennes dont se réclame encore la « Princesse généreuse » qui
fait preuve ici aussi d'une grande fermeté.

IBRAHIM

O grand cœur ! ô vertu ! Quel malheur est le nôtre !

ISABELLE

Et si l'injuste Prince attaque l'un ou l'autre,
Je ne balance point[300], je n'ai qu'un seul désir
Et la raison m'apprend ce que je dois choisir.

IBRAHIM

O suprême vertu dont mon âme est charmée[301] !
Hélas ! pourquoi faut-il que je vous aie aimée ?
Hélas ! dans nos malheurs, que ne m'est-il permis
De me compter encor entre vos ennemis[302] !
Vous seriez en repos et je serais sans peine ;
1930   Car, pour vous, mon amour est pire que ma haine.
Mais que dis-je, insensé ! Si j'ai du repentir,
Je mérite les maux que l'on me voit sentir.
Non, non, Madame, non, je m'en[303] trouve incapable ;
Je voudrais de vos maux ne me voir point coupable,
Je voudrais tout souffrir et même le trépas,
Mais je ne puis vouloir ne vous adorer pas[304].

ISABELLE

Cet injuste souhait serait sans doute un crime :

---

300. N'hésite point. Voir note 268.

301. Voir note 297.

302. Jusqu'à ce qu'Ibrahim sauvât la vie de Rodolphe, père
d'Isabelle, une haine héréditaire séparait leurs deux familles.

303. Incapable de se repentir d'avoir aimé Isabelle.

304. La pensée est recherchée, le tour est galant. Même dans les
circonstances les plus dramatiques, Ibrahim ne se départit pas de sa
galanterie. Le trait d'ailleurs vient du roman.

Notre amour est trop pure, elle est trop légitime.
Si le Ciel nous afflige et s'il nous fait finir,
1940 C'est pour nous éprouver, et non pour nous punir.
Mais, mon Justinian[305], avant qu'on nous sépare,
(Car nous allons souffrir ce traitement barbare)
Songez à notre amour, et puis promettez-moi
De ne douter jamais d'elle ni de ma foi.
De ne croire jamais ce qu'on vous dira d'elle,
Si l'on vous parle mal de la foi d'Isabelle.
L'artifice ennemi peut vous la déguiser ;
Mais je mourrai plutôt que de la mépriser.
Oui, je vaincrai le sort dont elle est poursuivie.

IBRAHIM

1950 Et je mourrai cent fois, pour vous sauver la vie.

ISABELLE

Non, ne séparons point nos destins désormais ;
Et vivons ou mourons, sans nous quitter jamais[306].

IBRAHIM

Souffrez, mes compagnons, souffrez en cette place,
Que ce soit à genoux que je lui rende grâce.
O cruelle fortune !

---

305. Le possessif et l'emploi du véritable nom d'Ibrahim manifestent l'attendrissement d'Isabelle.
306. Il faut noter la différence de caractère des deux jeunes
gens, bien qu'ils soient également « généreux ». Ibrahim se lamen-
te, se repent d'avoir aimé. Emporté par son amour, il s'exprime
avec emphase et se grise de belles paroles peu efficaces. Isabelle
est plus énergique, plus réaliste que le héros et son langage est plus
ferme et plus sobre que le sien.

ISABELLE

O destin inhumain[307] !

IBRAHIM

Que ne m'est-il permis de vous baiser la main !
Et d'y laisser la vie et mon âme affligée !

ISABELLE

O mort, en te hâtant, tu m'aurais obligée !

IBRAHIM

Souffrez que je l'approche[308] ;

UN CAPIGI

Arrêtez.

IBRAHIM

Justes Cieux !

ISABELLE

Eh ! laissez-nous au moins la liberté des yeux !
1960 Justinian,

---

307. Le ton et le rythme changent : les héros envahis par l'émotion cessent d'argumenter et les tirades font place à de courtes répliques qui annoncent l'émouvant duo lyrique qui va suivre (IV, 13).

308. Il n'y a aucune didascalie dans la pièce, mais parfois le texte suggère - c'est le cas ici - un jeu de scène.

IBRAHIM

Madame,

ISABELLE

Ayez plus de constance[309].

SCÈNE TREIZIÈME

RUSTAN, IBRAHIM, ISABELLE, ÉMILIE, UN CAPIGI, TROUPE DE JANISSAIRES

RUSTAN

Soldats, qu'on les sépare.

IBRAHIM

O cruelle ordonnance[310] !

---

309. Cette incitation à la constance conforme au caractère énergique d'Isabelle ne se trouve pas dans le roman. Aussi est-ce là un des rares détails qui donnent à penser que Scudéry, s'il imite continûment le roman de sa sœur, a sans doute parfois présent à l'esprit *Le Grand et Dernier Solyman* : on y voit en effet Despine, dans des circonstances à peu près analogues à celles où se trouve Isabelle, faire de la même façon appel à la constance de Mustapha :
« Pourquoi n'usez-vous donc de la même constance ? »
            (*Le Grand et Dernier Solyman*, éd. cit., V. 2, p. 112).

310. Cette courte stichomythie ne manque pas d'une certaine intensité pathétique. Au moment où ils croient être séparés pour toujours, Isabelle et Ibrahim ne peuvent surmonter leur attendrissement qui se traduit par une sorte de chant amébée où la rapidité des répliques, les répétitions et le parallélisme des phrases suggèrent l'accord profond de leur cœur dans un amour partagé, mais impossible. *Mutatis mutandis,* on songe au duo lyrique de Chimène et de Rodrigue (III, 4) et peut-être Scudéry y avait-il songé aussi.

ISABELLE

Faut-il que je le quitte !

IBRAHIM

Et faut-il la quitter !

ISABELLE

Ne puis-je te fléchir ?

IBRAHIM

Ne puis-je t'irriter ?

ISABELLE

Ciel ! il est enchaîné sous ses propres trophées !

RUSTAN

Oui, ses prétentions y seront étouffées ;
Marchez, marchez, Soldats, ôtez-les de ce lieu.

ISABELLE

Adieu, Justinian.

IBRAHIM

Mon[311] Isabelle, adieu.

fin du quatrième acte

---

311. « Mon Isabelle » qui répond à « mon Justinian » (v.1941)
révèle l'émotion d'Ibrahim qui, à ce moment précis, est peut-être
plus ému encore qu'Isabelle.

ACTE V

SOLIMAN, ROXELANE, RUSTAN,
DEUX ESCLAVES DE LA SULTANE REINE,
LE MUPHTI, ASTÉRIE, ACHOMAT,
DEUX CAPIGIS, IBRAHIM, ISABELLE, ÉMILIE,
TROUPE DE JANISSAIRES,
QUATRE MUETS

SCÈNE PREMIÈRE

SOLIMAN

Il me trompe ! Il me quitte ! Il part ! Il est rebelle !
1970 Il méprise son maître ! Il enlève Isabelle[312] !

---

312. Encore un monologue, le cinquième de Soliman, et l'un
des plus longs, mais il est ici justifié, et presque attendu. Le Sultan,
bouleversé par la nouvelle de la fuite d'Ibrahim, qui le blesse dans
son orgueil de roi, dans son amitié et dans son amour, laisse
d'abord éclater son indignation dans une série d'exclamatives où il
énumère avec véhémence tous les griefs qu'il a contre Ibrahim.
Puis, il « songe » (v. 1999), c'est-à-dire réfléchit ; le monologue
devient délibératif et, par la rapidité des revirements, ressemble à
un dialogue stichomythique : au désir de vengeance la conscience
de Soliman oppose des objections ; celles-ci sont, de plus en plus
rapides et réfutées de plus en plus longuement et la délibération est
ponctuée par des formules qui expriment une volonté de plus en
plus ferme de faire mourir Ibrahim (v. 1991, v. 1797-1798,
v. 2003, v. 2011-2013) jusqu'à la décision finale qui semble alors

Il préfère, en son cœur, sa flamme à son devoir !
Qu'il soit, qu'il soit puni, si je puis le revoir.
Hélas ! que dois-je faire, dans l'excès de mes peines,
De cet esclave ingrat qui brise et rompt ses chaînes ?
Après tant de faveurs, il me manque de foi !
Il néglige le rang qu'il a reçu de moi !
Tant de marques d'honneur et de ma bienveillance
Ne peuvent l'obliger à quelque complaisance !
Il sort de mon Empire ! Il part sans mon aveu !
1980 O Ciel ! pour le punir, le trépas est trop peu.
Ingrat, méconnaissant[313], qui choques mon envie,
Souviens-toi pour le moins que tu me dois la vie,
Et que tant de grandeur, et que tant de bonté
Te devaient[314] obliger à la fidélité.
Mais ce lâche préfère, en son cœur qui soupire,
Son erreur au devoir et sa flamme à l'Empire :
Il connaît mes tourments sans en avoir pitié ;
Il préfère une esclave aux lois de l'amitié ;
Et peut-être qu'encor celui qui m'abandonne,
1990 Aussi bien qu'à mon cœur, en veut à ma couronne :
Qu'il meure donc, qu'il meure, en ce funeste jour,
Et par raison d'Etat, et par raison d'amour.
Comme sujet perfide, il faut qu'on le punisse ;
Comme esclave qui fuit, il mérite un supplice ;
Comme ingrat et chrétien, son crime[315] est capital[316] ;

---

irrévocable. Il y a donc progression mais, à l'exception de l'ambition politique d'Ibrahim et de sa religion, ce sont les mêmes griefs
que Soliman répète en les formulant différemment et ce passage
est encore un bon exemple de l'art de l'amplification de l'auteur.

313. Voir note 116.

314. Indicatif ayant valeur de conditionnel. Cf. Racine,
Britannicus, I, 2 « Vous dont j'ai pu laisser vieillir l'ambition ».

315. Anacoluthe.

316. Qui entraîne la peine de mort.

Il est perfide, esclave, et chrétien, et rival[317] ;
Ainsi qu'il meure donc, cet objet de ma haine,
Et finissons d'un coup, et ses jours, et ma peine.
Ha ! songe, Soliman, au dessein que tu fais !
2000 Celle que tu chéris ne t'aimera jamais,
Si tu perds cet amant que l'amour lui fait suivre.
Mais peut-elle t'aimer, tant qu'on le verra vivre ?
Non, non, il faut qu'il meure, il s'oppose à mon bien.
Si l'on ne m'aime pas, l'on n'aimera plus rien[318] ;
Je ne perdrai pas seul le plaisir où j'aspire.
Mais tu perds Ibrahim à qui tu dois l'Empire !
Mais je perds un rival, et[319] plus heureux que moi ;
Mais je perds un captif qui me manque de foi ;
Mais j'évite un malheur où cet ingrat me range ;
2010 Mais j'ai deux grands plaisirs, je punis, je me venge ;
Qu'il meure donc, qu'il meure et, puisqu'il l'a voulu,
Qu'il sente les effets d'un pouvoir absolu :
C'en[320] est fait, il le faut, sa perte est nécessaire[321].

---

317. Ce vers 1996 récapitule tous les griefs de Soliman. Le mot
« rival », mis en valeur à la fin du vers, exprime sans doute le grief
le plus grave à ses yeux.

318. « On » : Soliman évite d'appeler Isabelle par son nom. - Il
trouve une consolation peu louable, mais bien humaine dans la
pensée qu'Isabelle ne connaîtra pas non plus l'amour. C'est là une
de ces notations psychologiques fines que Scudéry trouvait dans le
roman et qu'il n'avait qu'à exploiter. Voir note 321.

318. Et de plus.

320. Nous choisissons ici l'orthographe des éditions de 1645 et
de 1648. L'édition de 1643 qui est celle que nous reproduisons
donnait « S'en est fait », qui est visiblement une coquille.

321. Ce monologue est le développement dramatique très fidèle d'un monologue intérieur du roman (Partie IV, livre 5, pp. 584
et suiv. : « Soliman (...) ne savait presque plus quelle résolution
prendre. (...) Que ferai-je, disait-il en lui-même, de cet ingrat qui,
après tant de faveurs qu'il a reçues de moi, tant d'honneurs que je
lui ai faits, tant de marques d'amitié que je lui ai rendues, sort de

SCÈNE SECONDE

ROXELANE, RUSTAN, SOLIMAN,
DEUX ESCLAVES[322]

ROXELANE

Seigneur, nous le tenons, ce perfide adversaire ;.
Qu'il meure ce rebelle, on connaît son dessein ;
Et tes soldats l'on pris, les armes à la main[323].

RUSTAN

Et quoiqu'il sût mon ordre, il eut cette insolence.

---

mon Empire sans mon congé ? (...) Si je le considère comme un
Prince ennemi, il faut qu'il meure. (...) Il y eut pourtant une chose
qui retint sa fureur pour un moment. Présupposons, disait-il, que je
me résolve à perdre Ibrahim, (...) Isabelle pourra-t-elle aimer un
Prince qui lui ravit la personne au monde qui lui est la plus chère ?
Mais pourrait-elle aussi, reprenait-il, aimer quelque autre chose
qu'Ibrahim, tant qu'il sera vivant ? Non, non, disait-il en haussant
la voix, il faut qu'il meure. J'aurai toujours cette consolation (...)
que, si elle ne m'aime point, elle n'aimera du moins rien au
monde. »

322. Pour la dernière fois Roxelane et Rustan conjuguent leurs
efforts afin d'obtenir la perte d'Ibrahim et assaillent à qui mieux
mieux Soliman d'arguments sans lui laisser le temps de réagir. Par
leurs interventions alternées ils complètent peu à peu un réquisi-
toire dont le caractère hyperbolique et partial échappe au Sultan
troublé.

323. Image qui suggère une rébellion armée mise en valeur à la
fin du vers et du couplet : Roxelane sait choisir et mettre en relief
les traits les plus susceptibles de toucher Soliman jaloux de son
autorité. Avec une perfide habileté elle fait successivement appel à
la crainte de Soliman, à son orgueil ; elle invoque la raison d'État,
la religion et accuse Ibrahim de toutes les trahisons que son imagination fertile peut inventer.

SOLIMAN

O destin ! ô bonheur ! ô plaisir ! ô vengeance !

ROXELANE

L'intérêt de l'Etat veut sa perte aujourd'hui.
2020 Enfin ta Majesté doit tout craindre de lui :
Car sa main libérale, autant qu'intéressée,
A suborné du peuple une troupe insensée[324],
Qui jusqu'en ton Sérail, s'il l'ordonnait ainsi,
Viendrait porter la flamme et sa fureur aussi.[325]

RUSTAN

D'autre part, les soldats qu'il conduit à la guerre[326],
Qui pensent que son bras peut conquêter[327] la Terre,
Qu'il fait, ainsi qu'un Dieu, l'un et l'autre destin[328]
Et qu'il peut leur donner l'Univers pour butin,

---

324. Cf. *Le Grand et Dernier Solyman* :
   « Cet excès de largesse ou de profusion
   Dont il use envers tous en toute occasion (...)
   C'est pourquoi maintenant qu'un grand nombre d'amis
   Pare et grossit un camp à son sceptre soumis...

   (éd. cit., II, 2, p. 31).

325. Roxelane a l'art des images frappantes. Celle-ci allie le concret, la flamme, et l'abstrait, la fureur. Voir aussi *infra*, v.2046 : « un lion irrité qui veut rompre sa chaîne. »

326. C'est Roxelane qui prend l'initiative des accusations. Rustan a le second rôle, contrairement au Rustan de Mairet, et est moins habile que Roxelane. Il se contente de lui faire écho en renchérissant sur ce qu'elle vient de dire. Mais tous deux ont hérité de l'éloquence de l'auteur et, par leur abondance verbale, par le mouvement et l'ampleur des tirades - trois sizains et un quatrain - ils donnent une force convaincante à leurs arguments.

327. Mot vieilli : conquérir.

328. Le destin heureux et le destin malheureux.

Pourront se révolter en faveur de ce traître
2030 Si ta main ne le perd, si tu n'agis en maître.

ROXELANE

Il préféra toujours son intérêt au tien.
Il fait le musulman, et son cœur est chrétien ;
Charles, leur Empereur, a gagné ce perfide ;
Il conduit tes soldats, mais un autre le guide ;
Et pour te reculer du Danube et du Rhin,
Son adresse t'engage en des guerres sans fin.

RUSTAN

Oui, Seigneur, cet ingrat a cent ruses diverses ;
Lui-même, ayant vaincu, fait révolter les Perses ;
Et les grands et longs maux qui travaillent l'Etat
2040 N'auront jamais de fin qu'en celle d'un ingrat[329].

---

329. Ici, la part de l'invention personnelle de Scudéry est plus
grande : il développe de façon dramatique une simple suggestion
du roman : « C'était à peu près en de semblables sentiments
qu'était le Grand Seigneur, lorsque arriva Rustan et un moment
après Roxelane, qui le portaient à la violence contre Ibrahim, d'autant plus dangereux qu'il a toujours apporté grand soin à se faire
aimer ». (*Ibrahim*, roman, Partie IV, livre 5, p.586).

Scudéry, en revanche, a pu s'inspirer ici d'une scène du *Grand
et Dernier Solyman* qui présente bien des analogies avec cette
scène d'*Ibrahim* : Roxelane et Rustan y ont à peu près le même
rôle et usent des mêmes arguments. Ils agissent en effet auprès de
Soliman pour « lui rendre son fils suspect et redoutable » (*Le
Grand et Dernier...* II, 1, éd.cit., p.25). Roxelane a la même violence haineuse que son homologue scudérienne pour exhorter
Soliman à « dérober sa tête aux coups de cette foudre à tomber
toute prête » (*Ibid.,* éd. cit., II, 2, p. 32) et à perdre Mustapha,

« Sans que tout un camp gagné par sa profusion
Le puisse garantir en cette occasion » (*Ibid.*, III, 4, p.59).

car, « si l'insolent aujourd'hui vous échappe », affirme-t-elle au
Sultan, « Vous ne le verrez plus que son bras ne vous frappe. »
(*Ibid.*, III, 5, p.62).

SOLIMAN

Le château des sept Tours ou ceux de la mer Noire[330]
Peuvent le conserver et conserver ma gloire ;
Il est assez puni d'une longue prison[331].

ROXELANE

Tu veux le conserver, et perdre la raison !
Crains, crains plutôt, Seigneur, ayant fait voir ta haine,
Un lion irrité qui peut rompre sa chaîne.

RUSTAN

Comme il est sans respect, ce mal peut arriver.

ROXELANE

Il enlève une esclave[332], et tu veux le sauver !
Il l'enlève au Sérail, et même en ta présence !

SOLIMAN

2050 Eh bien ! qu'on le punisse !

Aussi est-on tenté de se demander si Scudéry, quand il met en scène Roxelane et Rustan, ne pensait pas parfois à la pièce de Mairet, tandis qu'il se reporte au roman quand il dépeint la lutte intérieure du Sultan.

330. Châteaux sur le bord de la mer Noire qui servaient de prisons au Sultan. Comme les allusions à la religion musulmane, « Allah », « les anges noirs », c'est une notation de couleur locale adroitement introduite.

331. Soliman - bonté et faiblesse aussi - voudrait qu'il fût seulement condamné à la prison. Ce n'est que plus tard, sous la pression croissante de Roxelane et de Rustan, qu'il se résout à ce « qu'on le punisse » de mort (v.2050).

332. Ed. de 1648 : un esclave.

ROXELANE

Allez en diligence
Exécuter cet ordre[333].

SOLIMAN

Arrête, on ne le peut[334] :

---

333. Roxelane, connaissant la faiblesse de Soliman, ne veut pas lui laisser le temps de revenir sur sa décision.

334. Cette décision contraire à celle prise un instant auparavant est un coup de théâtre. Scudéry l'emprunte au roman, mais il l'adapte et c'est ici l'une des scènes où l'on voit nettement en quoi divergent le traitement romanesque et le traitement dramatique d'un fait. Comme la romancière, Scudéry explique ce revirement de Soliman par une ancienne promesse qu'il a faite à Ibrahim de ne pas le faire mourir de mort violente. Cette résurgence du souvenir n'est pas, on l'a vu, invraisemblable, dans la mesure où l'excitation psychologique de Soliman et le profond désir de sauver le Vizir, qui ne l'a, sans qu'il en eût conscience, jamais quitté, peuvent la justifier. Mais Scudéry, contraint par la nécessaire concentration dramatique, se borne à constater le fait. Madeleine, qui a tout loisir d'analyser minutieusement les sentiments même les plus fugaces de son héros, suit le cheminement de sa pensée et explique pourquoi le souvenir de cette promesse remonte du fond de sa mémoire à cet instant précis. « Son imagination, écrit-elle, lui présenta toute la vie d'Ibrahim,. Cet ingrat, (...), n'a pu se résoudre d'avoir quelque complaisance pour un Prince qui (...) a fait toute chose pour lui. Ce souvenir fit un étrange effet en Soliman. (...) Après avoir rêvé un moment comme pour rappeler quelque chose en sa mémoire, il s'écria avec une précipitation étrange (...) « C'en est fait, dit-il, (...), je ne saurais perdre mon ennemi, il faut qu'il vive. » (...) La Sultane l'ayant obligé à s'expliquer plus clairement, il lui apprit que, comme il cherchait à se souvenir des obligations que lui avait Ibrahim, afin de détester d'autant plus son ingratitude, sa mémoire lui avait fait voir, que, (...), pour assurer Ibrahim de la crainte qu'il témoignait d'avoir un changement de sa fortune, il lui avait juré par Allah que, tant qu'il serait vivant, il ne mourrait jamais de mort violente ». (Partie IV, livre 5, p.p. 594-595).

Ainsi, alors que Scudéry s'en tient à la cause immédiate, la promesse, Madeleine remonte à la cause première du souvenir lui-même qu'elle rend ainsi plus vraisemblable.

Il faut, il faut qu'il vive, et le destin le veut.
O malheur ! je me nuis, quand rien ne me peut nuire !
Je tiens mon ennemi sans le pouvoir détruire !
Son sort est en mes mains, et je suis sans pouvoir !
Je puis causer sa mort, et je ne la puis voir !
Je le veux et le puis ; et par un sort étrange,
Je ne puis l'endurer ni souffrir qu'on me venge !
Je le veux et le puis, mais inutilement[335] ;
2060 Il faut que je le sauve.

ROXELANE

O Dieu ! quel changement !

RUSTAN

Non, Seigneur, la clarté lui doit être ravie.

SOLIMAN

Arrête encor un coup, il y va de ma vie.

ROXELANE

D'où vient ce changement tant indigne de toi ?

SOLIMAN

Il vient de mon malheur.

---

335. Cette suite d'antithèses, pour l'instant peu compréhensibles pour le spectateur, révèle, ainsi que leur forme exclamative, le trouble de Soliman et crée une « suspension » que Scudéry se plaît à prolonger.

RUSTAN

O Ciel !

SOLIMAN

Ecoutez-moi.
Autrefois, quand l'ingrat qui fait que je soupire
M'eut conservé le jour, aussi bien que l'Empire,
Son cœur me témoigna, par divers sentiments,
Qu'il connaissait la Porte et ses grands changements
Et qu'il craignait qu'un jour la Fortune inconstante
2070 Ne le précipitât d'une chute importante,
Que plus il était grand, moins il était heureux,
Et que des lieux si hauts sont toujours dangereux.
Alors, pour l'assurer et bannir la pensée
Dont ma reconnaissance était trop offensée,
Je jure par Allah (dis-je en le relevant)
Que tant que Soliman sera prince et vivant,
Tu ne mourras jamais d'une mort violente[336].
Voilà par où me prend la Fortune insolente :
C'est le plus dangereux de tous mes ennemis,
2080 Mais il faut le sauver, puisque je l'ai promis.
La parole des rois doit être inviolable[337].
Oui, quiconque est parjure est un abominable ;
J'ai juré par Allah, le Dieu de l'Univers ;

---

336. Cette promesse du Sultan, qui joue le rôle du *deus ex machina* et permet de dénouer l'action, aurait dû être mentionnée dès le début de la pièce : c'est une des rares entorses à la régularité de l'action.

337. La fidélité à la parole donnée est, selon Scudéry, une des qualités essentielles du bon monarque dont l'image se dessine au fil de ses pièces soit directement, comme ici, soit *a contrario,* comme c'est le cas dans le portrait que Rustan fait du roi qui s'impose à ses sujets par « l'épouvante » (II, 4 v. 801-810).

Je crains les Anges noirs et redoute leurs fers.
Mon serment me fait peur ; ainsi, quoi qu'il arrive,
En dussé-je périr, il faut, il faut qu'il vive.
Moi-même je me perds, moi-même je me nuis ;
Mais sauver et souffrir est tout ce que je puis.

RUSTAN

O Ciel ! cette grande âme, avoir un tel scrupule !
2090 Avoir une frayeur, et faible, et ridicule !
Craindre les Anges noirs en cette occasion,
Et sauver un perfide à sa confusion !
La piété des rois doit être d'autre sorte ;
Ah ! Seigneur, ta prudence enfin est-elle morte ?

ROXELANE

Pour moi, je crains le Ciel, ainsi que Soliman ;
Mais, comme le Vizir est mauvais musulman,
Je crois que sans scrupule on peut perdre ce traître,
Qui dérobe une esclave et qui trompe son maître[338].

SOLIMAN

Violer en perfide un serment solennel !
2100 Pour le crime d'autrui me rendre criminel !
Offenser le Prophète et le Dieu que j'adore !
Non, non, je vous l'ai dit, et vous le dis encore :
En l'état qu'est la chose, en l'état qu'est mon sort,
Il faut le laisser vivre et désirer sa mort.

---

338. Plus intelligente et adroite que Rustan, Roxelane se garde
de heurter de front les scrupules religieux de Soliman, qu'elle feint
de partager, et, pour les surmonter, elle utilise un argument auquel
elle a eu déjà recours, mais qui est particulièrement adapté dans le
cas présent : Ibrahim est « mauvais musulman ».

Et malgré les effets de mon impatience,
Il faut songer au Ciel, comme à sa conscience[339].

ROXELANE

Mais avant que choisir l'un ou l'autre parti,
Ne précipite rien, consulte le Muphti ;
Il est dans le sérail.

SOLIMAN

Va, Rustan, fais qu'il vienne.

ROXELANE

2110 Il sait que sa puissance est l'effet de la mienne ;
Dis-lui donc qu'il s'acquitte ou que je le perdrai.

SCÈNE TROISIÈME

SOLIMAN, ROXELANE, DEUX ESCLAVES

SOLIMAN

O Ciel ! inspire-moi ce que je résoudrai[340] !
Dans cette déplorable et funeste aventure,
J'ai le cœur à la gêne[341] et l'âme[342] à la torture.

---

339. Soliman apparaît bien ici encore homme scrupuleux et droit, tel qu'il a été décrit.

340. C'est à lui-même, pour lui-même que parle Soliman. Bien que Roxelane soit présente et, même, intervienne à la fin de la scène, on peut considérer que c'est là un « monologue devant confident ».

341. Sens très fort : torture. Cf. géhenne.

342. On peut penser qu'il y a là une simple redondance. Mais peut-être Scudéry fait-il une distinction entre le cœur, siège des sentiments, et l'âme à connotation plus morale, plus intellectuelle : la conscience, le siège des pensées.

Un secret mouvement me porte à la fureur,
Un secret mouvement me donne de l'horreur ;
Je cherche la vengeance, et puis je l'appréhende
Et mon cœur incertain ne sait ce qu'il demande.
Je sens de la colère, et puis de la pitié ;
2120 Mon âme a de la haine, et puis de l'amitié ;
L'une retient mon bras, et puis l'autre l'anime ;
Belle et sainte amitié, qui de nous fait le crime ?
Qui de nous le premier a méprisé tes lois ?
Ah ! tu sais si mon cœur écoute encor ta voix[343] !

ROXELANE

Oui, tu l'écoutes trop, cette amitié cruelle
Qui devrait n'être point, n'étant pas mutuelle.
Oui, tu l'écoutes trop, en faveur d'un ingrat
Qui lui fait un outrage, aussi bien qu'à l'Etat.
Mais voici le Muphti.

SCÈNE QUATRIÈME

LE MUPHTI, RUSTAN, ROXELANE, SOLIMAN.
DEUX ESCLAVES

LE MUPHTI

Cette menace est vaine ;

---

343. Cette succession d'affirmations antithétiques qui alternent
à un rythme rapide dans des répliques d'un vers ou d'un demi-vers
traduit l'indécision de Soliman. Sa décision de perdre Ibrahim
remise en question, son cœur oscille à nouveau entre, non plus la
passion, mais une conséquence de la passion, le désir de vengeance et, d'autre part, l'amitié. Bien qu'à la fin de la tirade l'amitié
semble devoir l'emporter, le suspense subsiste.

2130 Je sais ce que je dois à la Sultane Reine[344].
Seigneur, Rustan Bassa m'a dit en peu de mots
Le doute mal fondé, qui trouble ton repos.
Mais entends seulement ce que le Ciel m'inspire,
Pour trouver ce repos et celui de l'Empire :
Prête l'âme et l'oreille, enfin écoute-moi ;
Car c'est le Ciel qui parle et te prescrit sa loi.
Tu promis au Vizir, dont ton âme est ravie,
Que, tant que Soliman serait encor en vie,
Nulle tragique fin n'achèverait son sort ;
2140 Mais parmi les savants, il est plus d'une mort.
Certains peuples, Seigneur, dont l'exemple est utile,
Ont une mort entre eux qu'ils appellent civile ;
D'autres, plus éclairés, ont enseigné souvent
Que, pendant le sommeil, l'homme n'est point vivant.
En effet il est mort, pendant cet intervalle :
Au corps comme en l'esprit, cette mort est égale ;
L'âme semble sortir et quitter sa prison ;
Et l'homme n'est plus homme, étant sans la raison.
Toutes ses fonctions demeurent suspendues ;
2150 Non, il n'est plus vivant, puisqu'il les a perdues ;
Il ne voit ni n'entend ; bref, il est mort ainsi ;
Et, lorsqu'il se réveille, il ressuscite aussi,
Comme après cette mort qu'on nomme naturelle,
Notre corps va reprendre une gloire immortelle :
Et c'est par ces raisons qu'il faut tomber d'accord
Que la mort est sommeil, que le sommeil est mort.

---

344. Roxelane a mandé le Muphti pour que, sous peine de voir
sa propre perte, il vînt à bout des scrupules religieux de Soliman et
le convainquît de faire mourir Ibrahim :
    « Dis-lui donc qu'il s'acquitte ou que je le perdrai »
                                                    (V, 2, v. 2111).
    Sans doute ces paroles (v. 2129-2130) sont-elles dites plus bas,
à l'adresse de la seule Sultane.

Or c'est par ce moyen que tu peux satisfaire
Et ta religion, et ta juste colère ;
Fais mourir Ibrahim, lorsque tu dormiras ;
2160 Tu sauves ton serment et tu te vengeras.
C'est l'unique sentier que ta raison doit suivre ;
Quand tu ne vivras point, fais qu'il cesse de vivre ;
Enfin, pour abréger ces discours superflus,
Tu n'as qu'à t'endormir, et tu ne vivras plus[345].

ROXELANE

O saint ! ô vénérable ! ô fidèle interprète
Des volontés du Ciel et de son grand Prophète !
Qui pourrait s'opposer à tes commandements,
Et n'appréhender point de cruels châtiments ?

RUSTAN

Qui pourrait s'opposer au courroux légitime
2170 Des Anges du Sépulcre, après un si grand crime ?

SOLIMAN

Mais quoi ! faire périr celui qui m'a sauvé !

ROXELANE

Mais il te veut ôter ce qu'il t'a conservé.

RUSTAN

Mais il t'allait ravir le jour et la couronne !

---

345. La démonstration est terminée : habilement, avec assurance et faconde, le Muphti a développé son sophisme dont l'apparente logique et les savantes références impressionnent le Sultan : ce Muphti ressemble fort à un casuiste du XVII⁰ siècle.

LE MUPHTI

Ah ! Seigneur, crains le Ciel et fais ce qu'il ordonne !

SOLIMAN

O Dieu ! perdre Ibrahim ! dure nécessité !

ROXELANE

Il dérobe une esclave, il l'a trop mérité.

SOLIMAN

Perdre Ibrahim[346] !

LE MUPHTI

Seigneur, le Prophète s'offense
De l'incrédulité qui fait ta résistance.

RUSTAN

Perds-le pour te sauver ;

ROXELANE

Songe à ce qu'un Dieu peut.

SOLIMAN

2180 Eh bien ! qu'il meure donc, puisque le Ciel le veut !

---

346. Encore une stichomythie ! Roxelane et Rustan applaudissent bien haut le Muphti et, faisant chorus avec lui, finissent par avoir raison de la « résistance » de plus en plus faible de Soliman, puisque à la fin elle est renfermée dans un seul hémistiche : « Perdre Ibrahim » !

Qu'on mène les Muets (ô penser effroyable !)
Avecques leurs cordeaux[347], auprès de ce coupable ;
Et viens, pour avancer ce funeste[348]moment,
Attendre mon sommeil à mon appartement.
O Prince malheureux [349] !

SCÈNE CINQUIÈME

ROXELANE, DEUX ESCLAVES.

ROXELANE

La victoire est certaine ;
Oui, Roxelane règne, elle est Sultane Reine.
Du trône qu'elle occupe, elle ne peut plus voir
Ce superbe[350] ennemi qui choquait son pouvoir.

---

347. Touche de couleur locale : il s'agit de muets chargés d'étrangler les condamnés avec leurs cordeaux, « car c'est de cette sorte [...], dit Madeleine de Scudéry dans le roman, qu'on fait mourir ici (en Turquie) les enfants de la famille royale » (*Ibrahim*, roman, Partie III, livre 2, p. 374).

348. Qui entraîne la mort. « Effroyable », « funeste », « malheureux », ces mots du champ lexical de la douleur révèlent que, bien loin d'éprouver du plaisir à se venger, Soliman souffre de cette condamnation à laquelle il semble se résigner comme si c'était la volonté du Ciel. Autant d'indications propres à préparer son revirement.

349. Il se pourrait que le « Prince malheureux » fût Ibrahim : d'une part, de la famille des Paléologues, et Grand Vizir, il est parfois, dans le roman, appelé « Prince » (Partie IV, livre 5, p. 385, p. 583...) ; d'autre part, il n'est pas invraisemblable que Soliman qui l'aime le plaigne tout en le condamnant. Toutefois Soliman vient de le traiter de « coupable » et, plus vraisemblablement, ce « Prince » est Soliman lui-même qui s'apitoie sur son propre sort, car il souffre de condamner un être qu'il aime.

350. Voir note 144.

2190 Mais poussons jusqu'au bout l'adresse nécessaire ;
De peur que Soliman ne soit mieux averti,
Il faut perdre Rustan et perdre le Muphti.
Pour un si grand secret, nul n'est assez fidèle ;
Et pour dernier ouvrage, il faut perdre Isabelle :
Ainsi dans peu de jours, le fer et le poison,
De tous mes ennemis, me feront la raison[351].

SCÈNE SIXIÈME

ASTÉRIE, ROXELANE, DEUX ECLAVES

ASTÉRIE

Ah ! Madame, écoutez la voix de la clémence[352] !

ROXELANE

Rendez grâce à mes soins qui vengent votre offense.

ASTÉRIE

Ah ! sauvez Ibrahim !

ROXELANE

Vous parlez de punir ;
2200 Sa rigueur est encor en votre souvenir.

---

351. Roxelane se croit déjà triomphante et exulte. Cette façon d'éliminer sans pitié complices et ennemis est conforme à la fois à son caractère, mais aussi peut-être à l'idée que l'on se faisait de la cruauté des despotes orientaux.

352. Devant le « péril extrême » d'Ibrahim, Astérie, pour le sauver, n'hésite pas, malgré leurs rapports conflictuels, à intervenir auprès de Roxelane et cette troisième intervention resserre encore les liens qui l'unissent à la principale action.

ASTÉRIE

Je parle de sauver un homme de courage.

ROXELANE

Vous êtes peu sensible, après un grand outrage.

ASTÉRIE

Accordez-moi sa grâce au nom de l'amitié.

ROXELANE

Je vous offenserais, si j'en avais pitié.

ASTÉRIE

Ah ! servez ce grand homme en ce péril extrême !

ROXELANE

Non, je vais vous venger et me venger moi-même[353].
Il vous a refusée, il le dirait ailleurs ;
Prenez en le perdant des sentiments meilleurs :
Enfin, il est perdu, quelque chose qu'on fasse.

---

353. Dans cette stichomythie où s'affrontent Astérie et Roxelane, cette dernière, qui feint hypocritement de vouloir venger
Astérie de « l'outrage » que lui a fait Ibrahim en refusant de
l'épouser, se trahit ici en laissant voir le motif tout personnel qui
la fait agir.

SCÈNE SEPTIÈME

ASTÉRIE

2210 Juste Ciel ! ce grand cœur n'aura donc point de grâce !
Un injuste courroux, lâchement animé,
Perd un objet aimable et que j'ai tant aimé !
Quoi ! je le souffrirais ! Ah ! non, non, Astérie,
Dompte d'un fier esprit l'implacable furie :
Pour sauver le Bassa que l'on perd aujourd'hui,
Ne pouvant être sienne, ah ! donne-toi pour lui !
C'en est fait, il le faut.

SCÈNE HUITIÈME

ASTÉRIE, ACHOMAT

ASTÉRIE

Achomat, si votre âme,
Ainsi qu'on me l'a dit, a pour moi quelque flamme,
Un service important me le fera mieux voir.

ACHOMAT

2220 Madame, c'en est fait, s'il est en mon pouvoir.

ASTÉRIE

Je sais que votre esprit, que tout le monde admire,
Sur celui du Sultan conserve un grand empire ;
Que vous y pouvez tout ; or il faut, Achomat,
Sauver, en me servant, Ibrahim et l'Etat.

ACHOMAT

Moi ! Sauver Ibrahim !

ASTÉRIE

Oui, je vous le commande ;
Mais soyez diligent, l'affaire le demande.

ACHOMAT

Mais, Madame, songez...

ASTÉRIE

Vous me faites mourir ;
Ne songez qu'à me plaire et qu'à le secourir ;
Parlez, priez, pressez ;

ACHOMAT

O loi trop inhumaine !

ASTÉRIE

2230 Enfin, opposez-vous à la Sultane Reine.

ACHOMAT

Et quoi...

ASTÉRIE

N'allongez pas ces discours superflus ;
Si vous ne le sauvez, vous ne me verrez plus.
Je crains qu'on ne me voie, adieu, le danger presse :

Allez suivre mon ordre[354].

SCENE NEUVIEME

ACHOMAT

O Barbare! ô Tigresse !
En quel funeste état réduisez-vous mon cœur ?
Quoi ! j'irai me détruire et sauver mon vainqueur !
Quoi ! j'irai conserver, et la gloire, et la vie
A l'objet de ses vœux, comme de mon envie !
Malheureux Achomat, quel conseil suivras-tu ?
2240 Je sais qu'il est d'un cœur où règne la vertu,
De n'insulter jamais sur ceux qu'on veut détruire ;
Mais il suffit aussi de n'aller pas leur nuire :
C'est trop que de servir ses propres ennemis ;
Non, Non, n'en faisons rien, nous n'avons rien promis.
Mais on[355] te le commande, on le veut ; il n'importe :
Le respect est bien fort, la raison est plus forte.
Mais tu perds ton espoir, mais je perds un rival ;
Tu ne fais pas un bien, mais j'évite un grand mal [356] ;

---

354. La « magnanime » Astérie manifeste ici un autre aspect de
son caractère : elle se livre à un véritable chantage affectif et les
nombreux impératifs, les verbes « commande », « il faut » et le
mot « ordre » sur lequel elle conclut sa requête révèlent le caractère impérieux, hautain d'une Princesse, très consciente de sa
dignité : c'est le ton impératif d'une souveraine qui parle à son
sujet, d'une dame qui impose à son chevalier un acte héroïque
avant d'accepter son « service ».

355. Achomat évite de nommer Astérie.

356. C'est au tour d'Achomat de prononcer un monologue délibératif qui renforce le climat tragique. Les antithèses traduisent
ses hésitations entre son honneur qui exige qu'il sauve son rival et
son amour qui veut qu'il ne le sauve pas. Mais la rapidité des
revirements, et surtout le retournement final sans transition, ont
quelque chose de mécanique, de pendulaire qui nuit à la vérité

O dure incertitude ! ô violent orage !
2250 Ciel ! il parla de toi comme d'un grand courage[357] !
Il vanta les périls que ton bras a tentés !
Reconnaissance, honneur, enfin vous l'emportez.
Perdons-nous, perdons-nous, ou sauvons sa personne ;
L'honneur le veut ainsi, la Sultane l'ordonne ;
Parlons, parlons pour lui, dans ce pressant danger ;
Après, s'il est ingrat, nous pourrons nous venger.
L'honneur, qui nous défend de le perdre à cette heure,
Nous le permettra lors et souffrira qu'il meure :
Quiconque de la gloire est toujours amoureux,
2260 Même à ses ennemis doit être généreux.

SCÈNE DIXIÈME

RUSTAN

Oui, tout est maintenant en l'état qu'il doit être ;
Entrons, pour achever le destin de ce traître.

SCÈNE ONZIÈME

RUSTAN, SOLIMAN, UN CAPIGI

RUSTAN

Morath, ne ferme plus de toute cette nuit,

---

humaine. Et il n'est pas besoin de rapprocher de ce monologue le
cri poignant de Phèdre « Et je me chargerais du soin de le
défendre » (IV, 5) pour en voir le caractère artificiel.

357. L'édition de 1643 donnait « orage » qui rimait avec
« orage » et est, visiblement, une coquille. Nous avons suivi ici la
version des éditions de 1645 et de 1648.

Afin que je ressorte avecques moins de bruit.
Mais déjà l'Empereur a fermé les paupières ;
Abaisse les rideaux, recule ces lumières[358] ;
Il dort, silence, il dort ; retournons sur nos pas.

SOLIMAN

Arrête, arrête ;

RUSTAN

O ciel !

SOLIMAN

Non, non, je ne dors pas.
Garde bien de sortir, sur peine de la vie.
2270 Hélas ! je ne dors pas et n'en ai point d'envie !
Un tourment excessif, un regret sans pareil
Dissipent[359], malgré moi, les vapeurs du sommeil.
L'inquiétude émeut mes passions mutines ;
Sur la pourpre et sur l'or, je trouve des épines ;
Une injuste[360] terreur m'agite à tout propos ;
Et bref, il n'est pour moi ni sommeil ni repos.
Que je suis malheureux ! que ma peine est horrible !
Ici tout m'est funeste et tout m'est impossible.
Le sommeil dont chacun jouit paisiblement
2280 N'est un bien défendu que pour moi seulement.
Plus je le veux chercher, et tant plus je m'en prive :

---

358. Indication de mise en scène. - Ed. de 1645 : ces rideaux, ses
lumières.

359. Le texte donne « dissipe ».

360. Ed. de 1648 : « injuste » ; éd. de 1643 et de 1645 :
« juste », mais le terme ne s'accorde pas avec la notation négative
des termes qui précèdent.

Mon désespoir le chasse à l'instant qu'il arrive ;
Mes peines sont sans fin, mes maux n'ont point de
                                        bout ;
J'ai beau changer de lieu, je me trouve partout ;
Et pour me séparer de cette peine extrême,
Il faut quitter le jour ou me quitter moi-même.
J'approuve ma fureur, je blâme mon désir ;
Je suis mon ennemi bien plus que du Vizir ;
Et dans les sentiments que ma pitié fait naître,
2290 Je suis plus malheureux qu'Ibrahim ne va l'être.
Dieu ! que fait Isabelle en ce funeste instant !
Dieu ! que pense Ibrahim de la mort qu'il attend !
Elle fond tout en pleurs, il me fait cent reproches ;
Ces pleurs et ces discours pourraient fendre des
                                        roches ;
Ils toucheraient sans doute un tigre sans pitié ;
Et tu ne te fends pas, cœur sans nulle amitié !
Souviens-toi, souviens-toi de la grande journée
Où le bras du Vizir força la destinée ;
Il te sauva le jour et, cruel, tes bourreaux
2300 Lui font voir maintenant la mort et des cordeaux !
Oui, ce bras, tout chargé qu'il était de ses chaînes,
Rendit des ennemis les espérances vaines ;
Il te sauva l'Empire aux yeux de l'Univers
Et cet illustre bras est encor dans les fers !
O triste récompense ! ô lâche ingratitude !

RUSTAN

Enfin par trop d'ennui, comme par lassitude,
Le Sultan s'assoupit, précipitons nos pas.

SOLIMAN

Mais que fais-je, insensé ? de ne connaître pas

Que le Ciel me combat et qu'il me rend sensible ?
2310 Lui seul rend aujourd'hui ma vengeance impossible.
Le Grand Vizir est pris, il est abandonné ;
De funestes bourreaux, il est environné ;
Et cependant il vit ; parjure, sacrilège,
Connais, connais par là que le Ciel le protège.
S'il ne le protégeait, il serait déjà mort ;
Je n'aurais point promis ce qui change son sort ;
Pour le perdre aujourd'hui, j'en perdrais la mémoire ;
Je n'aurais point de peur de détruire ma gloire ;
Je n'aurais point au cœur ces remords superflus ;
2320 Enfin, je dormirais, et lui ne serait plus.
Mais en l'état funeste où la douleur me range,
Je vois bien que le Ciel ne veut pas qu'on me venge.
Et de quel crime, ô Dieu ! prétends-je me venger ?
Son cœur ne change point, c'est moi qu'on voit changer :
Je suis seul criminel, il fuit de qui l'oppresse ;
Il songe seulement à sauver sa maîtresse ;
Et, pouvant renverser mon trône et me punir,
Ce cœur trop généreux ne fait que se bannir.
Ecoutons la raison et la voix du Prophète ;
2330 C'est elle qui retient mon bras et la tempête ;
C'est lui qui me conseille en ce funeste jour ;
Ecoutons-les tous deux, n'écoutons plus l'amour.
C'en est fait, c'en est fait, il faut rendre les armes ;
Ne versons point de sang, versons plutôt des larmes ;
Repentons-nous enfin de notre lâcheté ;
Et sauvons Ibrahim qui l'a tant mérité :
Ou s'il faut en verser, versons celui d'un traître,
Qui pour son intérêt déshonore son maître[361].

---

361. Dans toute cette tirade, Scudéry a suivi encore de très près le texte du roman Cf. *Ibrahim*, roman, éd. cit., Part. IV, l.5, pp. 619-620. Voir le rapprochement du texte dramatique et du texte romanesque qui a été fait : Introduction, ch. IV, « Les sources », p. 31-34.

RUSTAN

Seigneur, peux-tu changer de si justes desseins ?
2340 Souffre que je l'étrangle avec mes propres mains :
Sois plus ferme, Seigneur, bannis cette faiblesse ;
Et vois que son excès fait tort à ta Hautesse.

SOLIMAN

Va, tigre, va, barbare, abandonne ces lieux
Et ne montre jamais tes crimes à mes yeux :
Ils me font voir les miens, lorsque je te regarde ;
Sors d'ici, sors, bourreau, le Prophète me garde :
C'est lui qui me conseille et qui parle à mon cœur ;
C'est lui qui me couronne et qui me rend vainqueur.
Morath, sans publier cette heureuse nouvelle,
2350 Fais venir Ibrahim, fais venir Isabelle ;
Ciel ! qu'il a de vertus ! ô Ciel ! qu'elle a d'appas !
Mais voyons-le toujours, et ne la voyons pas[362] ;
Referme cette porte[363].

SCÈNE DOUZIÈME

RUSTAN, ROXELANE, DEUX ESCLAVES

RUSTAN

Enfin notre conduite

---

362. Soliman craint que la vue d'Isabelle ne réveille sa passion et il s'arme contre lui-même.

363. Cf. *Ibrahim,* roman, Part. IV, l.5, p. 620 et p. 622 : « Rustan ayant voulu encore une fois le porter à la violence, (...) « Non, non, lui dit-il, lâche que tu es, je ne ferai plus de crime par tes conseils. Le Prophète qui me garde m'empêchera de tremper les mains dans le sang d'Ibrahim ». Il commanda de lui aller quérir Ibrahim et Isabelle. »

Ne servira de rien, le Sultan l'a détruite.
Il retombe, Madame, en sa première erreur ;
Il sauve le Vizir et je fuis sa fureur ;
Oui, je sors du Sérail, c'est lui qui me l'ordonne.

SCÈNE TREIZIÈME

ROXELANE, DEUX ESCLAVES

ROXELANE

O Ciel ! c'est donc ici que l'espoir m'abandonne !
Quoi ! l'orgueilleux Vizir triomphera de moi !
2360 Cet esclave insolent me fera donc la loi !
Il monte sur le trône et me laisse ses chaînes !
Il rendra donc toujours mes entreprises vaines !
Il régnera toujours sur un faible Empereur !
Ah ! non, non, Roxelane, écoute ta fureur[364].
Agis contre ce lâche, ou bien contre toi-même ;
Vois son heure dernière, ou ton heure suprême ;
Oui, perds-toi, Roxelane, ou le perds aujourd'hui ;
Cède à ton désespoir, ou te venge de lui.
La grandeur est l'objet où ton humeur aspire ;
2370 Il faut perdre le jour, ou conserver l'Empire ;
Car dans les sentiments où j'ai toujours été,
Je ne balance[365] point le sceptre et la clarté.
Je perdrai l'un et l'autre en ce moment funeste,
Ou j'aurai tous les deux ; c'est l'espoir qui me reste :

---

364. Roxelane s'adresse à elle-même sans se soucier de la présence de ses esclaves. Ce « monologue devant confident » où Roxelane laisse éclater son désespoir et sa fureur est le pendant du monologue où elle triomphait (V, 5).

365. Voir note 268.

Quiconque aime la gloire et l'aime avec ardeur,
Se doit ensevelir avecques sa grandeur[366].

UNE ESCLAVE

Dieu ! que dans cet esprit, la fureur est extrême !
Si l'on sauve Ibrahim, il se perdra soi-même.

L'AUTRE ESCLAVE

En effet, sa fureur est sans comparaison ;
2380 Mais suivons-la, ma sœur, elle perd la raison[367].

SCÈNE QUATORZIÈME

UN CAPIGI, IBRAHIM, LES QUATRE MUETS
AVEC LEURS CORDEAUX, ISABELLE, ÉMILIE,
TROUPE DE JANISSAIRES

UN CAPIGI

Je voudrais vous servir et ne veux point vous nuire ;
Mais mon ordre, Seigneur, n'est que de vous conduire ;
Je ne sais rien du sort qui vous est préparé.

---

366. Bien qu'elle n'ait pas la grandeur dans le mal de la Mélanire du *Prince déguisé* ou de la Cléopâtre de *Rodogune*, Roxelane, par le caractère démesuré de son ambition et la volonté de se perdre, si celle-ci n'est pas satisfaite, ne manque pas d'une certaine grandeur tragique.
367. « Fureur extrême », « [perdre] la raison ». C'est de façon discrète et rapide que, selon les bienséances, sont évoquées les premières manifestations de la fureur dont mourra la Sultane.

IBRAHIM

Allons trouver la mort d'un visage assuré.

ISABELLE

Ah ! je quitte aujourd'hui ma première pensée [368] !

---

368. Cette scène est, elle aussi, imitée du roman Cf. *Ibrahim*, roman, Part. IV, l.5, p. 625-627 : « Hélas ! dit [Isabelle], que je me repens de mon souhait et combien m'aurait-il été plus supportable de mourir seule que de mourir avec vous. - Quoi ! Madame, lui dit [Ibrahim], on en voudrait à votre vie ! Ah ! non, non, poursuivit-il en se tournant vers ceux qui l'entouraient, c'est une chose que je ne souffrirai point. Quand on n'attaquera que moi, je tendrai le col sans résistance. Mais, si on en veut à cette Princesse, je proteste tout haut que j'étranglerai de mes propres mains celui qui la voudra outrager. - Ce n'est pas ce que je veux, lui répondit-elle ; ne défendez pas ma vie, si on attaque la vôtre, puisqu'elle en doit être inséparable. Je n'ai point souhaité de vivre, mais seulement de ne vous voir point mourir. Allons, (...) allons, mon cher Justinian, je me repens de ma faiblesse et, puisqu'il faut mourir, pourvu que je meure devant vous, je serai bien aise que nous mourions ensemble. Allons donc demander la mort à Soliman comme une grâce. - Ha ! Madame, s'écrie l'illustre Bassa, ne parlez point de votre mort, si vous ne voulez que je meure désespéré. Allons, Madame, allons plutôt demander votre liberté à Soliman et obtenir de lui que la perte de ma vie en soit le prix. - Je n'en veux point sans vous, lui répondit-elle. » La similitude des attitudes, des sentiments et des expressions dans le roman et dans la pièce est telle que nous ne pouvons douter qu'ici encore Scudéry suive son modèle romanesque. Mais il a peut-être également à l'esprit une scène du *Grand et Dernier Solyman* où les héros, Mustapha et Despine, manifestent la même générosité qu'Ibrahim et Isabelle. Mustapha reçoit ses bourreaux avec la même intrépidité qu'Ibrahim :

> Mais pour me prendre vif, n'approchez point de moi,
> Ou le fer que je tiens...............................

(V, 4, éd.cit. p.116).

> Et si quelqu'un de vous entreprend d'approcher,
> Il ne fit jamais pas qui lui coûtât plus cher.

(V, 3, éd.cit. p.110).

Elle était inhumaine aussi bien qu'insensée :
Et je sens maintenant, qu'il m'eût été plus doux
De vivre sans plaisir et de mourir sans vous.

IBRAHIM

Eh quoi ! l'on en voudrait à votre illustre vie ?
2390 Quoi ! l'on pourrait avoir cette funeste envie ?
Tigres, ne pensez pas que je puisse endurer
Que l'on fasse mourir ce qu'on doit adorer.
Si l'on n'en veut qu'à moi, je suis sans résistance ;
Je n'aurai pas besoin de toute ma constance ;
J'attendrai le trépas ou me le donnerai ;
Mais si vous l'approchez, je vous étranglerai.

ISABELLE

Non, ne défendez point ma trame infortunée ;
Nous n'aurons qu'une amour et qu'une destinée ;
Vivez, et je vivrai ; mourez, et nous mourrons ;
2400 Allons, Justinian[369], que tardons-nous ? allons ;
Et puisque Soliman veut voir notre misère,
Demandons lui la mort comme un bien nécessaire.

Avec la même générosité que les héros de Scudéry, Mustapha
veut acheter par sa mort la vie de Despine et celle-ci veut partager
sa mort :

Accablez-moi de fers, prenez vos sûretés,
Pourvu que par ma charge elle soit soulagée.

et Despine répond :

Non, non, je ne veux point leur être obligée,
Ni souffrir en mourant un traitement plus doux
Que celui que leurs mains exercent envers vous.

(V, 4, éd. cit. p. 119).

369. Cf. v. 2409 : « Ibrahim ». Voir note 238.

IBRAHIM

Ah ! n'en parlez jamais, si vous ne voulez voir
Ce cœur à la torture et dans le désespoir !
Allons plutôt, Madame, obtenir votre grâce,
Faire par mon trépas je le satisfasse ;
Et pour remettre en lui sa première bonté,
Que mon sang soit le prix de votre liberté.

ISABELLE

Non, les jours d'Ibrahim sont les jours d'Isabelle ;
2410 Il ne saurait mourir qu'il ne meure avec elle ;
Mais que veut Achomat, et la Sultane aussi ?

SCÈNE QUINZIÈME

ACHOMAT, ASTÉRIE, ISABELLE, IBRAHIM, SOLIMAN, ÉMILIE, UN CAPIGI, TROUPE DE JANISSAIRES, LES QUATRE MUETS.

ACHOMAT

Si vous devez mourir, je viens mourir ici.

ASTÉRIE

Le Sultan me va perdre ou je vaincrai sa haine.

IBRAHIM

O cœur trop généreux !

ISABELLE

O bonté souveraine !

UN CAPIGI

Espérez, espérez, il est encor permis :
La vertu qu'on opprime a toujours des amis ;
On la peut attaquer, mais elle est la plus forte ;
Vous le verrez bientôt ; qu'on ouvre cette porte.

SCÈNE SEIZIÈME

ACHOMAT, ASTÉRIE, ISABELLE, IBRAHIM, SOLIMAN, ÉMILIE, UN CAPIGI, TROUPE DE JANISSAIRES LES QUATRE MUETS

ACHOMAT

Seigneur, sauve l'Empire, en sauvant le Vizir[370] ;
2420 Perds en le conservant ton injuste désir ;
Songe que ce grand cœur est l'appui des couronnes,
Qu'il n'a point mérité la mort que tu lui donnes,
Que tu l'as vu cent fois, couvert au premier rang
Du sang des ennemis et de son propre sang,

---

370. Bien que cette scène ne soit pas la dernière, Scudéry y rassemble tous les personnages vivants, qui prennent successivement la parole, ce qui donne à la scène une certaine solennité à laquelle contribue la pompe oratoire. Ce n'est pourtant pas la pompe que recherche ici Scudéry. La scène est relativement courte en comparaison de certains de ses dénouements. Lorsque chacun des deux couples a prononcé sa requête, la scène tourne court. Avec l'union et la liberté du couple Ibrahim-Isabelle, la pièce connaît une fin heureuse et l'on prévoit qu'Achomat et Isabelle seront, eux aussi, unis. Pourtant la solitude de Soliman, la tristesse qu'éprouve Ibrahim à quitter son bienfaiteur, la structure du dénouement (Voir *infra* note 376) font qu'il n'est qu'à demi heureux.

Qu'il a vaincu la Perse et peut vaincre la Terre,
Et qu'il est adoré de tous les gens de guerre ;
Ils parlent tous par moi, qui viens le secourir ;
Seigneur, si tu le perds, nous voulons tous mourir.

ASTÉRIE

Autrefois ta bonté m'ayant donné sa vie[371],
2430 C'est voir ravir mon bien que de la voir ravie :
Ne m'ôte pas, Seigneur, ce que tu m'as donné ;
Ote ses mains des fers, elles t'ont couronné ;
Sauve ce grand courage, illustre ta mémoire ;
C'est ta fille, Seigneur, qui regarde ta gloire.

ISABELLE

O Monarque invincible, écoute à cette fois
La vertu qui te parle, et révère sa voix !
Ne jette plus les yeux sur les yeux d'Isabelle ;
Regarde-la[372], Seigneur, tu la verras plus belle ;
Tu la verras briller, et de gloire, et d'appas,
2440 Et ton cœur amoureux ne la quittera pas.
Suis-la, suis-la, Seigneur, cette vertu sublime ;
Elle t'éloignera de la honte et du crime ;
Elle conservera ton renom glorieux
Et te rendra l'amour de la terre et des cieux.

IBRAHIM

O mon cher protecteur ! ô mon Prince ! ô mon Maître !
Dissipe en ton esprit l'enchantement d'un traître ;
N'écoute plus sa voix, écoute l'amitié ;

---

371. Voir *supra*, note 117.
372. La vertu.

Jette sur Ibrahim un regard de pitié ;
Lis jusques dans son cœur, vois jusques dans son âme
2450 Le respect qu'il conserve en dépit de ta flamme.
Connais les sentiments que ce cœur a pour toi ;
Vois qu'il ne plaint rien tant que l'honneur de son Roi ;
Que malgré ton amour et ta rigueur extrême,
Il t'estime, il t'honore ; ah ! disons plus, il t'aime !
Oui, Seigneur, l'amitié me conduit à tel point
Que je mourrai content, si tu ne me hais point[373].

SOLIMAN

Vous vivrez, vous vivrez, mon injustice est morte :
Oui, ma raison triomphe et se voit la plus forte.
Je la vois, je la suis, je l'aime uniquement
2460 Et ne veux plus aimer qu'elle et toi seulement.
Vivez, vivez heureux, que rien ne vous sépare ;
Puisse bénir le Ciel une amitié[374] si rare
Et puissent vos bontés, au lieu de me punir,
Perdre de mes erreurs l'infâme souvenir.

IBRAHIM

Je ne me souviens plus de ma peine passée ;
Elle est en mon esprit une image effacée ;
J'entends, j'entends la voix de mon maître, aujour-
                                                    d'hui ;
Rustan parlait tantôt, mais maintenant c'est lui[375].

---

373. Bien que cette attitude d'Ibrahim soit préparée, un tel épanchement de tendresse paraît peu vrai.

374. « On le dit encore en matière d'amour » (Dict. Furetière) : il s'agit de l'amour d'Ibrahim et d'Isabelle.

375. Cf. *Ibrahim,* roman, Partie IV, livre 5, p.634 : « Ah ! Seigneur, s'écria Ibrahim, j'entends la voix de Soliman ; ceux qui m'ont parlé de sa part ont trahi ses véritables sentiments ».

SOLIMAN

Non, non, il faut punir mon injuste folie ;
2470 Oui, quittez le Sérail, revoyez l'Italie ;
Oui, partez, j'y consens, ayez la liberté,
Et ce fidèle ami, ce qu'il a mérité.

ISABELLE

Adieu, Prince invincible et Monarque suprême.

IBRAHIM

Hélas ! en te quittant, c'est me quitter moi-même !
Je te laisse mon cœur, en partant de ce lieu.

SOLIMAN

Adieu ; non, je mourrais, si je disais adieu.

SCÈNE DIX-SEPTIÈME

IBRAHIM, ACHOMAT, ASTÉRIE, ISABELLE, ÉMILIE[376]

IBRAHIM

Adieu, brave Achomat.

---

376. Après le rassemblement des personnages à la scène 16, les deux très brèves scènes finales où n'apparaissent que peu de personnages en acquièrent « alors un caractère de mélancolie. » C'est, dit Jacques Scherer à propos de tels dénouements, « comme si l'on tombait dans une sorte de dépression après un moment d'euphorie ». (J. Scherer, *La Dramaturgie classique en France*, éd. cit., p. 143).

ISABELLE

Adieu, belle Astérie.

SCÈNE DERNIÈRE

UN CAPIGI, IBRAHIM, ASTÉRIE
ISABELLE, ÉMILIE

UN CAPIGI

Comme Rustan sortait, tout le peuple en furie [377],
Qui de votre prison venait d'être averti,
2480 A poignardé ce traître, avecques le Muphti ;
Et la Sultane Reine, en le regardant faire,
Est morte de dépit, de rage et de colère.[378]

IBRAHIM

O justice du Ciel, tu marches lentement !
Mais tout crime à la fin trouve son châtiment.

ASTÉRIE

Puissent être vos jours comblés d'heur et de gloire ;

377. Pour que le sort de tous les personnages fût fixé, comme
on l'exige d'un bon dénouement, Scudéry, après nous avoir infor-
més du sort des bons, nous informe du destin des méchants. Pour
n'ensanglanter pas la scène, il fait rapporter en un vers le meurtre
de Rustan et du Muphti par un Capigi. Même sobriété de l'évocation de la mort de Roxelane.

378. Cette disparition opportune de Roxelane à la fin de la
pièce fait songer à la mort de lady Macbeth.

Puisse tout l'Univers apprendre votre histoire
Et savoir qu'à la fin le Ciel récompensa
2488 La divine Isabelle, et L'ILLUSTRE BASSA.

fin du cinquième et dernier acte

*　*
*

GLOSSAIRE
DES « MOTS TURQUESQUES[379] »

Nous indiquons ici le sens des termes turcs qui reviennent le plus souvent dans *Ibrahim* :

Atabale : « C'est une espèce de tambour dont se servent les Maures » (*Dict. Furetière*).

Bassa ou Bacha : « C'est un officier en Turquie qui a le commandement dans une Province » (*Dict. Furetière*).

Capigi : Capitaine des Gardes du Sultan.

Cimeterre : Large sabre recourbé que portaient les Orientaux.

Ta Hautesse : « Si vous voyez dans tout mon ouvrage, quand on parle à Soliman, Ta Hautesse, Ta Majesté et qu'enfin on le traite de toi et non pas de vous ; (...), c'est pour marquer la coutume de ces peuples qui parlent ainsi à leur souverain » (Préface du roman *Ibrahim*).

Janissaires : « Soldats de l'infanterie turque. Ce fut Mahomet II qui établit les janissaires pour la garde et sûreté de sa personne » (*Dict. Furetière*). Ils constituent la Garde impériale et rappellent, malgré de notables différences, la Garde prétorienne des empereurs romains.

Muphti : Interprète autorisé de la loi musulmane.

Porte (la) : Cour du Sultan de Constantinople. (Les souverains donnaient audience à la porte de leur palais).

Le Grand Prophète, le Prophète : Mahomet.

---

379. Voir Introduction, ch. V, p. 37, note 45.

Sérail : C'est le palais dans son ensemble où siègent les services du Sultan, et non le harem, partie du palais où sont les femmes. Mais le sérail a fini au courant du XVIIIᵉ siècle par désigner le harem.

Sultan : « Titre qu'on donne aux empereurs d'Orient. Ce mot est turc et signifie Roi des Rois » (*Dict. Furetière*). On l'appelle aussi Ta Hautesse.

Sultane Reine : Sultane épousée par le Sultan.

Sultane : mère ou favorite du Sultan ou fille de ses favorites.

Vizir : Officier du conseil du Sultan, grande charge dans l'Empire ottoman.

Grand Vizir : « C'est le premier ministre de l'Etat qui commande tant en paix qu'en guerre. Ce fut Amurat premier qui créa la charge de Grand Vizir pour se décharger des plus importantes affaires » (*Dict. Furetière*).

Sophi : Le souverain des Perses.

* *
*

BIBLIOGRAPHIE

I. Œuvres de Scudéry

a) Œuvres dramatiques

Ligdamon et Lidias, (tr.-com.), comp. : 1629-1630 ; repr. 1630 ; éd. orig. : 1631.

Le Trompeur puni, (tr.-com.), comp. : 1631 ; repr. : 1632-1633 ; éd. orig. : 1633.

Le Vassal généreux, (tr.-com.), comp. : 1632 ; repr. : 1633-1634 ; éd. orig. : 1635.

La Comédie des comédiens, (com.) comp. : 1632 ; repr. : 1634 ; éd. orig. : 1635.

L'Amour caché par l'amour, pastorale contenue dans *La Comédie des comédiens*

Orante, (tr.-com.), comp. : 1634-1635 ; repr. : 1635 ; éd. orig. : 1635.

Le Fils supposé,(com.) comp. : début 1635 ; repr. : 1635 ; éd. orig. : 1636.

Le Prince déguisé, (tr.-com.) comp.1635 ; repr. 1635 ; éd. orig. : 1635.

La Mort de César, (tr.) comp. : 1635 ; repr. : 1635 ; éd. orig. : 1636.

Didon, (tr.) comp. : fin 1635 ; repr. : fin 1635 ou début 1636 ; éd. orig. : 1637.

L'Amant libéral, (tr.-com.), comp. : début 1636 ; repr. : 1636 ; éd. orig. : 1638.

L'Amour tyrannique, (tr.-com), comp. : 1638 ; repr. : 1638 ; éd. orig. : 1639.

Eudoxe, (tr.-com), comp. : 1639-1640 ; repr. : 1639-1640 ; éd. orig. : 1641.

Andromire, (tr.-com.), comp. : 1641 ; repr. : 1641 ; éd. orig. : 1641.

Ibrahim, (tr.-com.), comp. Et repr. : fin 1641- début 1642 ; éd. orig. : 1643.

Axiane, (tr.- com.), comp. : 1642 ; repr. : fin 1643 ; éd. orig. : 1844.

Arminius, (tr.-com.), comp. : 1642, repr. : fin 1643 ; éd. orig. : 1643.

b) Autres œuvres utilisées pour cette étude

Observations sur Le Cid, dans A.Gasté, *La Querelle du Cid*, Slatkine Reprints, Genève, 1970, in-8°, pp.71-111.
Préface d'*Andromire*, (tr.-com.).
Préface du roman *Ibrahim*.

II. Autres œuvres

a) Œuvres du XVIᵉ et XVIIᵉ siècle

Bonarelli (Prospero), *Il Solimano*, dans *Teatro italiano* o sia scelta di tragedie per uso della scena, tomo terzo ed ultimo, in Verona, MDCCXXV, Presso Jacopo Vallarsi, pp. 1 - 130.

Dalibray (Charles Vion), *Soliman*, Paris, Toussainct Quinet, 1637, in 4°, achevé d'imprimer : 30 juin 1637. Bibl. de l'Arsenal, BL 3572.

Desmares, *Roxelane*, Paris, Sommaville et Courbé, 1643, in 4°.

Desfontaines, *Perside ou La Suite d'Ibrahim Bassa*, Paris, Quinet, 1644, in 4°.

Mairet (Jean), *Sophonisbe,* 1634, trag., éd. Ch. Dédéyan, nlle éd, Paris, Nizet, 1969, in-12°. *Le Grand et Dernier*

Solyman ou La Mort de Mustapha, Paris, Courbé, 1639, in 4°. Bibl. Arsenal Rf. 6511.

Scudéry (Madeleine de), *Ibrahim*, roman, Paris, A. de Sommaville, 1641, in 4°, essentiellement Partie I, livres 2, 3, 5 ; Partie III, livres 3, 4, 5. Partie IV, livres 3, 4, 5.

Sarasin (J.-Fr), *Œuvres*, t. II, *Œuvres en prose*, éd. P. Festugières, Paris, Champion, 1926.

Tristan l'Hermite, *Osman,* Guillaume de Luyne,Paris, 1656, in 12°.

b) Etudes critiques

Batereau (Alfred), *Georges de Scudéry als Dramatiker*, Leipzig-Plagwitz, Emil Stephan, 1902, in 8°.

Couprie (Alain), *Lire la tragédie,* Paris, Dunod, 1994.

Dutertre (Eveline), *Scudéry dramaturge,* Genève, Droz, 1988.

Guichemerre (Roger), *La tragi-comédie*, Paris, Puf, 1981.

Horville, (Robert), *Le Théâtre de Mairet : une dramaturgie de l'existence*, Thèse de doctorat d'Etat, 1978 Paris-Sorbonne.

Lancaster (Henry Carrington), - *A History of French dramatic Literature in the Seventeenth Century,* Baltimore, Johns Hopkins Press, 1929-1942, 9 vol., in 8° ; Part II, The Period of Corneille, 1635-1651, 1932, 2 vol.
- *The French Tragi-Comedy. Its Origin and Development from 1552 to 1628,* Baltimore, J.H. Furst Company, 1907.

Mongrédien (Georges) *Bibliographie des Œuvres de Georges et de Madeleine de Scudéry, Revue d'histoire littéraire de la France*, Mélanges, avril-juin 1933, pp. 224-236 ; - juillet-septembre 1933, pp. 413-425 ; - octobre-décembre 1933, pp. 538-565.

Morel (Jacques), *La Tragédie*, Paris, A. Colin, Collection U,1964.
                    Jean Rotrou, dramaturge de l'ambiguïté, A. Colin, 1968, in-8°.

Scherer, (Jacques), *La Dramaturgie classique en France*, Paris, Nizet, 1950., in-8°, rééd. 1959.

Sieper (E), *Die Geschichte von Soliman und Perseda in der neueren Litteratur*, Zeitschr. F. vergleichende Litt.-Gesch. N.F. IX, 1895. (Il y est fait une étude des sources d'*Ibrahim*).

Truchet (Jacques), *La Tragédie classique en France*, Paris, PUF, 1976.

c) Articles

Dubu (Jean) « *Bajazet :* "Serrail" et transgression », dans *Racine, La Romaine, La Turque et la Juive,* C.M.R. 17, Rencontre de Marseille, Publications de l'Université de Provence, 1986.

Dutertre (Eveline) « La Dramaturgie de Scudéry : Une Dramaturgie du mouvement » dans *Mélanges pour J. Scherer, Dramaturgies, Langages dramatiques,* Paris, Nizet, 1986, pp. 163-171.

Morel (Jacques), « Rhétorique et tragédie au XVIIe siècle » dans *XVIIe siècle*, n° 80-81, 1968, pp. 94-105.

TABLE DES MATIÈRES

INTRODUCTION

IBRAHIM OU L'ILLUSTRE BASSA

SOCIÉTÉ DES TEXTES FRANÇAIS MODERNES
(S.T.F.M.)

Fondée en 1905
Association loi 1901 (J.O. 31 octobre 1931)
Siège social : Institut de Littérature française
(Université de Paris-Sorbonne)
1, rue Victor Cousin. 75005 PARIS

Président d'honneur : † M. Raymond Lebègue, Membre de l'Institut.

Membres d'honneur : MM. René Pintard, † Jacques Roger, Isidore Silver, † Robert Garapon.

BUREAU : Janvier 1998

Président : M. Roger Guichemerre.
Vice-Présidents : M. André Blanc.
M. Jean Céard.
Secrétaire général : M. Jean Balsamo.
Trésorier : M. Dominique Quéro.
Trésorier adjoint : Mme Sophie Linon-Chipon.

———————

La Société des Textes Français Modernes (S.T.F.M.), fondée en 1905, a pour but de réimprimer des textes publiés depuis le XVIe siècle et d'imprimer des textes inédits appartenant à cette période.

Pour tout renseignement et pour les demandes d'adhésion : s'adresser au Secrétaire général, M. Jean Balsamo, 22, rue de Savoie, 75006 Paris.

Demandez le catalogue des titres disponibles et les conditions d'adhésion.

LES PUBLICATIONS DE LA SOCIÉTÉ DES TEXTES FRANÇAIS MODERNES SONT EN VENTE AUX ÉDITIONS KLINCKSIECK
8, rue de la Sorbonne 75005 Paris

———————

EXTRAIT DU CATALOGUE

(janvier 1998)

XVIᵉ siècle.

Poésie :

4. HÉROËT, *Œuvres poétiques* (F. Gohin).
5. SCÈVE, *Délie* (E. Parturier).
7-31. RONSARD, *Œuvres complètes* (P. Laumonier).
32-39, 179-180. DU BELLAY, *Deffence et illustration. Œuvres poétiques françaises* (H. Chamard) *et latines* (Geneviève Demerson).
43-46. D'AUBIGNÉ, *Les Tragiques* (Garnier et Plattard).
141. TYARD, *Œuvres poétiques complètes* (J. Lapp.).
156-157. *La Polémique protestante contre Ronsard* (J. Pineaux).
158. BERTAUT, *Recueil de quelques vers amoureux* (L. Terreaux).
173-174, 193, 195, 202. DU BARTAS, *La Sepmaine* (Y. Bellenger), *La Seconde Semaine (1584),* I et II (Y. Bellenger), *Les Suittes de la Seconde Semaine* (Y. Bellenger).
177. LA ROQUE, *Poésies* (G. Mathieu-Castellani).
194. LA GESSÉE, *Les Jeunesses* (G. Demerson et J.-Ph. Labrousse).
198. SAINT-GELAIS, *Œuvres poétiques françaises,* I (D. Stone).
204. SAINT-GELAIS, *Œuvres poétiques françaises,* II (D. Stone).
208. PELETIER DU MANS, *L'Amour des Amours* (J.C. Monferran).
210. POUPO, *La Muse Chrestienne* (A. Mantero).

Prose :

2-3. HERBERAY DES ESSARTS, *Amadis de Gaule (Premier Livre),* (H. Vaganay-Y. Giraud).
6. SÉBILLET, *Art poétique françois* (F. Gaiffe-F. Goyet).
150. NICOLAS DE TROYES, *Le Grand Parangon des Nouvelles nouvelles* (K. Kasprzyk).
163. BOAISTUAU, *Histoires tragiques* (R. Carr).
171. DES PERIERS, *Nouvelles Récréations et joyeux devis* (K. Kasprzyk).
175. *Le Disciple de Pantagruel* (G. Demerson et C. Lauvergnat-Gagnière).
183. D'AUBIGNÉ, *Sa Vie à ses enfants* (G. Schrenck).
186. *Chroniques gargantuines* (C. Lauvergnat-Gagnière, G. Demerson *et al.*).

Théâtre :

42. DES MASURES, *Tragédies saintes* (C. Comte).
125. TURNÈBE, *Les Contens* (N. Spector).
149. LA TAILLE, *Saül le furieux. La Famine...* (E. Forsyth).
161. LA TAILLE, *Les Corrivaus* (D. Drysdall).
172. GRÉVIN, *Comédies* (E. Lapeyre).
184. LARIVEY, *Le Laquais* (M. Lazard et L. Zilli).

XVIIᵉ siècle.